U0107163

译文经典

驳圣伯夫

Contre Sainte-Beuve

Marcel Proust

〔法〕普鲁斯特 著

王道乾 译

上海译文出版社

目 录

附 录

序　言

　　对于智力，我越来越觉得没有什么值得重视的了。我认为作家只有摆脱智力，才能在我们获得的种种印象中将事物真正抓住，也就是说，真正达到事物本身，取得艺术的惟一内容。智力以过去时间的名义提供给我们的东西，也未必就是那种东西。我们生命中每一小时一经逝去，立即寄寓并隐匿在某种物质对象之中，就像有些民间传说所说死者的灵魂那种情形一样。生命的一小时被拘禁于一定物质对象之中，这一对象如果我们没有发现，它就永远寄存其中。我们是通过那个对象来认识生命的那个时刻的，我们把它从中召唤出来，它才能从那里得到解放。它所隐藏于其中的对象——或称之为感觉，因为对象是通过感觉和我们发生关系的——我们很可能不再与之相遇。因此，我们一生中有许多时间可能就此永远不复再现。因为，这样的对象是如此微不足道，在世界上又不知它在何处，它出现在我们行进的路上，机会又是那样难得一见！在我一生的途中，我曾在乡间一处住所度过许多夏季。我不时在怀念这些夏季，我之所想，也并不一定是原有的那些夏日。对我来说，它们很可能已经一去不复返，永远消逝了。就像任何失而复现的情况一样，它们的失而复现，全凭一个偶然机会出现。有一天傍晚，天在下雪，寒冷异常，我从外面回到家中，我在房间里坐在灯下准备看书，但一下又不能暖和过来，这时，我的上了年纪的女厨建议我喝一杯热茶，我一向是不大喝茶的。完全出于偶然，她还顺便给我拿来几片烤面包。我把烤面包放到茶水里浸一浸，我把浸过茶的面包放到嘴里，我嘴里感到它软软的浸过茶的味道，突然我感到一种异样的心绪出现，感到有天竺葵、香橙的甘芳，感到一种特异的光，一种幸福的感觉；我动也不敢动，惟恐在我身上发生那不可理解的一切因此而消失；由于我不停地专注于这一小片造成这许多奇妙感受、浸过茶水的面包，突然之间，我的记忆被封闭起来的隔板受到震动被突破了，我刚才说我在乡下住所度过的那些夏天，一下涌现在我的意识之中，连同那些夏天的清晨也一一连绵复现，还有其间连续不断的幸福时刻。我想起来了：原来我每天清晨起床，穿好衣服，走下楼去，到我刚刚醒来的外祖父的房间，去喝为他准备的早茶。外祖父总是取一块面包干，放到他的茶里蘸一蘸，然后拿给我吃。但是，这样一些夏季的清晨早已成为过去，而茶水泡软的面包干的感觉，却成了那逝去的时间——对智力来说，已成为死去的时间——躲藏隐匿之所在。如果在这个冬夜，我不是因为下雪回到家里感到寒冷，我的年老的女厨没有提出给我喝茶，肯定我是永远不会与那些已经逝去的时间再度相遇，逝去的时间所以复活，原来有约在先，按照某种神奇的约定，与这次喝茶有着密不可分的关连。

当我品味面包干的味道的时候，至此一直是朦胧恍惚的花园，立刻也浮现在眼前，已没入遗忘中的花园曲径，园中一丛丛的花卉，也在这一小杯茶中显现出来，如同那种日本印花纸上的花草在水中复现一样。同样，去年我有一次走过那样一处庭院，我走过高低不平闪光的石板铺的路面，我不禁停下脚步，就在这样的时刻，我在威尼斯度过的时日突然出现在眼前，单凭智力，有关威尼斯的那些往日是不可能让我就这样召回的，对我来说，这本来也应是死去不再复现的时日了。当时我是同几位朋友一起走过那里的，我担心我在路上滑倒，向他们表示，请他们继续前行，不要等我，我随后就来；这时，是一个极为重要的对象把我抓住了，我当时并不知道那是怎样一个对象，只觉得我还没有认出的过去一段时间正在我内心深处隐隐颤动；正好我在这铺路石板上迈出一步，我感到这种心绪在波动。我觉得有一种幸福感传布全身，突然我又感到我们被一种原属于我们的精纯之物给丰富起来了，这种精纯之物就是精纯的生活、精纯的存留，关于过去的印记(这种生活，我们只有在它存留下来以后，才可能对它有所认识，因为当我们在那样的生活中，它并不显现在我们的记忆之中，而是在感受之中，生活在感受途中就被扼杀清除了），而这种精纯之物别无他求，只求被解放出来，增殖我们的诗情和生命的财富。我有把光释放出来的力量，我并没有意识到。啊！在类似的时刻，智力于我竟毫无所用，不能为我做什么。我于是向后重新走了几步，再回到那高低不平光滑的石板路上，设法再回到刚才出现的同样的境界中去。我这时感受到的，仍然是同样的感觉，脚是踩在圣马可受洗堂前高低不平光滑的铺地石板上。那天，运河上空天色阴暗，河上有威尼斯贡多拉在等着我，这样的感觉一经出现，幸福感，那些时刻的全部丰富内容，立即随之一涌而出，于是，这一天，对我来说，又复活了。

获得这种失而复现，不仅智力对我们无能为力，而且智力也无法找到那些能使这些过去时间隐藏化入的对象。有些对象你有意寻找，以便同你生活中的那些时间建立关系，但这样的时间也不可能在这样的对象中找到它的寄寓之所。甚至有什么东西可能再唤起那样的时刻，它们也会随之复现，即使是这样，它们也将是诗意尽失的。

我记得有一天在旅行途中，我从列车车窗向外张望，我努力想从我面前闪过的景物中撷取一些印象。我是一边看，一边记下眼前一晃而过的农村小墓园，我记下树丛中阳光照射下一条条光束，还有像《幽谷百合》中描写的路旁种种花草。以后我又反复回想那照着一条条阳光的树木，乡村的小墓园，我反复追想那样的一天，我试图真正领会那一天自身，而不是它冷冷的亡魂。但是始终做不到，没有成功的希望，我绝望了。可是有一天，在吃午饭的时候，我的汤匙无意中落在瓷盘上。调羹在瓷盘上发出的声音，正好和那天列车靠站扳道工用铁锤敲击列车车轮的声音一样。就在这一分钟，声音敲醒的那个难得一遇而又不可理喻的时刻，又在我心上复活，这一天，完完整整地在其全部诗意中又在我心中活了起来，只是那村中墓园、布满一条条阳光的树木和巴尔扎克式的路边野花却排除在外，因为这一切是经过有意识的观察取得的，诗意的再现全部丧失了。

这样的对象，我们是会不时一遇的，那已经失去的感受，也会使我们为之心动，但是，由于时间相去太远，那种感受我们已经不可能指明，不知称它什么才好，所以也就不复再现，真可叹惜！又有一次，我走过一间配膳室，玻璃窗一处打碎的玻璃上有一块绿色的布片堵在那里，引起我的注意，我立即停下来，心中若有所动。一道夏日阳光这时正照射在我的身上。是怎么一回事？我试着去回想。我看见有几只胡蜂在阳光下飞动，桌上樱桃散发出香气，我已经不能再回忆起什么了。一时间，我就像夜里睡着的人醒来不知身在何处那样，只想分辨身体是在哪里，以便知道这究竟是在什么地方，因为这时睡着的人并不知道是睡在哪一张床上，在怎样的房子里，在什么地方，是他一生中的哪一个年份。一时间，我就像这样，处在恍惚犹豫之中，试着在那挂着一块绿色布片的周围摸索着，设法在我惺忪初醒的记忆中把时间与地点加以定位。这时，我始终是处在生活已知或已忘却的感觉的一团混乱中迟疑不决，无所适从；这种情况持续时间不过是一刹那之间。随后，我就什么也看不见了，我的记忆又复陷于沉睡。

　　我的一些朋友在散步中不知有多少次看到我处在这样的状态之中，看到我走在我们面前出现的一条小径前停下脚步站着不动，或者是在一丛树木前面又驻足不前，我要求他们让我一个人留下，在这里停一停！就是这样，也是徒然；为继续追索那已成过去的时间，尽管我闭上两眼一再努力也无济于事，什么也想不起来了，随后我又突然睁开眼睛，像第一次看到那样着力再把那些树木看上一看，究竟在什么地方曾经见过这些树木，我仍然盲然无所知。我认识这些树木的外形，这些树木的姿态布局，它们呈现出来的线条，就仿佛刻在某一幅令人心爱的神秘的画幅上，直在我心上颤动。但是，对此，我什么也说不出，而它们却像是由于自身天然而多情的意态姿影不能得到表现、不能告诉我它们觉察我不能辨明的那个秘密，倾诉着它们的懊恼憾恨。一段亲切的时间的幻影，是这样亲切，以致我们竟为之心跳，跳得心都要碎裂开来了，它们就像埃涅阿斯①在地狱中遇见的鬼魂那样，向我们伸出软弱无力的双臂。难道这就是我在幸福的童年时期经常去散步的城郊？难道我以后只能在想象的国土上梦见妈妈，那时她病得那样厉害，在湖水之滨，在那夜间也是明亮的树林中，这的确是梦中的土地，真实得几乎和我度过童年生活的地方一样，难道这仅仅是一个梦？对这一切我竟茫茫然一无所知。我不得不赶快追上我的朋友，他们在大路转弯处正等着我，我怀着焦急的心情，对着一个过去的时间转身走开，这过去的时间从此我是再也见不到了，向我伸出无力又多情的手臂的逝去的一切，从此也只有弃置不顾，可是，那逝去的一切似乎正在向我说：让我们再活转来。在我还没有回到我的同伴身边，和他们谈话之前，我回身再看一看那无声而富于表情、渐渐逝去、依然在我眼中萦绕不已的树木曲线，我投去的目光也渐渐模糊，越来越看不清了。

与这样的过去、我们内心最熟悉的精髓相比，智力所提供的真相似乎并不真实。因此，当我们投向那可能帮助我们重新找到那已成过去的时间而又力不从心，特别是在这样的时刻，我们不被这类才智之士所理解也是势所必然的，他们不明白艺术家是独立的一个人，他们不理解艺术家所看到的

①罗马神话中特洛伊的英雄。据维吉尔史诗《埃涅阿斯纪》第六卷，埃涅阿斯在特洛伊陷落后逃出，前往冥界，就罗马未来的命运询问他父亲的鬼魂。

事物的绝对价值并不仅仅对他才有重要意义，他们也不知道这种价值的量度只能在他身上才能找到。艺术家可能在外省一家剧院上演一场可憎的音乐演奏会，演出一场让有艺术修养的人认为是可笑的舞会场面，这样的舞会甚至可能比歌剧院精彩演出、圣日耳曼郊区最漂亮的晚会更能引起他的一些回忆，甚至在他那里可能提高到一种凝神沉思的境界。对火车时刻表上的站名，艺术家也喜欢借以想象。一个木叶飘落、寒气袭人的秋夜里，一本平庸的书，对有艺术修养的人也充满着他从未听到过的一些人名姓氏，对他可能有一种哲学名著也无法比拟的价值，这可能让有趣味修养的人士说：一个有才能的人竟然也会有这种愚蠢的兴趣。

对于智力如此不加重视，我竟以此为题写了许多文章，接下去我还要一反我们听到、读到的庸俗思想继续写智力所提示的这些看法，人们一定会感到奇怪。我把我许多小时都算在一个小时之内，（其实，所有的人不都是这样吗？）以此写一部出于"智力"的作品，也许不免轻率。不过，出于智力的真理即使不如前面所说感受力的秘密那么值得重视，但也有其值得重视的方面。一位作家只能是一位诗人。我们这个世纪最伟大的作家，在我们这个并不完善的世界，出现在这个世界上的艺术杰作，也不过是伟大才智遇难沉船漂散在水上的一些残留物，即使是这样，将散见于外的情感之珍宝借助智力的网络紧密连结在一起的仍然是他们。如果人们相信，在这一重要问题上，人们没有认识到他们的时间中那些最为美好的时刻，那么，破除怠惰迟钝，感到有必要说出他们亲历的时间，这样的时刻必将到来。也许圣伯夫的方法并不是处在第一位的主要对象。不过，人们在阅读以下篇章的过程中，也许会被招引注意看一看圣伯夫的方法所涉及的一些十分重要的有关智力的问题，我在开始谈到智力所处这种低下层次的性质，对于艺术家来说，也许是最为重大的问题。而智力这种低下层次的地位，依然需要智力给以确立。因为，如果说智力不配享有崇高的王冠的话，那么，也只有智力才能颁布这样的命令。如果智力在效能的等级层次上居于次要地位，那么，也只有智力能够宣告本能处在首要地位。①

M. P.②

---

① 以上序言，七星文库版题为〔序言提要〕，并注明普鲁斯特已另行抄录在较大开张的纸上。七星文库版在序言提要后另附两段从手稿其他部分引来的文字，认为与序言相关。译出如下：

对于批评虽然我越来越不加重视，如果有必要说清楚的话，我甚至认为智力也无需重视，我认为智力对于再现真实是无能为力的，而艺术就是再现真实，我今天写了一篇批评性论文，表明我不相信智力。（七星文库版在此指出，普鲁斯特手稿在这一段后用有花饰的大写字母写有"圣伯夫"字样）

再一段是：我越来越不同意如此重视智力……我越来越感到作家召回过去的印象感受作为艺术的内容决不在智力的光照范围之内。有关那一切，智力对我们什么也不可能提供。这就好像我们生命一小时一小时消逝，一旦死去，就像古人相信灵魂不灭一样，它就化身寄托在某一对象之中，寄托在某一物质性的东西上，蛰伏在那里，直到我们遇到那个对象。那个时间由此从中解放出来……

又，七星文库版序言除以上各部分外，还将本书第七章谈到有关圣伯夫的论文的相关片段列入序言正文。

② 作者姓名缩写。

一 睡眠

不知为什么，对于这一天清晨度过的时间的记忆，我总想把它固定下来，当时我是在病中，彻夜难眠，到第二天早晨才上床睡下，睡眠是在白天。不过当时那个时间与我相距不远，我希望看到那个时间再返转来，但是到了今天，那个时间倒像是另一个人曾经在其中生活过似的，就在这样一个时间过程中，我在晚上十点钟睡下，睡去以后，几次短暂醒来，一直睡到第二天清晨。我经常是一关灯就很快入睡，仿佛来不及对自己说我睡了就睡去了。同样，半小时过后，一想到应该是我睡去的时间，反而把我唤醒了，我真想把我以为还拿在手上的报纸丢开，说"时间到了，关灯，睡觉"，可是我又感到奇怪，黑暗布满在我四周，也许我的眼睛，同样我的知觉思绪一时还难以适应，对我的知觉思绪来说，这种黑暗仿佛就是某种无缘无故出现的无从理解的东西，就真像是黑暗那种东西似的。

我又重新打开灯，看看是几点钟：午夜还不到。我听到远处火车驶去，汽笛长鸣，汽笛声勾画出空漠田野的空间广度，途中的旅人在这月光洒遍的黑夜里正匆匆向着下一个车站奔驰，正在往自己的记忆中铭刻与刚刚分手的友人相聚时的欢愉，返程回家的喜悦。我把我的面颊紧压在悦目的、也像我们童年的面颊那样永远丰满沁凉可人的枕面上。我又把灯开了一下，看看表，午夜还未到。病人在一家陌生旅馆过夜，因为病痛一阵剧烈发作，从睡眠中惊醒，他突然看见门下有一条光线照射进来，其时也正好是在这样的时刻。多么可喜，天亮了，再过一刻，旅馆里，人们就要起来了，他可以打铃，一定会有人来帮一帮他！他耐心忍受着痛苦。这时，他真的听到了脚步声……正好在这个时刻，门下的亮光消失了。原来午夜钟声刚刚敲过，人们把煤气灯熄灭，他把这一线光亮误认是天明照进来的光线，无法，只好在孤立无援之下，留在这难以忍受的痛苦煎熬中，度过这漫长的一夜。

我关上灯，再次入睡。有时，就像夏娃从亚当一条肋骨诞生一样，有一个女人从我姿态睡得不适的腿侧出现；她刚巧就在我领会到那种欣喜时际形成，我想象这喜悦是她带给我的。我的身体在她身上感到她的温暖，我的身体真想和她重合在一起，这时我又醒了。人性所留存的一切，以我离开这个女人为代价，对我，这一切，又成为不可企及而远远离去了。我觉得我的面颊上留她的热吻，身体也因她腰肢沉重感到疲惫。关于她的记忆也渐渐消失，我梦中见到这个少女刚刚感到可能真的成为情侣，转眼之间竟失之于遗忘之中。还有另一些情况，在我睡着的时候，多次梦到我们童年时期那些往日，有多少感受，十年过去，也不曾消失，不需费力那些往事又涌上心头，即使是微不足道的琐事，我们仍然心向往之，频频回顾，再去认识，就像一个人不可能再见到那个夏季，对那飞虫营营声在房间里回荡总是念念不忘一样，那声音正好说明室外有烈阳熏炙，即使是蚊蚋嗡嗡喧闹，也意味着那一定是一个芳香四溢的夏夜。我梦到我们那位老神父，他又要拉扯我的鬈发了，那时，对我来说，真是怕人，是我童年时期不得不屈从的冷酷无情的律法。克罗诺斯①被推翻，普罗米修斯的发明②，基督的诞生，都未能将重重压在人类头上的天宇略略抬高一些，我头发剪短也无济于事，所以人类是在胆战心惊中生活过来的。真的，还有另一种痛苦，另一些可怕的事，那就是天轴错位。这个世界遵循古老的法则运转，我在这个世界上进入梦乡并非难事，只是那位已经死去的贫穷可怜的老神父的手掌我还是难以逃避。我感到我脑后的头发被用力抓住了，只有在这个时候，我才从梦中惊醒。所以，在入睡之前，我总要好好想一想，认明那位神父确已不在人世，我的头发已经剪短，即使是这样，我也要用枕头、盖被、我的手帕，还有墙壁，牢牢筑起一个起保护作用的巢穴，然后再进入那奇异的世界，因为在那个世界里，神父还活着，在那个世界，我也照旧留着一头长发。

---

① 希腊神话中先于奥林匹斯众神的古老神明，为天神与地神所生。后与其妹生下六个孩子，其中有宙斯。地神曾预言：他将被自己的孩子推翻。所以孩子一出生他就吞吃不留，只有宙斯幸免。后来宙斯将他关在地下塔尔塔罗斯，永世不得外出。
② 普罗米修斯除盗天火带给人世以外，还曾教给人类建筑、航海、医药、书写等，他的发明可能指此。

有些感受已经消失，一去不复返了，但在梦中依然经常出现，赋予已经逝去的岁月以各不相同的特征，过去的岁月尽管毫无诗意，依旧承载着那样一个年代特有的诗情，就像那一年最后的严寒天气把我们的假期给破坏了，午饭时不得不生火取暖，可是复活节的钟声和开花的紫堇仍然是无可比拟而且丰盈动人的。这些感受经常入梦，对这样的感受我不敢说它们复现时是否带有诗情，但与我现在的生活是两相隔开的，这些感受就像根须不是生长在土壤中的白水仙一样。拉罗什富科①曾说：我们只有最初的爱情才是不由自主的。在这种孤独寂寞中，所有的喜悦之情也是如此，以后，当一个女人已不复存在，却依旧可以骗过我们，让我们想象"她"依然还和我们在一起。在十二岁的时候，有一次，我爬到我们在贡布雷②住宅顶层小房间里，我把自己关在房间里这还是第一次，房间里挂着许多鸢尾草种子串，我就是到那里去找鸢尾草种子串的，那真是一种从不曾经历过的别有意味的乐趣，也是任何其他乐趣所不可取代的。

作为一个房间，未免显得大了些。用锁可以严严地锁闭起来，但房间的窗子一直开着无法关闭，一枝丁香新条探入窗内，这株丁香是沿外墙生长爬上来的，它那个散发着香气的头就从关不上的窗口伸进来了。因为这里是这么高（住宅的顶层），我又是绝对独自一人，在高空中出现，我一个人锁

---

① La Rochefoucauld（1613—1680），法国作家，著有《箴言录》等。
② Combray，普鲁斯特在小说中以伊利埃（在厄尔-卢瓦尔省）为原型虚构的地方。一九七一年，为纪念普鲁斯特，伊利埃正式命名为伊利埃-贡布雷。

闭在这个房间里的安全感又为我增添了一层妙不可言的心绪。我在我自己身上探索着，发掘着，寻找我还不认识的那种欢愉，这种探索大概不会比给我的脊髓、脑髓施行手术更让我感到害怕不安。我时刻以为我要死了。死有什么要紧！我被这种快乐激发起来的思想，在无限与永恒中，只觉比我从这个窗口远远看到的世界更宽广更有威力，我在按习惯感受到的时间过程中，与这无限与永恒相比，我觉得我不过是一粒转瞬即逝的微尘。就在这一刻，我觉得我的感知思绪和笼罩在森林上空圆圆如盖的白云一样遥远，甚至更远，就是这样，也还没有让那思绪充满其间，仍然有一处小小边缘留下空隙。我感到我眼瞳中射出强有力的视线也像无现实性的返照一样，里面有着隆起的山岭，就像矗立在河流两岸一列隆起的山坡一样。所有这一切都像是重重压在我的身上，在当时，还不止是这样，但我是不会死的。在我，这不过是略一喘息，休息片刻，不过是这样；我想坐在太阳晒得暖暖的椅上又不要太阳直接照到我，我对太阳说："我的孩子，快给我躲开，让我好好坐一坐。"我拉上窗帘，可是那枝丁香不许它窗口全部遮住。最后，乳白色光柱从地上涌起，就像圣克卢①喷泉水柱往上喷涌一样，因为泉水喷涌不息，涌泉优美的曲线就形成了它的个性，喷泉是有性格特征的，我们在于贝尔·罗贝尔②留下的那幅肖像画上可以看到，只是在

---

① Saint-Cloud, 在巴黎西郊，名胜古迹甚多。
② Hubert Robert (1733—1808), 法国画家。

群众观赏它……①这一切在这位大师的画幅上竟成了一些浅红、朱红或黑色花瓣的形状了。

我这时感到有一种亲切柔情笼罩在我四周。这是丁香的芳香，我在兴奋中并没有看到那枝丁香，可是暗香袭人。其中还混有甘辛气味，一种树液的气息，似乎那枝丁香让我给折断了。不过是在叶片上划出一条银白色的折痕，折痕犹如空中飘动的蛛网游丝，或蜗牛爬过留下的印迹。在一条折断的丁香枝条上，那伤痕对我似乎也成了罪恶之树上结出的禁果了。而且就像人们一般赋予他们的神祇以不确定的外形一样，在这银丝一样的表象下，正可以无限引申以至于无穷，由此我也可以从与我的自然生命相反的方向以我自身为准将它抽绎于外，由此，在一定的时间内，我想象我也许就是那个魔鬼。

一条折断的枝条发出这种香气虽然这样轻柔隐约，但毕竟是丁香淡淡含情的芳馥。我经常去城外公园游玩，甚至远远望见那白色的园门，丁香树就在公园进门的地方摇曳着，就像精心打扮起来的花枝招展的年老贵妇，有娇柔颤颤的腰肢，头上还戴着羽饰，这时，丁香的芳香连连向我袭来，我那时每天都闻到那样的花香，那香气总是在我们面前飘拂不去，在那沿河高处逶迤而去的小路上伫立迎迓，欢迎我们从彼到此走到这里来，在小河的水流中，小孩还放下许多玻璃瓶用来捕捉小鱼，这些玻璃瓶给人以双重清新之感，因为玻

---

① 法洛瓦注：手稿此处有空缺。

璃瓶不仅盛满了水，如同放在桌上的瓶子使水映出水晶的光色，而且还被流水所充实，由此又有某种流动感，就在这条小河水流之中，在我丢下的小面包球四周，小小的大头鱼一下聚拢来，密密麻麻就像星云团转动一样，在这之前，在走过小木桥之前，这些小鱼分散在水中踪影不见，在气候宜人的季节，经常还有一个戴草帽的钓鱼人，穿过青青李树丛钻到小木桥桥基一边垂钓。他向我的叔叔致意，叔叔想必是认识他的，他向我们示意，叮嘱我们不要弄出声音来。不过，我始终不知道他是谁，我在城里也从来不曾见过他，可是，歌者、教堂守门人和合唱队歌童，尽管他们都像奥林匹斯众神那样崇高，他们的生活条件可并不那么光彩，我和他们在平凡生活中有交往，就像同钉马蹄铁工匠、奶制品商人、杂货店老板娘的儿子有往来一样，与此相反，那个钓鱼人，很像公证人花园里那座假云石小园丁雕像，只见他一直在那里莳花刈草，他，我仅仅是看到他在钓鱼，在新秋时节，在小路上李树郁闭成荫的地方，穿着他那件阿尔帕卡①短外套，戴着那顶草帽，在那里垂钓，而且总是在那个时间，钟声与游云在空邈无边的天空悠然回荡，水中鲤鱼这时也闷得难以自持神经失常地跳出水面不可知的半空中，也正好是在这样的时刻，女管家必定要看看表，说一声吃午后点心的时间还没有到。

---

① 一种羊驼毛织物。

二　房间

如果说，有些时候，我在梦中可以重温过去岁月怡然自得，其中有着今已不存的各种疑惧和欢乐，那么惯常的情况却是：在这眠床、扶手椅、整个房间可能形成同样的昏暗中沉沉睡去。在整个睡眠中有一小部分睡眠，在一个短暂时间，我可以意识到睡眠的整体，并对之加以品味，还可以听到护壁板轻微开裂声，这声响只有在房间也睡去的时候才可以听到，刹那间我还能把黑暗千变万化的万花筒固定下来，这时，我很快就进入我的眠床那样的无知无觉状态，并与之混同为一，我的四肢五体在床上舒展开，像葡萄枝条攀附在护墙上一样，只有经过这样一段时间，我才一觉睡醒。在短暂醒来的时间里，我的情况和一只苹果或一瓶果酱可能有的状态没有什么分别，苹果和果酱放在餐具橱板架上，一时它们也被意识到，它们既然已经证实是放在餐具橱一片漆黑之中，木板一如既往也在变化，那么最为切近的无非就像其他苹果、其他果酱瓶一样，也进入美妙的无知无觉状态，其他也就无所有了。

有些时候，我睡得这么深沉，或者睡意突如其来，一下就睡着了，以致睡眠中我身在何处，在平面图上应处在什么方向也不知道了。有时我不禁问：固定在我四周的各种事物，我们确认它们在此而非彼这样的确定性，是不是我们还没有真正确定下来。每当我从睡眠中醒来，我人在哪里也分辨不清，只觉周围一切，各种物，地点，所处的年代，都在黑暗中旋转，以我来说，情况一向都是这样。

我侧身躺在床上，睡得全身麻木，动也不能动了，我总想弄清我这身体究竟是睡在什么地方、朝着什么方向躺着，想测出它的方位。从幼年起，不知睡过多少地方，睡成多少不同的方位，这时，在记忆朦胧中一幕幕又显现出来，围绕着有关记忆，我曾侧身睡下的许多地方又重新组成，多年来想也不曾想到甚至直到我死去也不会再想起的那些地点也会再度出现，这些地方毕竟是我不该忘记的。我这样侧身睡下，那个房间，那扇门，那个走廊，也就记住了，当睡去之时有所思，醒来又记起的那些思想也就留在记忆里了。循着床位的方向，十字架上耶稣小雕像挂在什么位置，我外祖父母家那间卧室摆床的凹室中的气息，也记起来了，在那个时期，卧室还在，父母也在，其中有一段时间，我不爱我的父亲母亲了，因为他们都是那么精明，因为他们是我的父母，时间一到，我就非得上床睡觉不可，不是因为我想睡，而是因为睡觉的时间到了非睡不可，时间一到，就必须表示有那个意愿，必须表示接受，上床睡觉还有一套仪式，还要攀上两级小扶梯，爬上大床，还要把床上轧花蓝丝绒镶边蓝梭纹平布床幔紧紧拉起闭好，在这样的时刻，如果是生病，还要按照古老医学，需要一连卧床数日，壁炉锡耶纳①云石台座上一盏小灯通宵亮着不灭，那种可以治病让你起床过健康人生活而名声不佳的药品决不许你吃，你在病中，只许喝那种药草煎成的汤剂，蒙在被里发汗，这一类草药至今还保留着两千年来在草地上发花时那样的花瓣，兼有老妇人所有的那种智慧。我的身体自觉是睡在床上，是在这样一张床上，我当时心中还在想着什么，这就是在我全身伸开躺下去当时心中涌出的第一个思想：起身时间一到，快快把灯点起来，在上学之前，务必温习课文，如果我不想受到处罚的话。

但是当我在床上睡下换过一个姿势，这样的姿势因此又在记忆中出现，床的位置因此也发生变化，房间的形状也随着有了变动：变成又高又狭的房间，一个金字塔形的房间，我在迪耶普②养病时住过的房间，那个房间的形状在我住进去开初两天夜晚我心上感觉是那么不习惯、那么难以适应。因为，人们提供给我们新的空间，我们的心灵必须把这新的空间充实填满，重新给以涂饰渲染，让我们心中的芳馥气氲弥漫充溢其间，它的音色也需与之协调一致，至此我才明白初初住进陌生房间几夜所经受的痛苦是怎么一回事，因为我们心灵感到孤独被隔离了，因为我们心灵必须承受这里的扶手椅的颜色、座钟钟摆的嘀嗒声、鸭绒被的气味，还必须让自己松弛下来，舒展开来，蜷缩着躺下去，适应这金字塔形

---

① Siena，意大利中部地区托斯卡纳的首府，以出产云石著称。
② Dieppe，在法国濒英吉利海峡的塞纳滨海省。

房间，即使做不到，也要去适应。如果我病后调养住进这样的房间，妈妈睡在我的近旁，那该有多好？但是，我听不到她的呼吸声，也听不到大海的声息……我的身体于是又唤起另一种姿势：不是躺在那里，而是坐在那个地方。那是在什么地方？是在奥特伊①的花园里，坐在柳条椅上。不不，我只记得那时的天气，天气炎热：是在埃维昂②的俱乐部的客厅里，我睡在那个地方人们也许没有看见竟把灯给关了……不过室内墙壁离得不远，我坐在扶手椅上反转来背对着窗口。我那时是在雷韦伊翁堡我自己的房间。按照习惯，在晚饭前，我总要上楼去休息片刻，我大概是在我那张扶手椅上睡着了；晚饭也许已经吃过结束了。

也许有人要责怪我。我那时住在我外祖父家里，此后已有许多年过去了。在雷韦伊翁，人们都是外出散步回来以后九点钟吃晚饭，他们出去散步几乎都是我从外面长时间散步回来以后才出门。雷韦伊翁映现在满天霞光之下，池水也被夕阳映红，这时回到堡内来，心情是愉快的，从七点钟到晚饭前，在灯下看一小时书也是让人感到欣悦的，此外，接踵而至的是另一种更为神秘的趣事。我在夜幕降临时走出门去，从村镇一条主要街道向前走去；在这条街道上，不论在这一侧或另一侧都可以看到一家店铺，店铺里面灯火通明，

① Auteuil，原为巴黎近郊村镇，今划入巴黎市区。
② Evian，在法国靠近瑞士的上萨瓦省，疗养胜地。

灯光浓得如同稠稠的油在闪闪发光，就像是一个养鱼的大玻璃缸，在玻璃壁面上有巨型光影映出长长的人物形象，在金黄色的水中移动，里面的人不知我们在外面看，他们只顾专心在那里玩纸牌，对我来说，这正是他们既隐秘又光彩夺目、奇幻的日常生活场景。

随后，我走到田野上；落日已隐没在天空西侧，一轮明月从另一方升起，照临天际。月光很快就布满天空。田野上，除去遇见蓝蓝动着的呈不规则三角形的羊群以外，就什么也看不到了。我向前走着，好像一条小船在继续完成它孤独的航行一样。身后拖着长长的黑影，那是航迹，穿过田野，一片神奇广袤空间留在后面了。有几次，有城堡的夫人①伴我随行。我们匆匆走过田野走出田界，以前我们下午外出散步还要走得很远也不曾走到界外；我们这时已经走过这里的教堂，走过我只知其名从未曾亲见的城堡，这座城堡对我来说似乎只有在梦中的地图上才能找到。这个地方现在已经变得景象不同，必须时而上行，时而顺坡路而下，沿着山坡攀登，有几次沿着一处深谷走向神秘不可知的境界，深谷中月光满地，在下降到这乳白色的圣杯之前，我和我的同行人，我们总要停下来，驻足片刻。这位冷漠的夫人这时就会说出一句话，就凭这一句话，我突然发觉我对她的生命似乎有所感悟，她的生命，她的生活，我决不相信竟可以参与其间，待到第二天我离开城堡，她一定也会把我从她的生活

---

① 指雷韦伊翁堡专为陪侍女主人的女人。

中速速驱逐出去。

就像这样，我睡下的身体使许许多多曾经住过的房间在周围前后相续展现，在冬季住过的房间，人们喜欢留在房里闭户不出，与外界隔离，炉火整夜燃着不灭，或者肩上总是披着一件深色闪光暖暖的大衣，那些夏季住过的房间，人们喜欢和温煦可喜的自然界直接接触，人们就在房间里睡觉，我在布鲁塞尔住过的那个房间，是那么明媚喜人，敞亮开阔，同时又是封闭的，睡在里面在感觉上仿佛是躲在一个小巢之中，既自由自在，又像处在广阔的世界上。

这样的回忆延续时间不过是几秒钟。一时我只觉在室内几张大床中间睡在一张窄窄的小床上。闹钟还没有响动，必须赶快起床，在动身下乡之前，抓紧时间，到餐厅去喝一杯牛奶咖啡，在举步行走的时候，头脑中恍惚听到乐声鸣奏不已。

一夜将尽，各种各样的房间，在我的记忆中，还在一幕幕闪现，这一幕幕、一间间房间，我身体在醒来的时候，究竟是在其中一个什么地方难以确定，只是恍恍惚惚，游移不定，直到我的记忆能确定它是在我现在住着的房间里。现在的情境于是重新复原，但是，在这个时候，正因为它自身所处的确切所在地一时还不十分确定，所以对其他一切所处的位置也都估计不准。我终于确定我周身四处这里是衣橱，那里是壁炉，更远一点是窗。突然间，在我确定衣橱所在的那个地方，在它的上方，正有一道白光透露出来。

三 昼日

窗幔之间投下一道光线，按它或明或暗的不同，告诉我现在应该是什么时间，甚至在告诉我是什么时间之前，就已经给了我那样的思绪；我也不一定非看到那样的光线才感受到时间。我面向着墙，甚至光线还没有出现，只听到第一辆电车开过的声音和唤人的铃声，我就可以说出电车是在雨中无可奈何缓缓滑行，还是朝着晴明天色开动。因为，不仅不同的季节，甚至每一种不同情况的时间，都同样给出它自身固有的那种气氛，就像某种特殊的乐器一定会奏出和电车滑行、发出铃声相同的曲调一样；这样，曲调传到耳边，不仅各不相同，而且还现出一定的色调，带有某种意义，表现出某种全不相同的情感，如果它的声调是沉郁的，就像是雾中的鼓声，如果声调是委婉流动的，那就唱出提琴那样的音韵，这时，在像风吹动河中流水那样的气氛中，就可能听到轻盈飘忽染有不同色彩的协奏，或者，像短笛那样回旋缭绕，那音调一直可以穿透那布满阳光、寒气袭人像蓝色冰体那样的时间。

街上最初传出的声响给我带来雨天的愁闷，那响声在雨中给窒息隐没了，还有那光芒闪耀的冷风，响声就在风中颤动，还有响声消失其中有气无力的雾气。乍暖还寒阴晴不定的一天，这是多么美好的一天，可是阴晴不定，骤雨飘过，略略显得有点潮润，很快又让阵风吹散，或被一片阳光晒干了。

在这样的日子，特别是听到壁炉里有风声呼啸，总让我激动得心跳，一个少女未被邀请驱车前去参加舞会从敞开的窗口听到乐队奏出乐声心情非常激动，这时我比她更要激动，如果是这样，我宁愿在火车上过夜，天亮时到达诺曼底一个小城，科德贝克或贝伊厄，城市的名字和它古老的钟楼，我看，它就像那个地方农妇传统常戴的那种帽子，或者是玛蒂尔德王后①带花边的软帽，而且我一到那里，我一定要出去看看，海上有暴风雨，我也要到海边去看看，一直走到捕鱼人的那座教堂，教堂大概受到汹涌波涛庇护，波涛好像总是把教堂彩画玻璃窗冲得水淋淋的，在彩画玻璃上，大海的波涛涌起纪尧姆和它的战士们天蓝色或绛紫色的舰队，大海波涛还要把那循环卷动深碧色涌浪分开，留出一块寂无声息潮湿的海底墓地，那里的圣水池石槽底上凹处还留有几处积水。

可是，当时是什么时间，也无需借助街上声响音色表现一天的那种色调昭示于我，让我想到季节，想到那里的气候

---

① Mathilde，即诺曼底公爵夫人，一○五三年与诺曼底纪尧姆大公(后为英国国王，一○六六至一○八九年在位)结婚。

已经形成。只要感受一下我身上神经和血管组成的小小城市其中悠缓静谧的交流变化，我就可以知道天是不是在下雨，这样，我多么希望我是在布鲁日①，有着像勃鲁盖尔②一幅画上画的熊熊炉火，烧得通红就像冬天的太阳；火上还烤着松鸡、黑水鸡和猪肉，那是为我准备的午餐。

如果我在睡眠中感觉到我这小小一束神经还在活动，并且在我有这样的感觉之前就醒来，揉揉眼睛，看看是几点钟，那我就能知道到达亚眠③之前是不是还来得及去看看结冰的索姆河岸上那座大教堂，看看教堂大墙檐口避风处的雕像，大教堂朝南向阳一侧那一派金光灿烂，上面还布满着葡萄藤那样的阴影。

不过，逢到有雾的日子，我宁可在前一天夜里赶到古堡，第二天初次醒来，睡在床上再躺一躺，然后再穿上衣服，穿上衣服如果仍然冷得发抖，我就紧偎在烧得旺旺的壁炉旁烤火，冬天冻僵了的太阳也会到炉边地毯上来取暖；我从窗口向外看，看到我所不认识的空间，古堡两翼十分美丽，两翼之间是宽阔的庭院，马车夫正在庭院中驱赶马匹，我们从这里一下就能看到森林中的水塘和修道院，这时城堡女主人早已起身，正走出来吩咐人们不要把我吵醒。

有时，在春天的早晨，一个迷失在冬令季节的春日清

---

① Bruges，比利时城市，靠近北海。
② Breughel（1525—1569），佛兰德斯画家。
③ Amiens，法国濒英吉利海峡索姆省首府，索姆河经此入海。亚眠大教堂是法国规模宏大的大教堂，十三世纪建成。

晨，牧羊人的铃声在蓝天下要比西西里牧人的笛声更加清亮动听，这时我真想穿越多雪的圣哥达山[①]，由此下山直到鲜花遍开的意大利。早晨的阳光已经照在我身上，我跳下床来，我从镜子里看见我高兴得手舞足蹈，我觉得高兴，我不停地在说话，说话也无法表达这种幸福，我还唱，因为诗人就像门农大石像[②]：只要初升的太阳照在它身上，就能让它引吭高歌。

　　我心中想到的人，所有这些人，一一相继在无声无息之中消失不见了，肉体的深痛巨创，或者是睡眠，使他们相继踪迹湮灭，最后一个没有消失的人，一直站在那里没有倒下，我的上帝，这个人真像是我童年时代眼镜商铺面橱窗里那个嘉布遣[③]，遇到雨天他就把他的雨伞撑起，天气好他就摘下他的帽子。如果是一个好天气，我的百叶窗分明是紧紧地关着，我也可以闭上眼睛什么也不看，就因为是好天气，就因为太阳照在一片美丽的薄雾之上，害得我的病又行发作，喘哮不止，病一发作，那种痛苦可以让我失去知觉，不能说话，什么也不能说，不能思考，甚至希望下雨、想想病

---

① 属阿尔卑斯山脉。
② 埃及底比斯法老陵墓前两尊阿梅诺菲斯巨型石雕像，因地震已部分崩毁。传说初升阳光炙晒雕像残石，即可发出乐声，这就是门农向他的母亲黎明致敬。后来雕像于一七○年经罗马皇帝修复，有阳光照耀已不再发声了。
③ Capucin，原指嘉布遣修会修士，狂热的天主教徒。从上文看，嘉布遣似指一种以此为名的儿童游戏，即折好的硬纸片竖立起来排列成行，推最末一张，全部纸片依次倒下；按下文看，眼镜商橱窗有一嘉布遣修士形象，以其摘帽撑伞表示天气阴晴。语义双关。

痛解除也不可能，因为连形成这样一个意愿的力量也没有了。在这无边无际的空寂之中，只有连声喘哮，我体内深处只有一个微弱的声音在说：好天气——好天气——，痛苦使我泪流不止，我不能说话，如果我还有一口气，我真想高声唱一唱，可是，眼镜商那个小小嘉布遣，惟一保留下来没有失去的嘉布遣，竟摘去他的帽子，宣告太阳出来了。

后来我养成夜里不睡白天睡的习惯，这时，我觉得白昼就在我身边但是看不到，多么渴望见到白天，多么渴望生活，可望而不可即，得不到满足。晨祷最初淡淡的钟声刚刚显露，在空中微弱地匆匆穿过，就像黎明中一阵轻风吹去，就像清晨飘落的雨滴，我真想品味一下日出前动身远行那种快乐，他们准时在外省旅店天井中集齐，一面等待马车套马，一面在地上踏步，他们自豪地向那些不相信他们能按前一天约定时间准时到场的那些人表示他们是能够按时起身的。这一天，一定是一个好天气。美好的夏日，下午再睡上一觉，那才是一次美妙的歇晌。

我睡在床上，窗幔紧闭，那有什么关系！只要见到亮光，闻到那种气息，我就知道"是"几点钟，不是想象，因为我就处在时间当时的现实之中，还有现实给予人的生命的可能性，那不是梦中的一个小时，而是我参与其中的一种现实，好像我对给人以快乐感受的真实性增加了一个刻度。

我不能出门，我也不再吃午饭了，我不能离开巴黎。夏日清晨空气浓重得如同油脂，我的盥洗池和带镜衣橱也分别染上了各自的气味，盥洗池和衣橱静静地在原地不动，在半明半暗的光线里轮廓依稀可见，就像珠光那样朦胧暗淡，这是在蓝色丝织大窗幔像镜子那样"辉映"下形成的，我知道，就像几年前我就是那样的中学生，后来也可能成为的"事务繁忙的人"，匆匆忙忙走下火车，或从船上下来，急忙赶回家去吃午饭，我知道，在大街两旁椴树下，在肉店老板热气腾腾的店铺前，他们还要取出表来看看，"是不是没有迟误"，后来，他们就坐在有鲜花装饰的暗暗的小客厅里，白昼静止的光线好像把其中的气氛都给麻醉了，就在这五彩缤纷的香味之中，他们享受着那一份欢欣喜悦；我知道，他们还要走进配膳室，光线暗暗的配膳室会突然闪现出带有色彩的光芒，就像是在岩穴中一样，那里有苹果酒冰在水槽里，接着，他们喝酒，苹果酒果然是"冰凉的"，从嘴里沿喉管喝下去，冰冰的，香香的，他们拿着很好看很厚半透明的玻璃杯喝着；玻璃杯就像女人身上的肌肤，吻之不足，恨不能咬一咬，餐厅里，清新凉爽，那气氛——透明的冻结状态，上面还刻有细细的花纹，就像一块玛瑙内部有花纹缠绕一样，那纹路就是桌布、餐橱、苹果酒散发出不同香味形成的，还有格律耶尔干酪的香味，干酪近旁是架餐刀的玻璃架，这又增添了几分神秘——当送上散发着樱桃和杏子香气的果盘，这时，这里的气象更显得纹理缤纷了。苹果酒冒出许多小气泡，气泡多极了，悬附在玻璃杯内壁上，用小调羹可以舀起来，就像东海大量繁殖的生命，一网就可以打起无数鱼卵一样。小气泡在玻璃杯外凝结成一片片的，杯子变得像威尼斯的玻璃器，苹果酒把玻璃杯染得透红，玻璃表面缀满细小圆点无数，精美无比。

就像音乐家心中先听到他要在纸上写的交响曲，需要把音符先弹奏一下，以证实与乐器上奏出的真正音色是否谐调，我起身下床，把窗幔拉开，与外面的光比照协调。我还要和另一些实景试着对照配比，一直处在孤独隔离的情况下，那种渴望真叫人兴奋，还有那种可能性，即现实性给予生命的价值：那就像人们对不认识的女人的感受一样。有一个女人正巧从这里走过，她左顾右盼，意态从容，还不停地转换方向，像一条鱼在清澈的水中游动。美并不是我们想象的最高境界，也不是呈现在我们面前的抽象类型，相反，美是一种新的范型，在我们面前呈现的这种真实是不可能去想象的。那就像是一个十八岁女子，聪慧伶俐，面目白皙，一头鬈发，就这样，她就在那里。啊，我要是能起床该有多好！至少我知道，每一天都是这么丰富，都充满着可能，我对生活的渴望不断在增强。因为，任何一种美都是一种不同的范型，没有所谓美，只有美丽的女人，美就是幸福发出的邀请，只有美才能使幸福成为现实。

舞会，多么迷人，又多么让人感到痛苦，我们在舞会上不仅看到芳香四溢的美丽少女，而且还看到一排排看也看不清抓也抓不住的队列，这就是这些少女中每一人我们极想参与但又不可知的生活！她们中偶然有那样一位，在默默无言中，出于欲望，或者怀着惋惜，对我们有过一次顾盼，她的生命稍稍有所展示，除非我们怀有极大的欲望，否则就不能参与其中。欲望是盲目的，对于一位不知其名的少女有所欲求，无异是蒙上双眼在什么地方乱撞，我们知道，那个地方也许可能与天堂接近，可是我们对之毫无所知……

对她本人，我们根本什么都不了解！我们急于想知道她的姓氏，知道她姓什么至少可以让我们设法去寻找，可能找到她，可是她的姓氏又可能让她鄙视我们的姓氏，还有亲属，亲属自有长幼尊卑和习俗规范，还有她的职责和习惯，还有她居住的宅邸，走过的街道，交往的朋友，这些朋友是多么幸福，可以去看她，夏天她去什么地方也可以陪伴前去，这些朋友使她与我们远远分开，还有她的趣味爱好，她的思想，所有这一切，确证她的身份，构成她的生活，引动她关注的目光，维系着她的风采，充实着她的思想，形成她的肉体。

有时我走到窗前，拉开窗幔一角。我看见有一些少女在一片金光闪耀中走过，还有家庭女教师跟在后面，她们这是去上教理课，或是去学校，她们步态轻盈仪态动人，绝不掺杂一点非出自本意的动作，好像天生就揉捏在窈窕多姿的肉体上似的，她们就是那不可闯入的小小社会的一部分，她们从普通平民中走过，是看也不看的，连笑一下也觉得很不适当很不舒服，那种高傲似乎就是对她们优越地位的确认。这些少女用那种目光在你面前划出一段距离，她们的美由此让你感到无比痛苦；她们并不属于贵族阶级，但由金钱、奢华、高雅形成的严酷的差距，和贵族社会一样无法消除。贵族阶级寻求财富可能为获得乐趣，并不赋予财富任何价值，他们处置财富就像对待我们的愚拙和贫穷那样任意随便。这些少女也不属于知识界，因为这个阶层可能另有同她们不相上下的神奇人物。这些少女更不属于金融界，因为现金只看重它企图购买的东西，可以说与劳作和自重更为接近。是的，是有这样一个世界，这个世界用极其严酷极大的距离把我们远远隔开，这些少女就是在这个世界上成长起来的。这是金钱世界的一个小集团，它利用女人娇美风姿，或丈夫的儇薄轻佻与贵族阶级进行角逐，以便与贵族阶级联姻，资产阶级偏见现在还在反对贵族阶级，不过只要她们在做客时遇到一位公爵夫人，其平民身份没有泄露，资产阶级还是可以容忍的。她们的父辈，作为证券经纪人或公证人的职业，表明他们的生活与大多数同行的生活无分轩轾，他们决不愿看到自己的女儿也是这样。所以这种环境你是无法进入的，因为父辈的同事们都已经被排斥在外，同时，贵族人士也只有纡尊降贵才能接近，因此是不允许你靠上去的；这些少女，不知有多少次我被她们的美色打动，只要一看到她们，我就觉得我和她们的距离无法逾越，我认识的贵族人士也不认识她们，他们同样也无法接近她们，所以他们也不可能介绍引见让我接近她们。

　　我曾见到这类人当中一个人，他那独特的面貌，似乎向我们表明可能有某种未曾有的吉兆出现。他面貌的那种美，正因为独特才使幸运出现的可能性增大。任何一个人仿佛都在向我们展示一种未知的理想。所以看到我们不认识的但又希望看到的面容出现在我们面前，也就是看到我们渴望去生活的那种新生活出现在我们面前。它们在街转角的地方消失不见了，我们希望再见到它们，我们站在那里，我们在想：生活，比我们想要经历的生活不知要多多少，这件事本身对于我们作为一个人就更加富有意义。一个未曾见过的面容从我们面前走过，那就像在一本书上看到一个未曾去过的新地域的迷人魅力一样。我看到它的名字，可是火车马上就要开了。如果我们没有出门，我们是在家里，也无妨，因为我们知道它就在那里，我们有理由要求更多更丰富的生活。我从窗口看外面的现实世界，每一个小时，我都感到生活中的可能性就在我身边，生活的可能性还包括有种种不同的幸福的可能性，不同的幸福的可能性是不可计数的。美丽的少女，只要有她在，这就是对现实性的保证，对幸福的多重形态的保证。各种各样的幸福，可惜我们并不全部了解！有这样一种幸福，就是要你去追索，就像追求这样一位金发少女，追求她那鲜洁欢跃，让那冷如冰霜的脸上庄重的目光认出你，让那颀长身躯就站在那里，去理解她那鹰钩鼻、严峻目光、高高白白的前额发出的命令和法规。至少让她告诉我们一些新的生活之道……

汽车的汽油味有时从窗口飘进来，这种气味，有些新派思想家认为对我们的农村有害，他们以为人类心灵上的欢悦可能是彼此相异的，如果你愿意的话，等等，他们认为新奇只存在于客观事实之中，不在印象感受中。可是事实转眼就变成了印象感受，甚至汽车排放的气味吹进我的房间，直接就成为夏季田野上醉人的气息，表现为夏日田野的美，表现为在田野上四处倘佯、接近心中期求的目的如愿以偿那种欢快。英国山楂树的香气也只能给我带来一种固定有限的幸福回忆，即与那片树篱紧密相关的那种幸福感。而汽油这种好闻的气味，带来天空和阳光的色调，它就是田野的广袤无垠、动身出行的欢快，它就是在矢车菊、丽春花、紫色三叶草花丛中远远走去那一番情味，也是得知要到朋友正在等着我们、我们也极想去的地方那种喜不自胜的情绪。我记得，在博斯①乡下，整整一上午散步已经走出很远很远。已经走出博斯地区有十二里远了。阵风吹来，吹得小麦在阳光下偃伏倒下，吹得树木不停地摇摆。在这广阔的平原上，极目望去，就像这个地方不断延伸一望无际，我觉得风就是从她在等我到的那个地方呈直线吹过来的，风从她脸上吹到我这边来，一路无阻拦地吹到我的身上，我觉得一处处分辨不清的麦田，长满着矢车菊、丽春花的土地，就像是两侧限定的一片田原，我们站在它两侧的尽头，我们两人情意绵绵在这一时看不清的距离上在等着，可是一阵风穿越距离，很快给我送来她的吻，就像是她的呼吸一直可以吹到我的身边一样，到她身边去的时间到来，汽车就带我迅速跨过这个距离。我也爱过一些女人，我也爱过一些地方。散步有一种迷人的力量，这与我所爱的女人出现并不相关，她的出现总是让我感到痛苦，因为我怕她厌烦，怕她不高兴，宁愿她不要久留，宁可我去找她，借口有什么要事只能留一留，希望她要求我再去看她。所以，一个地方也表现在一个人的面容上。同

---

① Beauce，巴黎盆地地区总称。

样，面容，也许是由一个地方描绘而成。我就是一个地方的魅力形成的，按照这样的想法，那种魅力所寄居的地方，就是我所爱的那个地方，它帮助我生活，它让我找到快乐并与我分享，那个地方是形成一种魅力、形成生存希望的要素之一，它就寄寓在爱的欲愿之中。在一片风景的深处，总有某一存在的魅力在那里闪动。所以我的每一个季节都有它的一副面貌，一个存在的形态和一个地方的形态，总之，作为我把一个存在与一个地方混合在一起的那种欲愿，也就是一个梦的形态。几株开满红花蓝花修剪成纺锤形的花树，枝叶潮湿闪光，突现在一堵照满阳光的墙头上，这就是我对大自然抱有欲求可供辨认的标记，这就是一个年代；其次，就是这清晨薄雾笼罩下一泓凄清的湖水。有这样那样的标记，还有我一心想带到某些地方去的人，或者，我想留在这些人的身边，不想到那些地方去，或者，我对他们有眷恋之情，因为我认为——那常常是不正确的，不过我知道我错了，但那种魔力依然保持不变——我认为他们就住在那个地方，汽车发出的气味仍然让我感到那种乐趣，仍然在招引我再一次到那里去，这就是只有夏季才有的那种芬芳，这就是力量、自由、自然和爱情所有的那种奇异的芳香。

四 伯爵夫人

　　我家住在一座大宅侧楼三楼的一套房间，这种古老宅邸在巴黎已所存无几，大楼的迎宾庭院——或许由于民主潮流侵入，或许是贵人庇护下各种工艺行业汇集于此的遗留——仍然挤满了各种店铺，同样还有大教堂周围设施充斥其间，现代审美态度还没有把教堂"破坏"。为首的一家是修鞋匠摊头，"棚户"地段即从这里开始，一片紫丁香树围在这个地段四周。看门人也据守于此，鞋匠就在这里修鞋补鞋、畜养家兔母鸡。可是，在庭院深处，却住着一位"伯爵夫人"，当然是近期租房住进来的，不过我觉得这也是出于一种自古即有的特权，当初那个时代，所谓"庭院深处小公馆"，也总是住着伯爵夫人的。这位伯爵夫人出门乘坐一辆双马四轮敞篷马车，头上戴着饰有鸢尾花的帽子，鸢尾花和放在看门人-鞋匠-裁缝师傅窗台上的鸢尾花并没有什么不同，她的马车出入停也不停，为表示她并不倨傲，对送水的工人，对我的父母，还有看门人的小孩，总是面带笑容，致意问候……

　　等她的马车走远，听不到辘辘车声，就有人把马车出入的大门关上，这时，两匹大马拉着马车款款前行，还有一个男仆徒步跟随在旁，他戴着一顶帽子，高得与二楼相齐的样子[①]，那架四轮马车很长，长短有如房屋正面，就沿着一幢幢房屋向前驶去，马车经过的一条条不起眼的小街巷，就因这种贵族气派香气飘拂而神圣化了，马车停下来是为给某些人家送致拜客名片，或者是在路上遇到朋友，这些朋友也是与她应邀前去赴同一晨会的，要不就是已经去过回来了。可是这一次，马车竟转到横街上去了，因为伯爵夫人想先到森林转一转回来再去赴约，到那个时候，那里就没有人了，在天井里人们称之为最后到来的车辆。她用戴着瑞典手套的双手紧紧拉着女主人，臂肘靠着身体触到腰部，赞美她的服饰打扮，就像一位雕刻家摆放他的雕像，或像一位剪裁师试穿一件上衣，那种认真模样和她多情的眼睛、严肃的声调配合得十全十美，她知道应该对女主人说什么："诚心诚意要早一点来，又确确实实不可能"，那美丽的紫菀菀的目光仿佛看着一个个障碍阻拦在前，同时又好像有教养的人不愿谈及自己那样讳莫如深。

我们住的一套房间出口处在第二庭院，窗口倒是开向伯爵夫人住的那套住房的。今天我又想到伯爵夫人，我这才明白在她身上确实有着一种魅力，可是一经和她谈话，魅力随即消失，对此她自己并不知道。她是属于持掌神灯那类人中的一员，可是她从来看不到神灯发出的光。如果

---

① 法国老式房屋底层较低，底层上第一层中国习惯通称二楼。

有谁和这类人结识，和他们谈话，他也就变得和他们一样，那种神奇的光，那种魅力，那种色彩，也就不见了，变得毫无诗意，诗也消散泯灭了。所以不该认识他们，要在已成为过去的情况下突然看到他们，就像在不认识他们的时候那样让那种光再亮起来，让那种诗情再次出现。那就像是某些对象、地方、悲愁、爱情可能有的情况那样。占有这一切的人是觉察不到那种诗情的。诗只保持在遥远的地方，只在远处发出光亮。因此，对于能看到诗情之光有这种能力的人，生活不免总是令人沮丧的。如我们想到我们企求认识的人，那我们就不能不接受那时我们是想方设法去结识、是有那样一个不相识的人，而他恰恰就在那个时刻宣告消失找不到了。我们再见到他，就好像看到我们始终不认识的那个人的肖像，我们这位朋友某某某又确实与他没有任何关系。我们在那时认识的人的面貌，你们，你们在那个时候就已经黯然失色面目全非了。作为最初印象保留下来的不相识者，我们度过一生就是由习惯所促成一律把那些不相识者至关重要的画像都给抹去，让它消失得无影无踪了。尽管我们竭力想消除原初面貌上被笨拙地重加勾画的地方，等我们再次见到我们那时还不认识的人的面貌，即由最初印象刻画出来的面貌，我们反而感到我们根本就不认识他们……聪明的朋友，这就是说，像所有的人一样，我天天都在和他们交谈，可是从那个匆匆离去的年轻人那里你又能获得什么呢？那个年轻人眼睛大得像是突出在眼眶之外，我见他从剧院走廊匆匆走过，好像是伯恩-琼斯①画上的英雄人物，或曼特尼亚②笔下的天使，是这样吗？

再说，在爱情上，女人的容颜，对我们来说，变化是那么快。我们喜爱的容貌，其实就是我们心造的那种眉眼、那种面颊、带有某种意向的鼻准，那正是千百个这样的人物中的一个，有可能让它在这样一个人身上涌现。可是我们这个人物转眼之间就换成了另一副面貌。面色上〔很快出现〕③带暗褐色的苍白，双肩微微耸起，目空一切的样子。现在，温柔多情的面容，依然还在，几乎还有点畏怯，可是玉色双颊与黑发相映衬在那面容上竟不起什么作用了。不知有多少人相继出现，对我们来说，似乎始终都是一个人，可是这个人和我们第一天见到的那个人又是多么不同！有一天晚上，伯爵夫人从晚会出来回到她那时居住的家中，我不住在那个地方已有多年，当我吻她的时候，我远远避开她的脸，很想把她细加端详好好地看一看，就像对待与我无关的事物一样，就像是看一幅画，就像过去她在街上和送牛奶的女人谈话我远远看她那样。我多么想看到她那紫色的眼睛，线条纯雅的鼻准，傲慢的一张嘴，修长的身材，郁郁寡欢的神情，这一切相互统一的那种和谐完美，我多么想在我眼中留住那重新找到的过去，伸出我的口唇去吻我那时多么想吻的那一吻。但是，我们拥吻的那些容颜，我们住过的地方，甚至我

① Burne-Jones（1833—1898），英国画家。
② Andrea Mantegna（1431—1506），意大利画家。
③ 原稿此处空缺。方括号内文字系法洛瓦所加。

们为之服丧的亡人，让我们渴望去爱，去生活，让我们因失去它而震惊的一切，可惜，现在都已不复存在了。化入想象中的印象感受的真实性，多么珍稀多么可贵，可是艺术摒弃这种真实性，以求与生活相似，这样，也就把惟一珍贵的东西给抛弃了。反之，艺术为了描绘它，竟对最庸常的事物倍加重视，给予很高的评价；艺术如果不去描绘社会中存在的一切，它就可能将这一切纳入风雅趋时，也就是说：化为乌有，如爱情、旅行、现实的痛苦，对此艺术只能在非现实——惟一现实的——色彩中去寻求，于是附庸风雅的青年人的欲望就用这种色彩去渲染那位伯爵夫人，那位有着紫色眼睛在夏季星期日乘四轮马车出门的伯爵夫人。

我第一次看见伯爵夫人也曾对她萌生爱意，我看她的面容就像看到一种不可捉摸转瞬即逝的东西似的，好像画家随意画出的一幅画，对我们来说，这不过是一个"已消失的侧影"，这是势所必然的。但是描绘这种类型的曲线，由于其余部分已经略去，对我来说，鼻子的轮廓，还有嘴微微努起的形态，也就看不出了；如果我在庭院或街上遇到她，在相同的时间，如果装束换过，她的容貌大多又是我所不认识的，那么，我得到的印象就像看到我们不认识的人一样，我心上仍然会为之震动，因为饰有矢车菊的帽子和不相识的面容在这种掩饰下，我们看到的很可能就是那种面部的曲线和那一天出现的撇着的嘴角。有几次，我几小时守候在那里一心想看到她，可是不见踪影，后来她突然出现，那一直延伸到紫色眼眸近旁起伏动人的曲线终于让我看到了。最初的面容不意出现，对我来说，也就是一个人出现在我面前，因为它所代表的原就是那个侧影，永远微微耸起的眼眉，眼中含有即将展开的微笑，正待努起的嘴角依稀可见——所有这一切不意出现在那面容上，都是从可能相继出现种种部分的、暂时的、不变的表情中偶然提取出来的，像一幅画把某种情态固定下来再也不能改变一样——所有这一切，对我们来说，就是那个人，就是当初我们看到她的那个日期。以后的时间，那是另一种印象，是后来时日中另一个人的面貌：最初形成那个人黑发和苍白面影相衬托的情景我们后来也就不加注意了。因为这已不是以嘲弄眼光去看的那种快意，而是以畏怯眼光去看的温情。

她在我身上引起爱意，认为她高贵非凡的想法于是进一步增强，因此，她在我们庭院深处的小公馆在我看来是不可接近的，她的家，对我来说，像我这样的平民，是严禁闯入的，就像说在云中飞翔是不可能一样，我决不会感到意外。我那时生活在一个幸福时期，对生活还无所知，人与事对我来说是不分等级的，只有姓名把人区别开来，使他们的特殊性各具特点。那时我有点像我们的弗朗索瓦兹①，弗朗索瓦兹认为伯爵夫人的婆母侯爵夫人的爵位封号与伯爵夫人的婆母寓所上方那种叫作"侯爵夫人"的阳台②两者之间有着某种神秘的连带关系，她认为除侯爵夫人之外，其他任何人都

---

① 这是家中的女仆。
② 带挑棚的阳台俗称"侯爵夫人"。

不可能有这种阳台。

　　我时时想到她，想来今天是没有机会再见到她了，我默默地走下楼去，走到街上，我从乳品店门前走过，就像小鸟发现一条蛇那样猛然一惊。我在柜台前，在那个正在挑选干酪、与乳品店主人说话的人的脸上，发现那令人神往的紫色眼眸下出现一条曲线在暗自流动。第二天，我想她一定会再去那家乳品店，我在街角上等了几个小时，竟不见她来，失望而返，我穿过街道，慌忙躲避一辆马车，马车几乎从我身上碾过。这时，我看见另一面容闪现在一顶未曾见过的帽子下，就像是沉睡中的毒蛇，眼睛好像也带有那种紫色，我认得出，不过，在认出之前，我心里已经震荡不已。每次见到她，我总不免心情慌乱，难以自持，只有匍匐倒下，她一定认为我是"很有教养的"。《萨朗波》①书中写到毒蛇，毒蛇体现为一个家族的守护神。我看，前面所说的面容的美丽曲线，在她的姐妹身上，在她的侄甥一辈，肯定也可以看到。我看，我若能认出他们，我就能品味出那种本质，那就是她本人。他们就像是一个家族中按照同一面貌描绘出来的不同图像。

　　我在一条街转角地方认出她的膳食总管，认出他那金黄色颊髯，我看他在和她谈话，他能亲眼看她进餐，就像是她的朋友，这时，我心上受到三重震撼，好像他我也深深地爱上了似的。

───────

　　① 福楼拜的一部小说。

这样一些时日，这样的清晨，有如一串串珍珠，使她和当时最为精雅的情趣联系在一起；她在散步过后，就穿上那样一件蓝色裙衫，去拜会德·莫尔塔涅公爵夫人；一天结束，晚上接待客人的时间开始，她又到德·阿莱里乌弗尔亲王夫人、德·布吕伊弗尔夫人家去做客，晚餐后，她的马车就等在那里，她走上马车，一阵丝绸、目光流盼、珍珠那样的乳白色的晃动震颤同时也带上马车，这时她又乘车转往德·鲁昂公爵夫人或德·德勒伯爵夫人的公馆。后来，总是这样一些相同的人物，我也感到厌烦了，我不再到他们那里去了，我发现，对她本人，情况也是一样，她的生活已失去那种神秘性，可是她仍然喜欢和我在一起闲谈，我们宁可去参加一些庆会，在那些地方我觉得她肯定是她自己，因为我看到的其他一切不过是类似剧院后台那样的地方，人们在后台对剧作之美，对女演员的才华，是决不会生出怀疑的。后来，有的时候，有关于她，有关她的生活，有关真实，本来可以从中归纳出一些什么道理来，结果道理也不复存在了，其人，其生活，真实情况都已经显示无遗，这就意味着和我的梦一样：她是独特的，她只见之于古老家族的后代。除文字以外，也就别无所有了。

五 《费加罗报》上的文章

我闭着眼睛，等待天亮。我在想，我给《费加罗报》寄去的文章时间已经很久。校样已经看过。每天早晨打开报纸我就找那篇文章。已经很多天过去，我也不抱什么希望了，我想，文章已经拒绝发表。接下来，我听到家里人都已起床。妈妈很快就要走进我的房间，因为，我只能在天亮后入睡，邮差来过，人们就要对我道晚安了。我睁开眼睛再看一看，天已经大亮。人们走进我的房间。妈妈随后也来了。要了解她来做什么，那是无需迟疑的。她一生从不想到自己，不论做什么，或做出最大的努力，目的都是为了我们幸福，——而且，自我病倒时起，我不得不抛开我的幸福生活，此后这也就成了我的快乐和安慰——就是从她一举一动猜测她的心意，看她要做什么，从第一天起我就掌握了那个窍门，弄清她的意向也就没有什么困难了。她向我问好，我见她神态冷漠，《费加罗报》放在我身旁——不过太靠近，我动一下就无法看到——我见她把报纸放下就匆匆走出房间，就像安那其党人丢下一颗炸弹转身就跑一样，接着在过道里与我的老阿姨迎面相撞，老阿姨正巧走进房间，不知里面有什么她不宜参与不可思议的事发生，我立刻也就明白有什么事妈妈在瞒着我，文章已在报上发表了，故意不说，意思是不要让我的惊喜因此减色，也不希望有人到这里来，有人在场我的快乐可能受到干扰，我可能为尊重别人把欢欣掩饰过去。报上有我的文章，或与我有关的文章，或者有关我所爱的什么人，即使是雅姆①或布瓦莱弗②的一版文章，这一切，对我来说，都是莫大的喜悦，或者是用我所喜爱的文笔写成的信，如果不是这样，妈妈绝不会神情漠然把报纸往我身边一放就转身避去。

我翻开报纸。嗬，讨论的问题和我的文章一样！慢，慢，太过分了，词句也一样……我要抗议……是那些词句，还有我的署名……是我的文章。我的思绪以一秒钟所能达到的快速度被拖着飞驰，就像老人不停地向前奔跑，认为报上登的不是那篇文章这一段时间还在继续，我的思绪已被拖得疲惫不堪；我的思绪立刻又回到这样的意念上：这的确是我写的文章。

于是我拿起报纸，这张报纸既是这样一张，同时按照某种神奇的乘法，又是一万张，张张都是同一的，不论对谁都是不可剥夺的，报贩要多少报纸就派给他多少，在巴黎天空朝霞辉映下，带着潮气、晨雾和油墨气息，和牛奶咖啡一

① Francis Jammes（1868—1938），法国诗人、作家。
② René Boylesve（1867—1926），法国作家。

起，把这样一份报纸分送给那些刚刚醒来不久的人。拿在我手上的，不仅是我的真实的思想，同时也是接受这一思想过程中千千万万人清醒的关注。要理解这样的现象，我必须从我自身走出，暂时成为千万读者中的一人，作为读者，窗幔刚刚拉开，醒来不久，神清气爽，他就要把我的思想提升到无限的曙色之中，让我充满着希望和信念，就像我现在在天空上看到的曙光一样。于是我拿起报纸来，仿佛我并不知道上面就是我的文章；我的眼睛从印有我的文句的地方挪开，设想可能写出的是什么，把我认为别有意味的东西突现出来，好像一个人在等待中不要过于急迫将每一分钟距离拖长一些。我在自己的脸上感到我作为一个没有经验的读者撇着嘴无动于衷的样子，然后眼睛转向我的那篇文章，看中间一部分，从这里开始读下去。每一个字词都能引出我有意要唤起的形象。每一个语句从第一个字开始先期勾勒出我要表达的思想；我写下的语句为我提供的思想更为多样更加和谐，也更加详尽而丰富，因为作者，现在又是读者，处在感受状态下，而我写作时所处的文思丰饶状态，写作时的思想，这时又出现了，我让它相应地延伸，我当初写那个句子我并没有想到现在思想的延伸，思想延伸，这是一种精微美妙的创造，我不禁为之赞叹。这时我对我自己也十分叹赏，有一万个读者读这篇文章不为此击节叹赏实在说我认为是不可能的。读者的赞赏把我文章中许多瑕疵就给弥补起来了。如果我把我的文章和我立意要写的文字相对照，那就像后来发生的情况一样，我觉得我写的文章同一个写得流畅精美的句子相比简直成了失语症的语无伦次，只能让好心人勉强了解动笔前我自信可能写出的意思。这种感受，写的时候就有，重读的时候，在一个小时之内，可能也有；但是，此时此刻，我不是将这里一个句子逐一注入我的思想，而是传输到千千万万清醒的读者的思想之中，《费加罗报》刚刚送出也正是送给他们读的。

我要努力成为他们中的一员，抛开个人意向，让我的思想成为空白状态，不论什么文章都准备去读，但愿这相继出现的动人的意象、珍奇的观念、警策的文句、深刻的见解、优美的表达，让我感动、陶醉，我想我也有才能，我感到充实。有关我的荣名的意念，应超出这些人的判断力，在他们的思想中突现出来，对我来说，映红每一扇窗口的无边曙色也比不上那种荣光闪耀。如果说有一个字词我认为使用不当，啊！他们是不会去注意的；因为这一切他们并不适应，像这样，可以说已经是很好了。我自知无能，这是我终生感到憾恨的事，现在我有了想象中上万读者赞赏，就这一点说，我的无能也转而成为一种力量，这是一种愉快的感受。我已经从我的可悲的判断中解脱出来了，我生活在一片赞扬声中，我的思想追随想象中特有的赞誉流连忘返，我那令人痛苦不安的自省的责任也就推卸到赞誉上去了。

可庆幸的是我无需对自己作出评价，真可叹，在这样的时刻恰恰是我在审视我自己！我在审视我的词句体现出的意象，我所以要这样做，是因为我立意要把它们置于那些词句之中却没有得到体现。通过词语显示形象，如果我能做到，那么，让别人也看到它们，喜爱它们，就必须让读者在精神活动中获得它们并且珍视它们！我写出几个很好的句子，我想：这些词语包括有这样的思想、形象，真是这样我就放心了，我扮演的角色也就完成了，从这些词语的展示中就会有所得，报纸就会给读者带去形象和思想的宝藏。正像思想是印在纸上的，只要张开眼睛阅读，让它们进入尚未进入的头脑就行了！我的读者能做到的是在具有相同形象、思想的头脑中唤醒相似的形象、思想。至于另一些人，我的词语在他们那里是什么也遇不到的，去唤醒他们，多么荒谬的想法！这些词语指明某些事物，他们不仅不能理解，而且也不可能显现在他们的思想上，这些词语对他们能说明什么呢？他们读这些词句，又能看到什么呢？我所认识的人将会对我说："你的文章，不怎么样，""相当糟，""没有必要写，"我想，他们是有理由的，我愿意附和他们。我设法以他们的思想谈我写的文章。现在他们不接受我的思想，所以我也不能采纳他们的思想。从第一个字开始，动人的形象不偏不倚就展现在我心目之中，一个个形象都能感动我，让我感到惊奇，我觉得事情就是这样，纸上的文章就像这样写成了，只能接受，如果他们注意的话，如果我把这一点也告诉他们，他们就会像我那样进行思考。

美好动人的思想此时进入所有人的头脑，但愿我能这样设想，可是立刻我又想到还有不少人并不看《费加罗报》，也许他们不读今天的《费加罗报》，他们出外打猎去了，或者，他们根本没有翻开报纸看一看。那么，看报的人是不是会读我的文章？啊！那些我认识的人看到我的署名也许会读那篇文章。但是署名他们是不是真的看到了？我很高兴我的文章登在报纸第一版，我相信有些人只看第二版。的确，要看第二版须把报纸折过来。我的署名恰好印在第一版中间。不过翻到第二版，我看，就只能看到第一版右边一栏。我试过，我就像在菲兹-雅姆①夫人府上想见什么人的那位先生，看《费加罗报》不看第一版。好，最后两栏是看到的，可是没有看到马塞尔·普鲁斯特的署名。就算是这样，只注意第二版，那也应该看看带头文章是谁写的。所以我要问昨天、前天头版文章是什么人写的，我发现我自己就经常不看头版文章的署名。今后我一定要注意看，好比一个嫉妒的情人设法让自己相信情妇没有骗他，以后也不会骗他。我知道我注意别人未必注意，事情并不因为我怎样就一定怎样！我知道，我看报纸第一版，不能得出结论认为别人也看第一版。反之，我并不认为事实竟会尽如人意，就像过去我期望我的情妇给我写信，我就在思想中写出一封我希望收到的信。事后，我知道，那是不可能的，偶然性未必那么大，但是我一心期望她给我写信，我曾设想她可能给我写来那样一封信，所以，为了保持这种可能性，我也就不再费心去多想了。即使她给我写信这个偶然出现，我也不会怎么高兴，在爱情中可能形成欢乐的全部语句我们知道得太多了，最希望听到的事也就不存在了，也不会让我们再听到了。那些语句只要用

---

① Fitz-James，这一姓氏是十七世纪受封的大世家。

字写出来就行了，那就是属于我们同样也属于我们情妇的字词，还有我们可能有她同样也会有的那些思想，我们读这些词语，是为了我们不要从自身偏离出现变化，对我们来说，渴望它们与取得它们并没有多大区别，因为，有所成就与有所欲求说的原本是同一种语言。

我叫仆人去为我买几份《费加罗报》，我说要分送给几位朋友，确实是这样。不过更主要的是想用手指亲自触摸一下附着在千万份潮润的报纸上我思想的体现，是为得到另一位先生可能拿到的那份报纸，如果他的一份报纸正好是我仆人那时在报亭拿到的那一份，同样，也是为了面对另一份报纸想象自己是另一个新的读者。作为一个新的读者，我拿起报纸看我自己的文章，好像我从来不曾读过，怀着一种未曾体验过的善意读这样一篇文章，事实上，作为第二个读者也不见得有多大区别，第二个读者作为一个人与第一个读者根本没有什么两样。我心里知道，有很多人不理解这篇文章，甚至我非常熟悉的人也不理解。尽管是这样，我得到的印象仍然是愉快的，我今天还是占有了他们的思想，即使不是用我的思想，他们没有看见我的思想显现，至少看到我的名字，看到我本人，以及对一个能写出许多他们根本不理解的事情的人所设想的价值。我多么希望真有一个人从这一切能对我形成一个概念；这篇他所不理解的文章由于有他这样一个人存在这一事实本身就是对我的一种明显的赞许，对此他以后将会有所理解。深可惋惜的是，非其所属的思想文字不会打动他的精神，对他所不喜爱的人的赞许当然也不会打动他的心。

你看，上床睡去之前，我还要去吻一吻妈妈，还要问她，对我的文章怎么看！我因为不能核实《费加罗报》一万读者是否读过我的文章、是否喜欢，我又不能对我认识的人进行调查，很感烦躁不安。这天是母亲接待客人的日子，有人会同她谈论这件事亦未可知。

到她那里告辞之前，我先把窗幔拉起闭好。现在，在布满朝霞的天空下，可以感到太阳正在升起，太阳仿佛借着自身的弹力一跃升到天际。看到红霞满天，我非常想外出旅行，因为布满红光的天色我在车厢玻璃窗上是经常看到的，在火车上过夜不像睡在这里，窒息在封闭静止的事物之中，睡在火车上，我被带入运动，就像鱼在流水包围下漂浮游动慢慢睡去，在这样睡过一夜之后，我在车窗上看到那布满霞光的天空。就像这样，我在列车震响的催眠下，或睡或醒，那响声凭耳朵随心所欲组成两拍或四拍，就像耳朵在想象中听到发出某种节拍的钟声一样，仿佛一口钟一口钟连连叩击延伸向前直到耳中节奏变换，钟声，火车声，千依百顺，按节奏发出震响。像这样，火车带着我一连几夜迅速向着心向往之地奔驰前去，这时，我见车窗上天空红光衍射笼罩在一片树林上方。随后，铁路转入弯道，满天红光变成了布满星光的暗暗夜空，天宇之下是一个村镇，村镇一条条街道在夜幕下现出蓝蓝的光影。于是我急忙跑到车厢另一侧车窗那里，从那里往外看，红光映照天空，绚丽悦目，在一些树林上空越发显得灿烂，我从一个个窗口看出去，不忍离去，随着列车开行方向不断变动，在左侧车窗看不见了，就转到右面窗口追着去看。就像这样，我心里产生了永远外出旅行这样的想法。现在外出旅行的渴望又出现了；我真想再去看看在那样的天空之下汝拉山荒无人烟的大峡谷，还有哨所的小屋，哨所所能看到的除了小屋一侧通过的铁路弯道以外，别的是什么也看不见的。

我想看的远不止是这些。火车经过那里并不停车，我站在车窗前，有煤烟气从窗上渗透进来，这时就有一个高高的红润的十六岁姑娘端着冒着热气的牛奶咖啡穿行而过。对于美的那种抽象的欲求是暗淡无味的，因为欲望是按照我们认出的东西想象美，它在我们面前显现的是既在的限定的世界。但是一个鲜洁娇美的少女带给我们的正是我们未曾想象的什么，那不是美，不是对他人也是同一的什么，那是一个人，某种独特的对象，与别一事物决无共同之处，她有一定的个性，她存在着，我们渴望将我们的生活与之相融合。我对她喊着"我要牛奶咖啡"；她没有听见，这样的生活，这样的生命眼睁睁看着远离而去，我在这样的生命中形同于无，在她眼中看来，她并不认识我，多么不幸，在她的思想中，并没我；我叫她，她听见了，回过身来，微笑着，走过来，我喝着牛奶咖啡，列车继续开行，我注目看她的眼睛：她的眼睛没有躲避，也在注意看着我，而且带有惊奇，可是我的欲念于其中却认为看到了某种同情。我多么希望获得她的生命，和她一起旅行，如不能得到她全体，至少拥有她的关切，她的时间，她的友情，她的习惯！快快，火车又开动了。我说：我明天还要来。可是现在已经两年过去，我想我还要到那个地方去，我要住在那样的环境中，曙色初现，霞光满天，在那荒无人迹的峡谷上，我一定要紧紧拥抱那个给我送来牛奶咖啡的棕发姑娘。有一个人，带着他的情妇，当火车再次开动的时候，就在他情妇身上把他遇到当地少女那样的意念给窒息了。这是一种舍弃，拒绝拥有一个地方可能提供给我们的一切，也就是拒绝深入现实世界。在现实世界寻求某种乐趣的人拥抱他们的情妇，以求忘却给他们送来牛奶咖啡含笑的少女。这样的人，他只需看到另一处建筑优美的大教堂，观赏亚眠大教堂的愿望也就可以得到满足。对我们来说，现实只能是个别的独特的，我追求的决不是任何女人的欢爱，而是那特定的女人，我要看的不是任何一座漂亮的大教堂，而是牢固建筑在那里土地上的亚眠大教堂，不是它的对等物，也不是它的复制品，真正能接触这座大教堂必须付出艰辛劳苦，还要看天时，看照在我身上的阳光，阳光必须照耀在它之上同时也照在我的身上。两种欲望常常可以合而为一，所以在两年之间，我曾再度去夏特勒①，观赏夏特勒大教堂的门廊，还和圣器监管人的女儿一起登上钟楼。

现在外面天色已经大亮，我见金光普照大地，奇幻闪

---

① Chartres, 邻近巴黎地区的厄尔-卢瓦尔省首府，有十三世纪初建成的圣母大教堂十分著名。

耀，人们打开窗，这样的光芒向他们指明：太阳迟迟没有升空，却把周围山坡上牧场和远方静静的卢瓦尔河上光色照得晃动耀眼，这光芒就在金色的尘埃中震颤闪动，人们只能在夕照中看到这种闪金的微尘浮动，在这个时候，那种充满着希望的美是看不到的，只催促着人们沿着阒无声息的大路速速趱行。

六　露台上的阳光

我极想在睡前能知道妈妈对我的文章究竟是怎么看的：

"费莉西①，太太现在在什么地方？"

"在梳妆室，刚才我给她梳头，太太以为先生已经睡了。"

既然还没有睡，我想到妈妈房间去找她，在这样的时间去她的房间（通常这个时候我已经在床上睡着了），是非同寻常的。妈妈坐在梳妆台前，穿着一件宽大白色晨衣，好看的黑发披散在肩上。

"我的宝贝怎么来了？"

"我的主人想必是误将黄昏当作清晨。"②

"不不，我的宝贝不和妈妈讲讲他的文章是不会睡的。"

"你觉得它怎么样？"

"你妈妈没有在大西尔学校读过书，也觉得写得好。"

"写电话那一段是不是还可以？"

"很好；你的老阿姨路易斯一定会说，这孩子不知从什么地方找到这些东西，我活到现在这个年纪还没有听说过呢。"

"不，不，说真的，如果你不知道是我的文章，读过以后，是不是也觉得好？"

"当然觉得好，我相信一定是一个比我的小傻瓜更聪明的人写的，他和所有的人一样，这个时候不去睡觉，穿着睡衣，跑到他妈妈这里来。当心，费莉西，把我头发拉疼了。亲爱的，快穿上衣服，要么还是去睡，今天是星期六，我没有多少时间。要是有人读过你的文章，看见你现在这个样子，一定会对你有不好的评价，知道不知道？"

星期六，因为我的父亲要去学院讲课，午饭须提前一小时。时间小有变动，星期六这一天不论对什么我们都觉得很有好感，都带上一种特殊面貌。我们知道，过一会儿就吃午饭，有权享受一餐煎蛋和土豆牛排，在一个小时之内，按照惯例，应该好好享受一下。而且，每逢星期六，这就成了平静生活中的一件大事，让人倍加关注，觉得十分欢快，遇有必要也不乏奇想和机智，这在外省范围不大的往来关系中是极为常见的，也没有什么禁忌。星期六本身就成了谈话中特别喜欢谈、谈也谈不完的永久话题，如果我们当中谁有史诗式的头脑，一定会成为这个小团体的主人。就像布列塔尼人爱听的歌曲都同他们念念不忘的亚瑟王③有关一样，有关星期六的笑话就成了我们惟一逗笑取乐的故事，因为这样的笑话带有民族特征，使我们和异族人、蛮人显得不同，就是

---

① 即前文所说的弗朗索瓦兹。
② 这是有意引用诗文名句。
③ 中世纪布列塔尼传说中圆桌骑士的主脑。

说，与星期六按习惯时间吃午饭的人大不相同。不知我家星期六提前一小时吃午饭的人，上午来到我家找我们谈话，发现我们这时都坐在餐桌上一定大为惊奇，这种少见多怪正好是谈笑中最常见的话题。弗朗索瓦兹一个人可以为此一连笑上几天。大家都清楚，就是要借这个因头让大家畅怀大笑，而且还要笑得欢快亲切，通过欢笑大家融合在乡土情谊之中，但又和当地的惯例不相容，正因为这样，偏要促成其事，还要牵扯到那位来客的惊奇上，还要弄出这样的场面，还要预计有这样一场对话。有人说："怎么，已经是下午两点钟了？我看还不止。"有人回答："是呀是呀，你上当啦，今天是星期六。"

"等一下，听我说；假定你不认识我，假定你不知道这几天肯定有一篇文章发表；那你是不是认为文章你准定要看？我想报纸这一部分不会有人去看。"

"小傻瓜，你怎么认为没有人看？人家打开报纸首先就是看它。何况一篇占五栏的文章！"

"是啊，说不定卡尔梅特先生①讨厌。他认为在报上发表这样的文章效果不好，读者不喜欢。"

妈妈这时脸色变得很不耐烦的样子。

"那你为什么还要那么做？你觉得好，那就更加不妥，你明白如果人家不喜欢，又受到批评，就不会再要你的文

---

① Gaston Calmette（1858—1914），一九〇三年起任《费加罗报》社长，一九一四年曾发起反对财政部长运动，后被部长夫人杀害。

章。也许有些地方本来可以删掉。"妈妈拿起报纸看起来，为了不把我的一份报纸拿走，这份报纸是她叫人另外给买来的。

天空变得晦暗，我听到壁炉里风声吹动，这就把我思绪带到海上去了，我多么想到海边去看看，我的思绪又把我的视线引向妈妈正在看的《费加罗报》，她是想看看我的文章是否有可删之处，我的视线却落在一条未曾注意的标题上："布雷斯特①暴风雨。昨晚大雨滂沱，狂风大作，港口缆索断裂"，等等。一个少女看到她极想参加的第一次舞会的请帖，那种激动也比不上我这时看到暴风雨三个字那么激动。暴风雨给我极想看到的对象赋以形态和现实性。这几个字对我心灵的冲击无异也是一种痛苦，因为一定要亲临其境的欲望一经出现，急于外出那种焦灼心情也立即随之而起，能否出去走一趟这种焦灼急切的心愿多年来每一次都被打消，始终未能实现。

"妈妈，有暴风雨，机不可失，我不想睡，我要去布雷斯特。"

妈妈转过脸对着费莉西，费莉西这时正在笑着：

"费莉西，我是怎么对你说的！马塞尔先生发现有一场暴风雨，他要去看。"

费莉西惊讶地看着妈妈，她在想：妈妈对我的事总是一猜就猜中，她看看我，看看妈妈，我在不停地抱吻妈妈，

① Brest，在布列塔尼地区最西端，濒临大西洋，菲尼斯太尔省城市。

家居这样的场面原是很感人的，可是现在却让妈妈很不高兴，我已经感觉到了，所以她对费莉西说，她的头发已经梳好，她自己梳一梳就行了。我总是处在焦虑不安心情中，我思想上有两种情景一直处于冲突状态，一是到布雷斯特去，一是上床睡觉。前一景象在我思想上呈现的是一个水手在等我，用过午饭喝过一杯热咖啡就带我到海边山崖上去看暴风雨，此时尚有一点点太阳；另一幅景象表现为这样一个时刻：所有的人都已睡去，我必须上楼回到我那个陌生的房间，一个人躺在潮潮的被褥上，我知道，这样一来妈妈我就看不到了。

　　这时，我发现窗台上有什么在闪动，既是无色的，又看不出有光亮，而且时时在扩展，可以察觉出它正在一点点变成一束阳光。没有多久，窗台有一半被阳光照上，又经过短促的迟疑，像是畏怯，向后略退一退，一片苍白光色溢满在窗台上，露台制作精美有点剥蚀的铁栏杆的阴影在阳光上闪闪浮动。一阵风吹散阴影，随后又顺从地再现出来，我看阳光在窗台上就在我眼前不断增强，进展很快，而且持续不断，就像一阕序曲结尾的音符那样。序曲开始时音调微弱，展开之前，乐音逐渐增强，然后扩大，强度也增大，按着这样的速度向前过渡，强度有增无减，经过一段时间，在震耳欲聋的胜利的强音上序曲结束。同样，一段时间过后，窗台上好像完全让盛夏一天不变的光辉镀上一层金光，还有露台上精美铁栏杆投下的阴影，这铁栏杆我总觉得它是世界上最难看的东西，可是在阳光照耀下却显得相当悦目。铁栏杆阴影按照既定图式精巧无比呈涡旋形缠绕展开，就铁栏杆自身看，看不出有什么特别的地方，而图形圆曲旋转直到伸出一些极细的尖端，旋转盘绕得灵动精巧，又有相应的精确性，一位追求无限完美的艺术家为求得图形完美所体验到的喜悦在这铁栏杆涡旋形花纹上仿佛也有充分的表露，像这样的艺术家对某一对象忠实的再现，就把它所没有的美附加上去了。这盘旋的花纹以其固有的生动性展现在灿灿发光的空间，有着如此高超的形式，又完全是可触知的，仿佛是在某种可喜的稳定性和宁静安详状态中由空间承载着。

当我们按照某种通行的旧写作方法写，尽管我们努力要使我们的言语富有个性，也必须做到人们能够适应，描写我们印象最深的事物的外观，这样的想法也许根本就不存在，就像文明进程不同，肉类熟食和衣饰穿着这样的习惯不尽相同一样。因此，在一般情况下，在精确描写投射在阳光照在石板上的露台阴影时，我当时感受到的那种快感很可能不加注意就放过不写了。有许多居家常见的植物，有攀缘到窗上的，牵在沿墙的门上的，美化窗棂。如果她是可望而不可即，倏忽即逝的，那么那些花草也就毫无生气，缺乏真实感，与自然变化、一天中另一种不同的可能性最相适应的一切也就不存在了，留下来的不过是阳光的抚慰、我们窗前纤纤的叶影、花开一度的花和四季常开的花，仅此而已。冬天最愁闷的一天，一个上午都是大雪纷飞，那时我们还是小孩子，她竟跑来告诉我们香榭丽舍是可以去的，后来，我们看见她戴着她出门散步时戴的窄边小帽，满面红光，神情欢快，从马里尼大街走出来，女教师还气汹汹威胁着要她小心不要跌倒，可是她已经在冰上滑倒了，这天上午一大早，因为天气不好，想到可能见不到她，见不到这个小姑娘，我们已经哭过了。几年过去，即使在坏天气我们出门也是准许的，这时我已经不是那个堕入情网的人，也并不永远喜欢玩那种捉人游戏，更不是非到香榭丽舍去玩不可，当时去香榭丽舍是因为到那里可以看到我所爱的那位小姐。

即使你那时还是一个小孩，在生活中本来认为不可能的事有时也会不期而遇。一个下雨天，你收到一份请柬，邀请你参加某一人家的茶会，这家人的府邸你本以为是不可进入的，更何况那家人的府邸名气很大，只要提到那条街，甚至毗连的几条街，甚至只要提到第几区，在我们身上就会有反应，就会产生一种魔力，让你感到痛苦，又让你觉得不安。仅仅是对它有所仰慕，就足以形成一种强烈印象，现今公寓住宅都很敞亮，附有蓝色的客厅，按当时的习惯，大宅第中这种情况是看不到的，就是在白天，一走上那种宅第的楼梯，室内那种昏暗就让你感到某种神秘某种庄严气氛，在暗如黑夜的前厅，有人站在哥特式大木柜前看也看不清，一个跟班在等待外出访客的女主人或是前来迎客的主人，你也无从辨认，这时你就会生出一种深沉感，同时，到客厅去还需穿过几重房门，就是那种有白鼬皮华盖用壁毯做成的入口，窗上嵌着彩色玻璃，还有小狗，小茶几，天花板上有彩绘，这一切看来都属领主夫人的标志和封臣的附属物，仿佛这是一处绝无仅有的宅邸，是由女主人的特征、姓氏、身份、个性所构成，在代数学上就是所谓惟一必然性序列。其实，对我们来说，只要怀有爱慕之情，其中极其细微的特征都可以表现为可羡艳的优势。在我家就没有这类东西，这一事实对我来说无异就是承认社会不平等，这一事实若是让我爱慕的那位少女知道，就会把我们永远分开，对她来说，我仿佛就是低人一等的人；我无法使我粗俗的父母摆脱我们居住的房屋，我们的习俗造成的那种令人自卑的反常状态，我只好对她说假话，我认为她肯定不会到我家亲自看看我们那种令人惭愧的真实情况，我只有大胆地让她相信我家和她家没有什么两样，客厅中家具永远有套子罩着，下午茶点也不饮用那种巧克力。

但是，即使有可能在女友家中喝茶，如果天气不好，两点钟快到的时候，也会意外地出现一线阳光，这一线阳光对我来说无异是对死刑犯颁布的大赦，在我一生中不知多少次因为窗上有一线阳光出现，使我改变原定的计划，是的，计划早就应该放弃，应该出去散步，本来是禁止的无可指望的愉快的散步，必须去，快去叫人备车！没有阳光的日子，就是一些光秃秃的时日，它有一种强烈的力量让你极想品味品味白昼，恨不能把大自然放到嘴上咬一咬；所谓灰暗的日子，阳光不见，人们走过就像是闪着银光的网上的鲥鱼！我们在窗上当真感到有光在浮动，多么振奋人心的消息，尽管光芒还没有照射出来，就像拿着听诊器探察这天午后捉摸不定的心脏一样，我们急切察看这天下午天上流云是否带有笑容。

窗前一条大街看来十分丑陋；秋天树叶飘落，在这些树木之间，可以看到有一排砖墙，涂成浅红色，显得十分耀眼，上面还张贴着蓝色黄色的招贴。阳光照上去，各种色彩如火如荼，树木的红色，浅红色的墙壁，蓝色黄色的招贴，连成一片，还有两簇白云上的蓝天。这一片光色在视觉上形成一座五色迷人的殿宇，一片奇幻的虹彩耀人眼目，再加上强烈色调渲染，很像是威尼斯。

弗朗索瓦兹在给妈妈做头发，这时我心目中对阳光的印象融入那露台的一片投影之中，想把它描绘出来，这可不是一件可有可无的事。这样的印象借重绘画原本可能给以再现，在一定的背景上描绘出一个对象；只是对它的感受已不是我当时的视觉印象。有无数看不见的合唱者烘托着一位略感疲惫的著名女歌唱家唱出一段乐曲，就像这样的演出一样，那阳光给我留下的印象使我过去内心深处无数模糊的记忆现在在我眼前同时一一复现，使原有的印象有了某种立体感，在我心中置入一种深度，一种饱满状态，一种真实感，这真实感是由这样一些时日所构成，生活中每日每时都在其欢乐期许下，在不确定的熟悉的跃动中，被珍爱、被反复探察、对其真确性经过反复感受，这种真实就是由这些时日具备的现实性形成的。和那位女歌唱家一样，我今天所有的印象无疑也渐渐老去，感到疲倦了。可是这些印象却使真实性增强了，并赋予它某种让人感到惊奇的东西。这许多印象可能也期许有这样一种奇妙的东西：想象的愉快感受，一种非现实性的愉快感受，即诗人专有的那种真正的愉快感受；只要是真实性的一分钟，那些印象就一定会给我这样的一分钟，决不会让人失望的罕见的时间中的一分钟。这样的印象，以及同类的印象，其中必有某种类似的东西出现，它超出于我们生活现实以及智力、激情、感觉的现实性之上，并具有自身的优势，而我们对之却无法解释。这种优势是这样确定不移，以致我们根本无从怀疑。这种无名之物一经作为我们种种印象的共同本质被感知，我们就立刻获得一种无可比拟的愉快感受，有了这种感受，我们知道，就是死亡也没有什么重要意义了。阅读几页表述崇高思想、最美好的情感的文字，可以说是"写得不错"，但不知是为什么，我们在其中一个表面看似无关紧要的词语中，竟突然感到有一粒属于本质的种子在我们心中激活，我们知道，这就是美。

期求中的未知在各方面都超越于我们，一经我们超越它，占有它，未知就变为可知，这是巨大的快乐感受。所有这些习俗、样的家庭，从中开辟一条通道，是我们梦寐以求的，主动权掌握在我们手中，主动权早已交付给我们了。我们进入不可进入的神殿就像进入一座磨坊一样。那位少女的父母，对我们来说有如无情的天神，又像地狱中各位神祇给我们设置障碍封闭道路不许走出，后来他们也变成好心的报仇女神[①]，邀请我们去看望她，去参加晚宴，去教她文学，就像赫胥黎[②]笔下的狂人的幻觉，在监狱高墙那里看到一位仁慈的贵夫人对他说请坐。参加这一类晚宴、茶会，因为有她在场，我们感到晚宴、茶会也带有神秘意味使我们与她远远隔离开来，我们试图把这些宴会、茶会想象为她生活的现实表现，正是她生活中种种活动把她从我们这里夺走，我们应邀参加的宴请茶会至此也发生变化，我们竟成了座上的贵宾，对她来说，这一切无非是来客、菜单、日期、循规蹈矩，如此而已。有许多女友，我们觉得她们在她那里可以激起某种特殊感情，而我们却无能为力，我们觉得她好像和这些女友在一起嘲笑我们，可是也有些人喜欢我们而不喜欢她们，也有人让我们和她们在一起，一起去散步，这是很诡秘的，在一起密谈，还带有敌意，这样，我们就成了她们当中的一部分。我们成了朋友中最受人爱慕、敬重的一员。看门人，这是一个神秘人物，也向我们表示敬意，只许在外面看一看的房间，现在也邀请我们住进去了。我们感受到这种爱慕之意，是我们引发出来的。那些朋友又让我们感到嫉妒，我们也让他们感到嫉妒，父母长辈的权势影响，他们说我们也有，讨厌的休假，别人去，那么我们也去。在邮局做事的姑娘，侯爵夫人，罗什穆尔的女人，卡堡的女士，她们

---

① 典出埃斯库罗斯《奥瑞斯忒亚》。
② Aldous Huxley（1894—1963），英国作家。

在生活中都可能有一天不期而遇遇到一个人，这样的邂逅在我们看来不过是毫无用处的一纸证书罢了；谁知道，我们总归是合不到一起，最后只有分手各奔东西。

不可参与的生活我们已经参与其中，并且占为己有。宴请，散步，闲谈，赏心乐事，种种极为可喜的友谊关系，不过如此，因为保持有这样的欲望，才别有一番情味，痛苦是不存在了，却可以怀着痛苦去梦想。现在我们把它紧紧抓住，我们正是为了它才活下来的，我们竭力避免颠簸倾倒，逃避病苦，不要被压垮，不要变得面目可憎。感谢上帝，我们安然无恙，我们居住在十分体面的住所，一切都很美好，而且不乏情趣。我们过去常说：不需多久，就是死亡，不需多久，大病临头，不需多久，就变得形赢神瘁，不需多久，还要当众蒙羞受辱。这就是我们在这类有限的不充分的事物中所看到的价值，我们热切希望这些东西保留下来，留给我们。那美好的姿容，那种潇洒，美丽的双颊，美丽的花朵，对此我们只有惋惜，我们说：但愿我们能够永远留住它们，可是它们已经不存在了。至少我们曾经渴求得到它，这样说就是我们极大的慰藉。不满足是欲望的实质，而且是最完整的典型欲望，也是最完善的论证：我们得到欲求的东西，又不想放弃那种不满足，强使我们从可欲求的对象转向不可欲求的对象，不可欲求的对象总在欺骗我们如饥似渴的欲望，我们不会永远生活在失败之中。为此，我们必须活下去，活着就有欲望，欲望是美好的，迷人的舞会应该参加，应该到街上去，去看那美的事物，要千方百计去认识那美的事物，让心灵得到事有所成的感受，即人世最完美的东西与欲望的形式最好的结合，即使不成也在所不计。应该到花园去看看那如花一般的人物，好花堪折直须折，也可以凭窗眺望，也可以参加舞会，应该说："美妙的可能性就在那里"，不要忘记亲自去品味体会。有时，施展手段，一夜之间就可以获得三重难以得到的成果。人们欲求的就是那不可多得的实现，证实他能够有所实现。有所实现对有些人来说，好比是女佣自由外出；人有所注视，是因为心有所想，对于人来说，人就是个人，必须有所瞩目，人确定自身为一个存在、一个日期，为了享有他的存在，最大的快乐也可以放弃。一个存在着的人，一次爱抚，甚至这样一个姿态，他说起话来那种迷人的声调，这一切我们都想要，都希望得到，这就是我们为即将到来的来日向生活求索那种实现的概貌；有这样一位少女出现，要让她从未知变为已知，或者说让我们自己对于她从未认知过渡到被认知、由轻蔑变为赞赏、从被占有变为拥有，这就需要用大力伸出手去抓住那没有抓到的未来，未来只能奋力夺取，这就好比到布列塔尼去旅行，这本身就意味着我们一定要在傍晚五点钟看到那绿荫遮蔽人行道上照在橡树半腰上的阳光。设想有人邀我们去旅行，又另有一人——或者我们认识她，与她同行，到某地去，在那个地方她将看到我们美好的一面，在那里我们将和她一起得到生活真正实现的欢悦，对我们来说，她本来就是一种已完成的实现——仅仅这样一件事，就足以让我们把最重要的一切为了完成一次实现无保留地奉献给她，同时这也是为了留住这样一个独一无二的小小的对象，因为，我们已经专断地把她定为可欲求的对象，为了她，为了这样一个对象，爱情才让我们选定这一次旅行，爱情就是美丽女人的归宿，就像整个宇宙归结为照在威尼斯宫殿上的阳光。

七　和妈妈的谈话

费莉西向后稍稍退了一退，因为"她正在做事"，阳光晃眼，她看不清，妈妈大声笑着说：

"好了！我的宝贝在发急，为什么呢？暴风雨连影子也不见，树叶甚至动也不动。昨天夜里听到风声我就料到一定是这样。我想：让我们看看我的宝贝在纸上是怎么写的，可是一有机会他一定不肯放过，不是激动，就是病倒。'快给布雷斯特发一个电报，问问海上是不是天气很坏。'妈妈给你说：连暴风雨的影子也没有；你看这不是太阳！"

妈妈这么说，我看了看太阳，不是迎面直视，而是看对面屋顶铁铸风标上闪耀着暗暗的金色阳光。世界本是一架大得无边的日晷，一看就可以知道市场上商店这时已放下帆布遮阳棚，因为天气炎热，在大弥撒时间，商店还要关门，老板还要穿起礼拜日穿的上装，看打烊的时间是不是到了，一边给买东西的人开箱取出新的手帕，空中散发着本色布匹那种气味；在市场上，商贩摆开家禽蛋品，这时教堂门前还不见有人，只有一位穿一身黑衣的太太，这是外省随时都可见到匆匆出门的那种人。我想我现在看到的已经不是对面屋顶风标上我很想看到的阳光。这种耀眼的阳光经常可以看到，因为上午十点钟的阳光，不仅照在教堂屋顶石板瓦上，而且也照在圣马可教堂尖塔金天使的身上，那是在威尼斯，打开帕拉佐①房屋的窗子，往外一看，就可以看到这样的阳光。我躺在床上是什么也看不见的，只能看到阳光，阳光不是直接射进来的，是在圣马可教堂尖塔金天使身上闪耀着的一片光焰，一看到这种阳光我立刻就准确知道是几点钟，还有照耀在全威尼斯城上的光芒，那就像是阳光耀眼的两翼，这样的阳光给我带来美和欢乐的期许，太阳宣告"上帝的荣光照耀在天上，和平赐予地上善良的人群"，但是对基督徒来说阳光并没有给他们心灵带来这样的期许。

最初几天，照在天使身上的金光，我记得，要淡一些暗一些，不过与照在村镇教堂石板瓦顶上的光线时间相同，这时我就穿衣起床，天使好像还在用那放出金光的手势指点着，那金色光芒照得我眼花缭乱不能注目去看，天使是在指点我快快下楼去，门前正是一片大好时光，还要去广场，那里更是阳光灿烂，集市人声鼎沸，去看那里已经开门或没有开门的店铺，店铺门前暗影阴凉，还有大商场前面放下大遮阳帘，或是走进我舅父的住房，里面却是一派阴森凉爽。

我急忙穿好衣服，匆匆走在云石铺成的路上，路面洒了水，水在一点点退去，威尼斯给我留下的印象确实是这样。还有一些感受：是各种富有艺术意味的、美的事物，正是这

———————————
① Palazzo，大厦。

些美好的事物承载着给予你的这些印象感受。街道上也满布阳光，那是在你面前铺展开的，一片宝石蓝的空间，色调是那么柔和又显得那么坚硬，我的视线于其中只觉在轻轻摇曳，感到光的重量，好像疲倦无力的身体躺在床板上，一派碧蓝色彩一点不见减弱下陷，甚至觉得视线看上去，蓝光顶住视线，视线折回仍然保持在眼中，就像身体连同轻微肌肉内部重量一起都让床支撑着一样。商店帆布棚下阴影，或理发师挂出的招牌，仅仅是碧蓝上的一点点暗影，还有伸到宫殿门外一尊神像带胡须的头颅，大广场地面上有一朵蓝色小花，那是阳光照在地面上一个小斑点映出的阴影。回到我舅父家，室内是一片清新凉爽，这是阳光照耀下从海上吹来的和风，这是云石形成广阔平面上的光影，就和韦罗内塞[1]的画一样，这里提出了一个与夏尔丹[2]相反的课题，说明平凡事物也可能具有美。

外省小小住所的一个窗口，屋前另有两座房屋相距不等，形成的广场不相对称，小屋是用粗劣木料支撑着的，或者更差一些，竟采用铁制支架，形制繁复而且难看，百叶窗上还缺少手柄，窗幔由绳子高高吊起，上下两半颜色各异，这种古朴简陋的特征在我们看来都带有个性色彩，每当我们进入其中，那扇窗总是一眼就可以认出，后来不住在那里了，那扇窗已不属我们所有，如果再见到它，或者仅仅想到

---

① Paolo Véronèse（1528—1588），意大利画家。
② Jean-Baptiste Siméon Chardin（1699—1779），法国画家。

它，我们心上依然为之激动，仿佛往事今已不在，它就是以往的见证，这样的作用看是这么简单，可又这么动人，习惯经验就寄托在最简单的事物上，现在是在威尼斯，那一切现在已经转移到这里的窗楣尖形拱顶上了，这种有尖形拱顶的窗口是中世纪建筑的杰作，世界各地博物馆无不按照这种形制加以仿制。

到达威尼斯之前，火车已经开过……①，妈妈给我读过一段罗斯金②写威尼斯的文字，罗斯金反复把威尼斯和印度珊瑚岩和乳白石对比，写得精彩动人。我们坐在贡多拉上在同样的景色面前停下来，我们看到的美与我一时想象中的美并不相同，这是很自然的，因为我们不能用智力同时又通过感觉去看那些对象。每天中午，我总是乘贡多拉回来吃午饭，我远远就看见妈妈放在雪花石栏杆上的披巾，一本书压在上面不要让风吹走。窗楣上雕出叶形盘花装饰，好似笑靥迎人，又像亲切的目光表示期许和信任。

一过萨朗特，很远我就看见她在等我，她也看到我了，就像尖形拱顶向上升举，她仿佛向我冲来的身影在她的微笑上又增添一种辨认不清不理解的眼色神情。妈妈坐在不同颜色的云石栏杆后面，戴着一顶很好看的草帽，白面纱细网把她的脸严严遮住，目的是向在饭店大厅或散步时遇到的人表

---

① 法洛瓦注：手稿此处有阙文。
② John Ruskin（1819—1900），英国艺术评论家、社会学家。普鲁斯特曾将其著作《亚眠圣经》和《芝麻与百合》译为法文。罗斯金对普鲁斯特有一定的影响。

示她是"衣着"整齐什么都不缺少的,她正在一面看书一面等我,我叫她,她未能立即听出我的声音,后来她认清我了,她的热情向着我从她心底一下涌到她的脸上、身姿动作上,那种感情最后在外部可能怎样形成就停留在那样的表情上不动了,可是那笑像是竭力要拥近我,嘴好像也向我伸过来,那种注视,好像是说丢开望远镜,一定要直接靠近我,因此,那种神奇的窗,只有一个哥特式兼阿拉伯风格尖形拱顶的窗,还有窗楣上斑岩石雕出三叶草极美的装饰,在我的记忆中留聚着无限的温情,各种各样的事也聚合着这样的温情,只要那样一个时间来临,为了它们同时也是为了我们,这是仅仅属于她的时间,也是属于我们的时间,就在这样的时间,我们曾经在一起,这就是在威尼斯在午饭前充满阳光的一小时的时间,因为这个时间使我们同它共同享有那内在的亲密之情。时间竟是如此充实完满,多少令人惊叹的形式,多少历史性艺术的形式都充盈其间,时间就像一位非凡的天才人物,我们有可能在水上与他相遇,和他盘桓相处时间可有一个月之久,和他结下深深的情谊。如果有一天再次和他相见,因为他对我说"我时常想起你的母亲",我一定会感动得泪流不止。

大运河岸上各处殿宇,让我看到午前的阳光,还有种种印象、感受,都和时间结合得那么好,甚至现在照在教堂石瓦上、集市广场上暗色钻石似的阳光一时还不能看到,我是多么渴望能再看到对面屋顶风标上那闪动的光芒,这样的期许也许只有威尼斯的金天使不会让我失望。

那是刚到威尼斯不久，我记得有一天晚上和妈妈发生争执，我狠狠地对她说我要离开她不回来了。下楼后，我决定不走了，我是想让妈妈以为我已经走掉让她生气伤心，我没有回去，站在码头上，在这里她看不见我，这时，有人在贡多拉上唱起一支夜曲，太阳很快隐没在萨朗特后面，歌声渐渐也听不到了。我觉得让妈妈悲伤，这样等下去，是无法忍受的，我又下不了决心上楼对她说我不走了。夜曲好像唱不完似的，阳光依稀可见，我的焦急，还有暮色，还有唱歌的人像金属那样歌声，好像熔成一种镂心刺骨的合金，是各种成分的混杂，又是不可互易的。为了逃避这一分钟像青铜铸成的记忆，在这样的时刻，我是再也看不到妈妈在我的身边了。

　　我让母亲痛苦，这无法忍受的记忆，真让我惶恐不安，只有见到她，只有她来抱吻我，才能解除我的痛苦不安……我觉得没有她，去威尼斯，去任何地方，都是不可能的……我已不再是心有所愿总是受到鼓励那样一个幸福的人了；我不过是焦虑摆布下十分脆弱的存在。我专注地看着妈妈，我吻着她。

　　"我的小傻瓜在想什么，又在想什么事？"

　　"一个人也看不见，该有多好。"

　　"亲爱的，不许这么说。对你好的人我都爱，相反我倒宁愿你有好多朋友，经常来和你谈谈，又怕惹你厌烦。"

　　"只要有妈妈就行。"

"妈妈的想法正好相反，你需要见见另一些人，给你讲讲妈妈所不知道的事，然后你再告诉妈妈。如果我必须出门旅行，我愿意知道我不在身边我的宝贝也不烦闷，动身之前我还要知道他的生活怎么安排，有谁陪他谈谈，就像我们现在谈话一样。孤独一个人生活不好，你比别人更需要消遣，你的生活很不愉快，又很孤独。"

妈妈有时也很痛苦，不过别人不大知道，因为她从来不说，说起来也是心平气和、很理智的。她临终前，要我背诵一段莫里哀和一段拉比什①："他这一去未必能及时成行。""但愿这孩子无所畏惧，他的妈妈不会舍他而去。这是多么美好，我人在埃当普，影像留在阿尔帕戎！"后来她就不能说话了。特别是那一次，惟一的一次，她见我强忍着不哭，她眉头紧蹙，努嘴笑了一笑，这时她已经言语不清，我只能听出她是说：

你若不是罗马人，就应该配得上是罗马人。

"妈妈，我生病的时候你给我读《小法黛特》和《弃儿弗朗索瓦》，你是不是还记得？你还请来医生。医生给我开药，清热退烧，同意可以稍稍进食。你一句话也不说。你不说我也知道：出于礼节，他说什么，你就听，你心里自有主张，我什么药也不用吃，要是发烧我是不会吃东西的。你让

---

① Eugène Labiche（1815—1888），法国剧作家。

我喝一点牛奶，直到有一天早晨，按照你的知识判断，我的皮色又生出光泽，脉搏也有好转。这时你才许我吃一小条箬鳎鱼。你根本不相信医生，你只是假装在听他说。不论是罗贝尔①还是我，医生什么药都可以给我们开，医生一走：'我的孩子，这位医生可能比我有学问，但是你们的妈妈也自有主张。'啊！不要不承认，等罗贝尔回来，我们问问他是不是这样。"

说到妈妈在医生面前作假，她也忍不住笑出声来。

"你的弟弟当然支持你，因为你们两个小鬼联合一致反对妈妈。我的医学，你笑它，去问布夏尔先生，看他怎么说你妈妈，去问他，是不是他认为她照料她的孩子有一套方法。笑也没有用，你不是很好吗，有我照看，你就必须照妈妈说的做。难道听我的话你就那么不幸，说呀？"

妈妈头发梳好，送我回房，让我睡下。

"好妈妈，你看已经迟了：不要叮嘱他们不许弄出声音来。"

"不，小傻瓜。你为什么不说不许人进屋，不许弹钢琴？我难道总让你醒着不睡？"

"工人是不是一定要上来了？"

"已经叫他们不要来。已经吩咐过，咱们安安静静没有事。

---

① 马塞尔·普鲁斯特之弟。

不曾下令，全城静寂，声息全无。

那就尽可能晚一点睡，不会有人弄出声音来，一直到五点钟，如果你愿意，六点也行，在你的夜里要多晚就让你睡到多晚。

> 啊啊啊！'夜'夫人
> 请求你，轻轻地，
> 你的马，小步轻盈，
> 这一夜多么美妙，
> 是最长最长的一夜。

我的宝贝，这最长最长的一夜终于到了，我的宝贝他还要听到声音。你说：

> 这漫漫长夜对我真是无可比拟。"

"你要走了？"
"是呀。"
"不要忘记交代，不要让人进来。"
"不行，已经安排费莉西留在这里。"
"最好你给罗贝尔说一声，要是他知道，怕他闯到我这里来。"
"闯到你这里来！

难道他不知道，我们的国王

对不怕死的人备有法令何等严苛，

谁敢冒犯，代价就是一死，

不需召唤死亡已经来到眼前？"

妈妈心中想的是她最最喜爱的《以斯帖》[①]那出戏，她在怯怯低声吟诵这样的诗句，是惟恐在她近处飘动的"他怒气已经平息，他宽恕一切"这奇妙的旋律被粗声厉气驱散。这一段合唱乐曲是雷纳尔多·阿恩[②]专为《以斯帖》谱写的。就在壁炉近旁那架小钢琴上，作为首次，他亲自唱过，当时我已经睡下，当时爸爸也来了，默默坐在那张扶手椅上，妈妈站着，专注地倾听那动人的歌声。妈妈怯怯地试着唱合唱中的一个曲调，就像是圣西尔一个贵族少女在拉辛面前试唱一样。在她面部犹太人特有的美丽线条上深深印有基督徒的温情和詹森教派的那种刚毅，在家里，和在修道院一样，在这次小小的演出中，她自己也成了以斯帖，在她的想象中，这是为了给那个躺在床上专横任性的病人散散心的。我的父亲也没有敢鼓掌。妈妈急切地看了他一眼，心上充满着幸福之情。接下来，雷纳尔多又唱出这样一些词句，这对我父母来说，和我的生活是完

---

① 一六八六年曼特农夫人在凡尔赛创办培养贵族小姐的圣西尔学校，一六八九年，拉辛应曼特农夫人之请，为在学少女写出取材圣经的三幕悲剧《以斯帖》带合唱队。

② Reynaldo Hahn（1875—1947），法国作曲家，普鲁斯特的朋友。

全适合的：

> 啊，温柔和平，
> 常新永在的美，
> 属意于你，心灵多么幸福！
> 啊，和平温柔，
> 啊，永恒的光，
> 永不失去你，心灵多么幸福！

"我的好妈妈，再吻我一下。"

"我的宝贝，别傻啦，不要激动，你应该对我说再见，希望你身体好起来，希望你能觉得一口气能走十里路。"

妈妈离开我走了，可是我又想起我的那篇文章，突然我又生出一个想法，再写一篇《驳圣伯夫》。他的书我最近重新读过。一反我的习惯我已经记下大量札记，放在一个小抽屉里，我对他有许多想法，很想讲一讲。我开始在脑子里组织我的文章。每一分钟我都想到许多新的观点。不到半个小时，全文已经在我的头脑中构成。我极想问问妈妈她怎么想。我叫起来了，没有回应。我再叫，我听见脚步声悄悄走来，门吱吱响了一下，还在那里犹豫着。

"妈妈。"

"亲爱的，是叫我吗？"

"是。"

"我要告诉你，刚才，怕是我搞错了，希望我的宝贝告诉我：

> 是你，以斯帖，没有人等你……
> 没有我的命令，竟来到这里。
> 是谁胆大妄为敢跑来寻死。"

"不，不，我的好妈妈。

> 你怕什么，难道我不是你的兄弟？
> 颁布这般严酷的命令难道是为你？"

"我不能不相信，我要是叫醒我的宝贝，不知他会不会得意地举起他那金王杖来对付我。"

"听我说，我想请你给我出出主意。你坐下。"

"等我去搬椅子；我说，你这里灯不亮。叫费莉西把灯拿过来？"

"不要不要，我已经不能再睡了。"

妈妈笑着说：

"还是莫里哀：

> 亲爱的阿勒梅娜，火炬不许靠近。"

"好了，你看。我有事要和你说。我想请你考虑一下我想好的一篇文章的内容。"

"这种事你知道你妈妈无法给你提意见。我不像你在大西尔学习过。"

"你听我说。题目大概是：反对圣伯夫的方法。"

"怎么，我认为这很好嘛！布尔热那篇文章①你让我看过，他文章上说这是一种非常卓越的方法，这种方法十九世纪还不曾见人采用过。"

"唉，是这样，他是这么说的，但是这个说法很愚蠢。你知道这种方法是怎么一回事？"

"就当我不知道，就去写吧。"

---

① 法洛瓦注：指"泰纳的论文"的异文。
   Paul Bourget（1852—1935），法国小说家，曾写有论述司汤达、贡斯当的文章以及其他讨论社会问题的论著。

八 圣伯夫的方法

　　我已进入这样一个时期，或者说，如果你愿意的话，我发现我处在困境中，这就是：极想说出之事不能尽其所有一举说出，这是很可忧虑的，——或者，由于缺乏那种极想说出之事，再加感受力减退，这也就是才能的崩溃，因此，极想一说这样的欲求也就不可能了，后来，极想一说之事出现，又觉与至高、神圣的理想相比没有多少价值，总之，人们读了也如同不读，要说的话没有说出，人们认为以后也不会再说，十分清楚：想说的事即使说出还是属于精神的浅层部分，——想说的事尽情倾诉是不可能了。人们一向把自己看作是智力奥秘的执掌者，有时也可能不是，智力的奥秘因此也就随之消失。我愿意遵从圣约翰福音书中基督的训诫："趁你身上有光，务需努力勤修。"与以前的怠惰无为进行一次拚搏。这样，对我来说，谈一谈圣伯夫就很有必要，而且还不止于此，更为重要的是谈谈与他相关的一些重要问题；这就是说，根据我的看法，看看圣伯夫作为作家和批评家究竟在什么地方犯了错误，同时我还要谈到批评应该是怎样的，艺术又当如何，以及其他我经常思考的问题。既然谈到圣伯夫，像他一贯的做法那样，我还要借此机会谈到生活的某些形态，也可能对圣伯夫同时代人中某几位作家略加讨论，对于他们，我也有我的看法。在评论这些作家之后，我准备暂时放开圣伯夫，来阐明在我看来艺术应当是怎样的，如果……①

"圣伯夫明识高雅，精敏深细，体事入微。他不断收集多种逸闻轶事，用以拓展视野。他注意的是个别与特殊，在精细深入的研究过程中，按照一定审美原则'典范'加以考察，并按照这样的典范提出结论，迫使我们也依此作出判断。"②

对圣伯夫的方法作出上述归纳并加以称颂，是我从保罗·布尔热先生一篇论文中引来的，因为他对圣伯夫的评价简明扼要，赞语也是有权威性的。也许我还可以引证其他三十位批评家的意见。人们知道，所谓建立精神自然史，引述有关的人的传记，他的家族史，他的全部特征，他的作品所表现的才智，以及他的天才的性质，这就是圣伯夫的独创性之所在，也是他本人所认可的，在这方面他当然也是有根据的。泰纳本人即致力于建立自成体系的精神自然史，圣伯夫对其中有关种族的问题是不同意的，泰纳在称颂圣伯夫时对

---

① 法洛瓦注：以上是论文初稿按古典形式写成的序言提要。
② 据七星文库版注，普鲁斯特手稿此处并未引出保罗·布尔热原文，即一九〇七年七月九日《费加罗报》发表对三日前去世的斯波埃尔贝尔施·德·洛旺儒尔(Spoelberch de Lovenjour)的悼念文章(后收入布尔热《批评与理论新文集》卷一)。洛旺儒尔是圣伯夫的弟子之一，故文中论及圣伯夫本人。

此未置一辞①。"圣伯夫先生的方法，比之于他的全部作品毫不逊色，都是深可珍视的。在这方面，他是一位发明家。他把自然史方法致用于精神史的领域。"

"他曾经提出认识人的工作应该如何进行；他指出个性的形成在于相关的环境等一系列观点，他指明，为了了解个性必须考察：首先是种族与血统，通过研究父母、姐妹或兄弟可以辨明他的种族血统关系；其次是早期教育，家庭环境，家庭影响，以及作为幼童、青少年得以形成的一切；再次是人在其中成长发展早期值得注意的环境，而这样的环境是由许多人组成的，以及他属于怎样的文学层次。继后便是对这样形成的人进行研究，对于足以揭示他的真实的内心世界进行探索，指出表现他主导激情和独特气质相反相成的种种征象，总之，一定的文学立场或公众的偏见往往在人的真面目与我们的观点之间设置种种假象，正是透过这些假象，甚至置之不顾，牢固地掌握上述种种后果，对人本身进行分析。"

他还补充说："这种对人的植物学分析是接近实证科学中精神科学的惟一途径，只需将之运用于人民、时代、种族的研究，必将取得相应的成果。"

泰纳上述一切，根据他关于现实世界的理智主义观点，

---

① 据七星文库版注，以下引文均出自泰纳一八六九年十月十七日在圣伯夫死后第四日发表的专文，后收入泰纳《批评与历史新文集》（一八九四）。普鲁斯特原稿并未逐句引出原文，法洛瓦本循序予以补全。

认为只有科学才具有真理性。他对于精神现象十分注意，也十分赞赏，为了对精神现象的价值作出解释，他将各种精神现象看作是科学的辅助方面（见《论智力》序言）。他认为圣伯夫是一位开创者，"在他的时代"是杰出的，他认为圣伯夫几乎也发现了与泰纳相同的方法论原则。

但是，哲学家并不一定真正能发现独立于科学之外的艺术的真实，因此，关于艺术、批评等等，他们不得不像对待科学那样加以设想，认为在科学领域先行者取得的进展必不及后继者。但是在艺术领域（至少按科学的本义而言），并不存在什么创始者、前驱之类。因为一切皆在个人之中①，任何个人都是以个人为基点去进行艺术或文学求索的；前人的作品并不像在科学领域那样构成为既定的真理由后继者加以利用。在今天，一位天才作家必须一切从头开始，全面创建。他并不一定比荷马更为先进。

判定圣伯夫方法的独创性、优越性，一一举出持这类看法的人有什么必要呢？还是让圣伯夫自己来谈吧②：

"对于古人，我们缺少充分的考察方法。对于古人，作品在手，求诸其人，在多数场合，是不可能的，我们能掌握的无非是一具半碎裂的雕像。迫不得已，人们只能评论作

---

① 据七星文库版注，手稿最初写作"一切皆封闭在个人之中"（Tout est enfermé de l'individu），后又划去 est enfermé，于是七星文库版改为 Tout est dans l'individu。法洛瓦本写作 Tout étant dans l'individu。

② 据七星文库版注，以下各段引文在手稿仅注明拟引圣伯夫《新星期一丛谈》卷三所收一八六二年七月二十二日文章开头三页的页数，并未引出原文。法洛瓦本将引文补全。

品，加以赞赏，借以推测作者、诗人。人们可能借助对崇高理想的感受力重构诗人或哲人的风貌，重行塑造柏拉图、索福克勒斯或维吉尔的肖像；这就是目前知识不完善、原始资料以及信息反馈手段缺乏的情况下所允许做的事。有这样一条巨川横亘其间不可逾越，将我们与古代伟大人物阻隔开来。就让我们站在此岸向彼岸遥致敬意吧。

"至于现代人，情况完全不同。在这里，批评可以运用各种手段对其方法进行调整，另行发挥它的职能。认识一个人，特别是深入了解这个人，如果他是著名的杰出人物，就必须将他当作一项重大事件对待，不容轻忽怠慢。

"对人物性格进行精神方面的考察，需要精审深入，对个性要作出描述，还要进一步对类型作出描述：就是泰奥弗拉斯托斯[①]与拉布吕耶尔[②]也不例外。在我的考察过程中，这样的科学终有一日将要建立起来，几大精神族类以及它们的主要分支也将得到确立，并获得全面的认识。至此精神的主要特征已经明确，人们可以据此推论其他各种特征。不能像对待动物或植物那样来看待人类，那是毫无疑问的；具有精神的人，更为复杂；他有人们所说的那种'自由'，无论在什么场合，他都可以指望有各种手段加以灵活运用。我想，随着时间的推移，伦理学终有一天可以确实地建立起

---

① Theophrastos（前372—前287），古希腊逍遥派哲学家。
② Jean de La Bruyère（1645—1696），法国古典时期作家，著有《品格论》，深受泰奥弗拉斯托斯影响。

来；这一学科当前所处的情况，一如朱西厄①之前的植物学、居维叶②之前的比较解剖学，可以说还处在资料、见闻的收集阶段。我们为自己的目的写出一些简要的专题论文，从中大略看到某些联系、某些关系，一个思想开阔、头脑清晰、精于观察细节的思想家一定能够发现其中合乎规律、符合各类精神族系的主要分支类别。"

圣伯夫宣称："我认为文学与人及人的机体构成不是相互分立，至少不是相互隔绝的……对一个人的认识，除去某种纯粹精神之外，对其他方面，人们还未能掌握足够的方法和目标。对于一位作家，如不能提出适当数量的问题并作出相应的回答，即使是暗自对自己提出，对这位作家就是没有完全确实把握；尽管提出的问题与他的作品的性质看似两不相关，如他对宗教是怎么看的？对自然景象是怎样感受的？他对有关女人的事项、金钱事项又是如何表现？他是富有还是贫穷；他的饮食摄生、日常生活方式如何？他的恶习是什么，弱点又是什么？这些问题的答案对于判断一本书的作者以及书本身并非无关紧要，倘若这本书不是一本纯几何学专著，而是一部文学作品的话，也就是说，这样一部作品，他

---

① Jussieu，朱西厄家族几代人皆为著名植物学家，安托万(1688—1765)，其弟贝尔纳(1699—1777)、约瑟夫(1704—1779)，第二代安托万·洛朗(1748—1836)及其子阿德里安(1793—1853)，均对植物学学科建立贡献卓著，有植物学专著传世。
② Georges Cuvier (1769—1832)，著名动物学家、古生物学家。

是以其全身心投入其中的。"①

圣伯夫的作品并不是有深度的作品。按照泰纳、保罗·布尔热以及其他许多人的意见，那种著名的方法使他成为十九世纪文学批评无可比拟的大师，这种方法无非是要求不要将作品同人分开，评判者不可不注意书，如果书不是"一本纯几何学专著"，还要着重回答那些对他的作品提出的看似全不相关的问题（他如何表现等等），还要收集有关作家一切可能有的资料，核查作家的书信，询问曾经认识作家的人，如果他们活在人世，还要同他们进行讨论，如果他们已不在人世，则需查阅他们写的有关作家的文字，但是，同我们略有深交的人告诉我们：一本书是另一个"自我"的产物，而不是我们表现在日常习惯、社会、我们种种恶癖中的那个"自我"的产物，对此，圣伯夫的方法是不予承认，拒不接受的。这另一个自我，如果我们试图了解他，只有在我们内心深处设法使他再现，才可能真正同他接近。我们心灵的这种努力是任何东西都不可能驱散的。既然真实必须借助种种零星的文献材料构成，那么有一天收到我们朋友的一位图书收藏者寄来一封未公开发表的信件，或者从一位与作者相知甚深的人的言谈中收集到某些材料，便认为真实已经到手，那未免太容易了。圣伯夫在谈到司汤达作品在新一代作家中

---

① 据七星文库版注，此后普鲁斯特还有一段文字："终其一生，他都是本能般地运用这种方法，最后，他根据这种方法发现了某种文学植物学的初步轮廓……"手稿至此中断，意似未尽。

激起巨大赞赏时说："但愿他们允许我告诉他们，为了对这样一位相当复杂的人物作出确切判断，在任何方面都应避免言过其实作出过高的估计，我宁可撇开我个人的印象和回忆，着重听取对他青年时期、他出身血统深有所知的人告诉我的一切，看看梅里美先生、安培先生是怎么说的，雅克蒙先生是怎么说的，如果雅克蒙先生还活在人世的话，总之，在他原有状态下亲自见过他、直接领略其人的人，我宁愿听从这些人的意见。"①

这是为什么呢？为什么只有司汤达的朋友才能对司汤达作出判断？创作作品的"自我"由于那些朋友竟被另一类自我所掩没，创作作品的"自我"竟可以因此而隐入比多数人呈现在外的自我更为低下的地位。这里有最好的证明：圣伯夫本人就认识司汤达，从梅里美先生和安培先生那里还曾取得应有的资料，一句话，有了这样的装备，他作为批评家完全有能力比较正确地评价一部作品，可是他竟然以下面这种方式对司汤达作出判断："我刚刚重读，或者说，检验了司汤达的几部小说；坦率地说，这些小说是可厌的，极坏。"②在其他场合，也是如此，他认为《红与黑》"不知为什么竟采用这样一个书名，这种煞费猜测的象征，不过至少还是有情节的。小说第一卷，尽管是那种笔法，不真实，不过还有点意思。其中也有那么一种思想。贝尔让小说这样展

---

① 据七星文库版注，以上引文见《星期一丛谈》卷九第二七二页。
② 据七星文库版注，引文见《星期一丛谈》卷九第二六二页。以下有关司汤达的引文同此。

开，有人对我说，在他认识的某人的作品中已经有例在先，凭这一点，小说写得似乎还是真实的。书中写的那个胆怯的青年闯入非他出身的世界等等……所有这一切写得还可以，至少是作者力所能及的，只能如此，等等……书中写的不是有生命的活人，而是制作精巧的活动木偶……他写意大利题材的短篇小说写得较为成功……《巴马修道院》在贝尔所有小说作品中是一部按照他对这种文学样式所具备的才能赋予某几个人物以极为崇高的观念的作品。关于贝尔的《巴马修道院》，人们可以看到，我决不会与巴尔扎克先生分享那种热情。人们读到上述文字，一定会返而求诸法国的作风和法国样式，我想那是理所当然的，等等……人们要求的是理性，等等，如曼佐尼的《约婚夫妇》的故事、瓦尔特·司各特优美的小说或扎维埃·德·麦斯特某篇令人赞叹确实十分单纯的短篇作品所提供的那种理性；总之，必须是一个具备思想的人的作品"。

上述一切，有两句话作为结束："以坦率态度对贝尔的小说作出如上的评价，我本心并不是指责他写出这样的小说。他的小说是他所能写的，而且也不是平庸之作。他的小说一如他的批评，主要致用于写这类小说的人……"这篇研究性文章以下列词句收尾："其实，贝尔在私交方面是正直的、可信任的，当人们对他指出他的真实情况时，对他为人正直可信这一点切不可忘记。"结论是：贝尔是一个正直的人！看来，获得这样一个结论，无需一再参加晚宴、走访法兰西学院梅里美先生，也无需多费周折"让安培先生大费口舌"，人们读到上述一切，想到一代代将要到来的新人，比之于圣伯夫，一定不会那么忧虑不安了。巴雷斯在缺乏"资料"的情况下，只要阅读一个小时，也会说出那样的意见，与圣伯夫相比，有过之无不及。我并不是说他有关司汤达的意见全都不对。只是人们不禁想到，他在谈论加斯巴兰夫人或托普菲尔的小说时，该是怎样一种兴奋声调，事情十分清楚：十九世纪的作品如果应该全部付之一炬，那么，《星期一丛谈》必须是例外，我们为给十九世纪作家排列等级秩序，就必须树立这样一个概念，出现在我们面前的司汤达必须排在夏尔·德·贝尔纳、维内、莫莱、德·维尔德兰夫人、拉蒙、塞纳克·德·梅朗、维克·达济尔以及其他许多人之后，说真的，排在阿尔通·谢和雅克蒙之间还不相上下。

还需指出，他对同时代所有确有独创性的作家几乎无不如此；文学批评在于指明同时代的伟大作家，给文学批评规定这项任务的人，的确是他的一项重大成就。而他，为使批评走向歧途，他的敌意倒没有用来针对另一些作家。

卡莱尔说："艺术家……"最后只有放弃观察世界，"将之全部转用于描写幻象"[①]。

[①] 法洛瓦注：参见普鲁斯特《仿作与杂文》中《记〈被谋杀的教堂〉》一文："对卡莱尔来说，诗人就是某一类在大自然授意下写出其秘密、大体具有重要意义的仿作的誊写人。"七星文库版注称普鲁斯特此处准备引卡莱尔何处原文无法确知，认为普鲁斯特想到的是福楼拜为路易·布伊耶《新歌集》(*Dernières Chansons*)所写序言中关于作家的看法："在他看来，世界上偶然事件已全部转用于描写幻象。"

圣伯夫似乎根本不了解文学灵感与文学写作中的特殊方面，也不了解这与其他一些人的工作、与作家所做的其他事情根本区别在哪里。文学工作之间他也没有作出区分。文学工作是在孤独状态下，让对他人说的同时也是对我们自己说的话语都沉默下来，这类话语尽管为我们所独有，但其中并没有我们自己，我们就是用这种话语判断事物的，在这样的情况下，我们需要面对自己，全力倾听、努力表达我们心灵的真实的声音，而不是谈话！"对我来说，这些年我可以说是幸福的（一八四八年前），我想方设法并且自信我的生活安排得平和舒适、自尊自重。不时写出一些喜人的文字，阅读一些既可喜又严肃的作品，不过，并不写得过多，和友人发展友谊关系，为保持日常联系，对其思想还需防范，在不知不觉中将之消解，给予知己的多于公众，最精妙亲切的方面注意有所保留，属于自己的精华保存在自己的心中，在心智与情感亲切交流中从容享受青春时期最后的季节，就像这样，一个高雅文学人物的梦想才能为我形成，这样的人他深知真实事物的价值，决不允许技艺操作损害他的心灵、思想的实质。这种必然要求支配着我，并迫使我拒绝我曾见到的忧伤者或智者独有的那种幸福和美妙的安慰。"[1]上述种种不过是形象的欺人外表，〔对行家来说〕[2]是最外在最浮泛的东西，对知交友人来说，则是最深刻最能心领神会的方

---

[1] 七星文库版注：引自圣伯夫《夏多布里昂及其文学集团》（一八六一）序言。
[2] 七星文库版注：〔对行家来说〕一语，系皮埃尔·克拉拉克所加。

面。事实上，人们展示给读者的是个人独自写下的，即自我的作品。提供给所谓知交友人的，是倾注于交谈中的东西（这种交谈无论多么精雅，愈是精雅愈是有害，因为这种谈话与精神生活发生联系就会歪曲精神生活：福楼拜与其侄女和钟表商的谈话不存在这种危险），专为知交友人写出的作品也就是降低到适应这类人的趣味的作品，即写出来的谈话，这是极其外在的人而决非内在的自我的作品，有深度的内在自我只有在排除他人和熟知他人的自我这样的情况下才能发现，自我与他人相处，正是在这样的时刻，他渴望真正感受到那种孤独的真实，孤独的真实也只有艺术家才能真正体验到，真实就像一尊天神，艺术家逐渐与之接近，并奉献出自己的生命，艺术家的生命原本就是礼敬神明的。从写《星期一丛谈》开始，圣伯夫无疑不仅生活发生变化，并且上升到这样一个思想境界——并不怎么高超，即：要过一种艰苦生活，艰苦生活是最为丰富的生活，就像他所经历的生活那样，这种生活对某类闲适放任的天性来说又是必不可少的，这种天性非此不能提供其全部财富。他在谈到法布尔①时说："他的情况有如某些少女下嫁老翁，她们的青春不知何故转眼就消逝不见了，那个亲人对于她们的夜晚变得比狂情放纵一时的人还要来得冷漠。维克多·雨果有言道：

---

① 据七星文库版注，普鲁斯特在此写法布尔而心中所想是《星期一丛谈》卷十三第二四〇页及其后有关吉奥姆·法弗尔与富里埃尔相互比较的一段文字。法布尔、法弗尔音近相混。

我相信衰老是从眼中到来，

满目只见老人人自衰老加快。

维克多兰·法布尔的少年才华也是如此：他和衰老文学结下不解之缘，他那份忠诚甚至把他葬送了。"

他常说文人的生活是在书斋中，可是他对巴尔扎克《贝姨》中有关说法却又极力加以反对[①]，他这样写道："最近人们意外地发现安德烈·谢尼埃的写作方式和研究方法：人们在他的书斋中亲眼看到大量写得认真的文稿。德·拉马丁先生为我们敞开他的书斋大门，不妨说他是强迫我们进入他的书斋的，其中情况又大不相同。他写道：'我作为诗人的生活近日来又开始了。你比任何人都清楚，作为诗人的生活在我一生中实际上至多只有十二天，不过如此。广大读者并不是像耶和华那样按照他自己的形象创造人，而是随心所欲地歪曲人的形象，以为我一生中有三十年都在一行行地写诗并静观天上的星辰。为了写诗，我决没有用过三十个月，诗

[①] 七星文库版注：圣伯夫在巴尔扎克死后次日写有关于这位作家的文章（后收入《星期一丛谈》卷二）。所谓反对巴尔扎克《贝姨》中有关说法，指《贝姨》中写到雕刻家文赛斯拉斯·斯坦卜克，谈到艺术作品在构思时与实际进行创作两者之间并不相同，对此巴尔扎克在《贝姨》中写道："梦想、酝酿创作出好作品是一件十分有趣的事情……持续不断的工作是艺术的规律……所以伟大艺术家、完美的诗人既不等订货，也不等买主：他们今天，明天，永远都在孕育创造。由此产生这种辛勤劳作的习惯，才会永远对困难有所认识，这样才使他们能和缪斯同居共处……"最后一句亦可译为与文艺女神姘居，圣伯夫对此十分反感，他在上述文章中还写有："不，不，荷马与菲迪亚斯从来不曾像这样与文艺女神姘居；他们始终是将她看作贞洁与严正的女神来对待。"

之于我，就是祈祷。'"但是，对这惟一与外部没有联系的封闭世界，即诗人的心灵，圣伯夫并不理解。他认为，他人可以向他提供建议，给以鼓励，或加以劝阻，他说："如果没有布瓦洛，没有奉布瓦洛为巴那斯总监的路易十四，那将会出现什么情况？最伟大的天才人物是否还能同样作出贡献形成雄厚的遗产流传后世？我担心拉辛恐怕只能写出《贝雷尼斯》，拉封丹也许写不出《寓言》，只能写一些《故事》。莫里哀只有重写《斯卡班》一类作品，无法达到《愤世者》那样庄严的高度。总之，卓越的天才将纷纷陷入谬误而不能自拔。布瓦洛，是由伟大国王的良知加以认可并充实诗人批评家的良知的，他不仅涵容上述所有的作家，而且对他们加以约束，因为他在他们最优秀最严肃的作品中无所不在。"①由于圣伯夫看不到横亘在作家与上流社会人士之间的鸿沟，不理解作家的自我只能在作品中体现，而作家在上流社会人士面前的表现（即使这些人士是另一些作家，这些作家也只能在个人卓然独立的情况下才可能成为作家），也只能是一个与那些人士相同的上流人士，所以他才创造出这样一种了不起的方法，按照泰纳、布尔热以及其他许多人的意见，这种方法就是他的荣誉之所在，根据这种方法，理解一位诗人、一位作家，必须不厌其烦地征询认识诗人、作家并有交往的那些人，他们可能告诉我们他对于女人问题持有何种见解，等等，也就是说，对诗人真正的自我毫不相干的

---

① 七星文库版注：见圣伯夫《星期一丛谈》卷六有关论述布瓦洛篇章。

一切方面。

他写的书，特别是《夏多布里昂及其文学集团》一书，像是一系列沙龙中的谈话，作者在那里请来不同的谈话对象，提出一些问题，要他们对他们所熟知的人的问题作出回答，他们说出的事实，与另一些人的说法相反，以此证明通常受到称颂的人也有可议之处，或据此将他归入另一不同的精神族类。

这种自相矛盾的情况不是发生在两次访谈之间，而是出自同一被访问者。圣伯夫决不忽视任何一件传闻轶事，也决不会忘记查阅某一信件，请一位郑重的权威人士出面作证，他有他的哲学依据，恨不能一举证实方才说出那种意见的人一定还有另一种意见未曾说出。

莫莱先生①，大礼帽拿在手上，说拉马丁得知鲁瓦耶-科拉尔入选法兰西学院，曾主动写信请他投他一票；到了学院选举之日，他竟投了他的反对票，到下一次选举，因为他投了安培的票，拉马丁还派拉马丁夫人到雷卡米埃夫人府上，向安培表示祝贺。

---

① Louis Mathieu Molé（1781—1855），政治家，一八四二年入选法兰西学院。诗人兼政治家拉马丁、科学家安培、哲学家兼政治家鲁瓦耶-科拉尔，亦先后入选法兰西学院。他们的入选是当时政治、文化界议论纷纷之事。以上三段文字，七星文库版排在本章最后一段之前。其中有关拉马丁等人入选法兰西学院，圣伯夫《星期一丛谈》卷十一《札记与思考》中均有讨论。

我们将看到①，这种浅薄思想此后也没有任何变化，这种虚伪观念是绝对没有希望的。这种必然性迫使他不得不放弃那种生活。既然已经辞去马扎兰图书馆馆长职务，为生计所需又不得不接受比利时列日大学教席；继之在《立宪报》主持《星期一丛谈》专栏。他所期待的闲适放任生活此后只好由艰苦工作所取代。他的一位秘书告诉我们说："我不会忘记一位名作家清晨梳洗之际，提笔在报纸一角匆匆记下一件事，一个想法，头脑中闪现的一个现成文句，文句在他写的文章中应放在何处早已成竹在胸。这时我来了；我必须将那报纸一角妥加保存，不可遗失。圣伯夫先生对我说：'注意：我要把它写在那个地方……'清晨一早，甚至在我们还没有准备妥当进入工作之前，两天前写的那篇文章没有完成之前，他就插手我的秘书工作了。大师立即命我进入正题，对他这种急如星火般的精神我是早已习惯了。"

这样的工作势必要他拿出大量观点来发表，如果他仍然保持他极为珍视的闲散生活，那么这些观点就永远不见天日了。有些文人(法布尔②、富里埃尔、丰塔内)以写作为条件获取利益，他似乎也深深被打动了。十年来，他为知交好友，为他自己，为长期酝酿实际上并未写出的作品所保留的一切，终于找到了一种形式，源源不断写出来了。我们发现

---

① 七星文库版在此段之前有一段文字，法洛瓦本缺：圣伯夫终其一生似乎从来没有从深刻的方面去设想文学。他始终将文学与谈话等视之。
② 应为法弗尔，见前注。

其中有一些可珍视的思想，有的升华成为一部小说，有的发展成为诗，还有，有一天，他对其中的美质有所感悟，从他思想深处生发出来，又逢读了一本书，他当然要议论一番，为作出最为美好的贡献，这就把他最为爱重的伊萨克、最崇高的伊菲日尼作为牺牲奉献在祭坛上了。他说："我用木材做成火箭，再用我最新的火药将火箭发射出去。"可以说，有十年时间，每逢星期一他就施放一次灿烂的烟花，在烟花制作过程中，他把这种转瞬即逝的内容分别置入每一种可久存的书中。他知道，这一切并没有消失，他认为在转瞬即逝的作品中注入少许永恒性的或至少可持久的东西，那么这种暂存之物聚集起来人们就能继续从中汲取那种持久的东西。实际上一些很有趣甚至确实很讨人喜欢的书有时就这样写出来了，足可供人消闲解闷，以至有人，我可以肯定，当真将圣伯夫关于贺拉斯说过的话加到圣伯夫本人头上："现代各国人民，特别是在法国，贺拉斯已成为有关欣赏趣味、诗、社交实用信条的必读之书。"①

《星期一丛谈》这个题目让我们看到，这些文章对圣伯夫来说就代表着一个星期狂热而动人的工作，也是蒙巴纳斯大街上小小一座家宅星期一上午焕发出来的光荣。星期一清晨，在紧闭的窗帘上呈现出隆冬暗淡天色，就在这样的时刻，他打开了《立宪报》，他感到他选中的许多词句此时正好把他发现的闪耀着思想光辉的信息传送到巴黎众多住宅之

---

① 据七星文库版注，此处与圣伯夫在维吉尔研究中论及贺拉斯的言论有关。

中，激起人们赞赏感叹，有谁在读其他人写的文章领略不到这种奇妙的思想，那么这种赞叹之情他就更有体会，那种思想也必然以其全部力量展现在他的面前，开始不曾注意的细节，现在竟变得闪闪发光，同时也衬托出暗影，令人爱不释手。圣伯夫当然不会有新手那样的感受[①]，自从他的文章在报上长期持续刊出，打开报纸他的文章一般他是不多看的，似乎终于也觉得兴味索然了。有一天清晨，他的母亲走进他的房间，把报纸放到他的身旁，神态与平日不同，显得冷淡，好像对报上的文章也变得不感兴趣似的。不过她还是把报纸放在他手边，希望他不要忘记看报，然后匆匆退出，正待走进房间来的老女仆她把她推出去了。他不禁笑了笑，认为他亲爱的母亲惟恐他有所察觉，不要打扰他的愉快心情，让他独自享受那份快意，以免听到有人谈话引起不快，因为，在他读报的时候，出于自尊，对不知进退走来分享乐趣的人他不得不把他的愉快心情掩饰起来。可是，在清晨暗淡无光之上，天空正映出一片火红色彩，在人声嘈杂的街上，几千份报纸，油墨未干，带着凌晨那种潮润，已经在四处传送，将他的思想传到千家万户，比热热的奶油圆蛋糕还要味美好吃而且富于营养，这就是人们——在亮着的灯光下——撕开放在牛奶咖啡中吃的那种蛋糕。他叫人另外再买几份报纸来，让手指好好触摸一下这种大量复印的惊人奇迹，体会

---

① 以下显然是普鲁斯特以自己文章初次发表时的感受加之于圣伯夫。见前《〈费加罗报〉上的文章》一章。

一下买报纸的人如何以不带成见的眼光翻开另一份报纸寻取那同样的思想。太阳渐渐从淡紫色天际一跃而出，这时他从每一个人的精神上看到他的思想在胜利地上升，就像太阳升空那样，太阳也染上他那种思想的色彩了。

圣伯夫不是新手，不会再体验这一类快慰了。不过冬日清晨，从他那有着高高床柱的床上望去，依然可以看到德·布瓦涅夫人也在翻看《立宪报》；他想，参议员在两点钟将要前去看望这位夫人，还要同她谈到此事，也许，就在这天晚上，他将收到阿拉尔夫人或德·阿尔布维尔夫人的回话，对他说出他可能想到的某事。所以他的文章，他觉得很像是一架拱桥，一端肯定是架在他的思想和散文之中，另一端则伸向读者的精神和赞赏，就在这座桥上他的思想形成一道弧线，最后获得它应有的色彩。报上有这样一篇文章，其中有这样一些文句，是评论内阁的，读来不免令人感到震惊："议院主席先生，内政部、农业部部长：'你们等着瞧吧……'（右派抗议，左派热烈鼓掌，长时间鼓噪。）"由上述字句组成的版面上，前有导语，后有说明情绪的标志，形成与那些实际说出的文字同样完整的一个组成部分。"你们等着瞧吧"，这句话没有说全，句子刚刚开始，"右派抗议"等等就结束了，比句子中间部分说得更加漂亮生动，并与开端相互呼应。所以报纸文章的妙处并不体现在文章之中；排除精神内容，报纸文章的奥妙方才出现，这就是所谓断臂的维纳斯。因为报章文字之美，其最后完成的表现形式来自读者群众（尽管可能是精英人士），所以这种表现形式永远都带有庸俗性。报纸文章的作者是在想象读者无声赞许的前提下字斟句酌以取得文字与思想的平衡。所以他的作品是在他人不自觉的协助下写成的，所以他的作品是非个人的，是没有个性的。

在前我们已经看到，圣伯夫认为他所喜爱的沙龙生活对于文学决不可缺少，多少世纪以来都是如此，如路易十四宫廷，督政府指定的文社，这位一周出现一次的创造家也是如此，他往往每周都放弃星期日休息，在星期一获得光荣的报赏，以酬答他所作出的卓越的裁判和打击坏蛋所引起的快慰，在他心目中，这类星期一谈话文章就是文学，这些谈话以后可能还有人重读，不过在写作的当时肯定是考虑到某些裁判者的意见并有意讨好他们，但对于下一代人却考虑得很少。他是随着时势转变来看待文学的。他在写给贝朗瑞的信中说："我向你宣告，一个值得注意的诗歌季节已经来临。人们正在等待我们大显身手。"他也有古人的智慧，他说："此后，这种诗，尤其是我，我决不会采用，你也决不会写那种诗，那种诗属于狂热喧嚣的一代，他们对此并没认真详察。"据说他死前曾经怀疑此后人们是不是还会热爱文学，他对龚古尔兄弟谈到《热尔韦泽夫人》①时说："要精神抖擞，有所作为。这部罗马式的小说来得正逢其时，我认为在文学上有关于你的看法是清醒的，注意的方面也是内行的，

---

① 龚古尔兄弟的小说《热尔韦泽夫人》（*Madame Gervaisais*）一八六九年发表。圣伯夫原许诺评论这部作品，但始终不曾动笔。

只要把才华显示出来，必能取得巨大的成功。"在他看来，文学是一种时代性的东西，其价值以所写的人物的价值为转移。总之，最好是发挥重要的政治作用，除开写政治上不满的人物什么也不要写，要写就写道德方面的著作……如此等等。所以他与爱默生①不同，爱默生说应向着天上的恒星飞驰。他则努力奔向那属于偶然性的对象，即政治，他说："我感兴趣的是参与有重大意义的行动。"夏多布里昂、拉马丁、雨果都曾参与政治，但他们的作品与他们的评论文字相比，实际上更加与政治无关，对此他曾多次为之扼腕叹惜。他问：拉马丁为什么"才华是外向的"②？夏多布里昂的"《回忆录》并不怎么讨人喜欢，这是很大的失误。因为，说到才华，混杂在恶劣情趣与种种妄诞滥用之中，这在夏多布里昂先生全部作品中几乎处处可见，其中有些篇章不乏大师风貌，还有老雄狮锐爪样的笔法，在令人不解的幼稚之旁也可看到奇峰迭起，还有某些温柔美妙委婉动人的章节，魔法师的手笔和音调于此可见……"③"实际上，关于雨果我是无法谈论的"。

人们在那些地方④对他是很感兴趣的，也是敬重他的。

---

① Ralph Waldo Emerson（1803—1882），美国哲学家、散文作家。
② 法洛瓦注：圣伯夫的原文是："这并不是诗人才华减弱以至消失……而是引起某种压抑感的才华的运用方法与出现偏差所致。"
③ 七星文库版注：引文见圣伯夫《星期一丛谈》卷一，一八五〇年三月十八日，论夏多布里昂《墓外回忆录》一文。
④ 法洛瓦注：指圣伯夫经常光临并发挥影响的沙龙。

德·阿尔布维尔夫人曾经给他写信说："要知道，你尊重别人的意见，别人也珍视你的意见。"他说，德·阿尔布维尔夫人给他题赠的座右铭是：立意悦人，得享自由。事实上他并不怎么自由，以致雷卡米埃夫人在世之时，他决不敢譬如对夏多布里昂说出带有敌意的言词，一旦雷卡米埃夫人和夏多布里昂死去，仅仅是翻过两页，他就换了一副面孔；我不知道他的《札记与思考》中是否说过"当过律师以后我还想当审判官"①。他一向是对他在先发表的意见逐字逐句加以否定的。他曾经写过有关《墓外回忆录》的评论文章，有一次在雷卡米埃夫人府上举行朗读会，读到某处夏多布里昂说的话："人们决不愿再做他父亲的儿子，在这样一个时代，这难道是离奇的琐事、不堪入目的自负？这是对一个进步时代、革命时代的自豪的表现。"对此他表示不同意，认为这种顾虑未免过于敏感："不是的；在夏多布里昂身上，骑士风度是不可剥夺的品质；在他，贵族气质决不会削弱，不会成为障碍，只会变得更好。"在夏多布里昂和雷卡米埃夫人死后，再度评论《墓外回忆录》，又写到同一问题，针对夏多布里昂说的"看到我这个贵族头衔，我是不是还要继承我的生父、我的兄弟的自命不凡，认为我就是布列塔尼公爵的幼弟，这全要由我自己来决定"，这是一段庄严的陈述，正是在这个地方他把它打断了。这

---

① 七星文库版注：圣伯夫《文学肖像》卷三中的一则《思考》中写道："在批评方面，我作为律师已有相当时间，现在，让我当一当审判官吧。"

一次他没有对夏多布里昂说"这是十分自然的"——而是说:"怎么!你说的那种'自命不凡'现在你不准备继承,那你怎么去克服它?这是同一企图中的两个方面,至少你加到你父兄头上的那种自命不凡倒是单纯的。"每当涉及什么人,他一向都是如此,如关于参议员帕基埃,圣伯夫对他说过许多好话,说得有声有色,十分优雅,而且一直是这么说的,与这种热情颂扬相反的话我相信他一句也没有说过,这无疑是因为德·布瓦涅夫人暮年无限延长不允许他说出不同的话来。他写信给参议员说:"德·布瓦涅夫人因为没有看到您不高兴了(正像乔治·桑给他的信上写"缪塞常常想去看望你,去折磨你,好让你到我们这里来,可是我不许,尽管我很想同他一起到你那里去,如果不怕徒劳往返的话"①);您愿意到卢森堡来看我吗?我们可以谈谈……"等等。参议员死去以后,德·布瓦涅夫人还活在人世②。有关帕基埃的文章他一共写了三篇,对他颂扬备至,那是为了取悦那位悲痛的女友。德·布瓦涅夫人死后,我们在《文学肖像》中读到"库赞说……"还有在马尼晚宴③上圣伯夫对龚古尔说的话:"对于你,我在和你交谈中绝不会将他当作文学家看待。在夏多布里昂的社交关

---

① 七星文库版注:见乔治·桑一八三三年九月十九日致圣伯夫信。
② 七星文库版注:帕基埃死于一八六二年,九十二岁,德·布瓦涅夫人在帕基埃死后四年八十五岁方才死去。
③ 当时作家聚会活动一种,十分著名。

系中，对他还勉强可以容忍，"①对此龚古尔说："死后让圣伯夫来哭我，那真是太可怕了。"

一般说来，他的敏感多疑，他的多变的性格，对以前引以为荣的对象，很快就会变成敌视的对象，这样，对于尚活在人世的人他完全可以任意而为而且很是"自由"的。只要和他发生龃龉，不需等到死后，那种局面就会出现。我们已经看到他写有关雨果、拉马丁、拉莫奈等人文章中自相矛盾的情况，关于贝朗瑞，他在《星期一丛谈》中写道："我过去十五年写贝朗瑞把他写得光彩照人，决无阴影，现在为了让对此念念不忘的人从此断念，我说，仅仅是为了这一点，我要把一切都推倒重来。十五年过去，典范也会发生变化，至少使他变得更加清晰；特别是对被描述人物的人来说，自己的意见也是可以修正的，形成新的看法，一句话，他本人也会发生深刻的变化。我年轻时描述诗人肖像掺入过多感情和狂热，对此我并不后悔；我确实有意在其中注入一些相知默契。时至今日，我承认，除了认真观察，说出有关人与事的本来面貌，至少是他们此时向我展示的真实面貌，除此以外我决不附加任何东西。"这种"再度获得的自由"转而成为他"讨好人的意愿"的抵消力量，这已是考察问题尊重事实所不可缺少的了。更何况他还有屈奉权势兼带从中解脱的倾

① 七星文库版注：见龚古尔日记（一八六四年四月十一日），一八八七年版第二卷，一八九页。帕基埃原本是一个政客，圣伯夫对之奉承备至，如今又套用龚古尔的意见用之于帕基埃，所以龚古尔当面对圣伯夫说："如果我死在你之前，上帝保佑，不要叫你来哭我！"

向，这就是上流社会保守性温情，也是自由派与自由思想者的软弱。对于前者，我们应当感谢所有七月王朝政界大人物在他的作品中占有大量篇幅，其中写到人们不可能涉足的沙龙，而他竟可以召集众多著名的对谈者，每想到讨论中精彩纷呈，却又不与莫莱先生针锋相对，可能光临的诺阿耶家族①又无缘相见，他对他们十分崇敬，甚至认为两百年后才在一篇文章中按照圣西门②著作全部引述有关德·诺阿耶夫人的描述文字深有负罪之感，可是，与此相比，而且完全相反，他对法兰西学院候选人却大发雷霆（特别是有关德·布罗伊公爵③的合法选举），他说这等人最后只好由他们的门房去任命④。

面对法兰西学院⑤，他采取的立场自认是莫莱先生的好友，认为波德莱尔取得候选人资格完全是开玩笑，尽管他们也是朋友，他在文章中说波德莱尔取得院士们的好感应该感到自豪："您给人的印象甚佳，难道这也是无所谓吗？"同时他也是勒南的朋友，认为泰纳把他的论文集⑥送呈学院院士评审是不光彩的事，院士们是不会理解

① Noailles，法国十六世纪古老的贵族世家。
② Saint-Simon（1675—1755），古典主义时期作家，有《回忆录》传世。
③ 即阿尔贝·德·布罗伊（Albert de Broglie, 1821—1901），政治家，有历史著作多种，一八六二年入选法兰西学院。
④ 据七星文库版注，圣伯夫《星期一丛谈》卷一，一八六二年一月二十日一篇专文《学院选举临近》，强烈反对阿·德·布罗伊公爵入选学院，但并无有关门房任命之类的暗示。
⑤ 圣伯夫本人终其一生不曾有入法兰西学院之荣。
⑥ 泰纳一八七八年入选法兰西学院，论文集即《批评与历史论文集》（一八五八）。

的，他同时还对阻挠利特雷①进入学院的迪庞卢主教②义愤填膺，从第一天开始他就向他的秘书宣布："星期四我去学院，我的同事都是一些无用之辈。"表示好意的文章他写得不少，他承认那是为了支持某人某人，但他坚决拒绝为蓬日维尔先生③说好话，他说"他今天休想进得去"，他有他的所谓自尊，并以一种庄严的方式加以表达，不过有时表现得十分荒唐可笑。还有，他曾被指控接受过一百法郎的贿赂，他说他写了一封信寄给《论辩报》，信中行文口气是不会错的，只有正派人士才能写出这样一封信。他还受到德·蓬马尔坦先生④的指摘……或者，认为维尔曼先生某一次演说间接对他进行攻击，他为此大喊大叫……⑤他本来当面对龚古尔兄弟说他也许会讲到《热尔韦泽夫人》写得欠佳，后来从第三者那里获知龚古尔兄弟把他的

---

① Emile Littré（1801—1881），哲学家、语文学家、政治家。

② Félix Dupanloup（1802—1878），以从事教育工作闻名，激烈反对勒南、泰纳、利特雷进入法兰西学院。勒南曾是他的学生，利特雷进入学院以后，他愤而退出学院。

③ 据七星文库版注，蓬日维尔，译有卢克莱修的诗作，一八三○年入选法兰西学院。下面引出的一句话，见《星期一丛谈》卷十二，四四二页。

④ 七星文库版注：蓬马尔坦曾指摘圣伯夫是不道德的批评家，伤风败俗的导师。圣伯夫写文章答道："我决没有想到这位风雅人物竟使用这种伎俩。"（《星期一丛谈》卷十五，三四九页）法洛瓦注称：普鲁斯特此处似引用一段有关轶事，说蓬马尔坦对圣伯夫很不满，在他写的书中勾画一幅相当恶劣的画像说"人们可以肯定，他为了消遣，大量收集进攻武器与防御武器，用来攻击他今天爱重而明天可能仇恨的人，他今天所憎恶的人他准备以后进行报复"。圣伯夫写了一篇怒气冲冲的文章回敬："先生，要知道，你如不是说话不知轻重的轻浮之辈，那你肯定是诽谤者。"

⑤ 原文如此。

话转告公主①说"圣伯夫看到②……"一听到说他批评尖刻的话，他大为恼怒，叫道："我没有尖刻批评。"这就是圣伯夫作出回答的那篇文章……③

有时我不禁自问：圣伯夫是不是也有一些较好的东西，但决不是他的诗。精神所能发挥的智巧已告枯竭。靠千万种手段和声望委婉曲折地解释有关事物，也没有希望了。那个恶魔一般的怪圈终于被打破了。他思想上那种顽固的谎言，全靠矫揉造作玩弄技巧表达出来，用散文形式表达已不再可能，谎言也说不下去了。就像一个学生用拉丁文表达思想，思想必然原形毕露，至此圣伯夫发现他不得不面对现实，直接去感受。在《黄色光芒》《拉辛之泪》，在他全部诗作中，那种直接感受要比他的散文来得多些。只要谎言舍他

---

① 法洛瓦注：指玛蒂尔德公主。
　　玛蒂尔德公主(1820—1904)，原许嫁拿破仑第三，因后者入狱，未果。后定居巴黎，她的沙龙十分著名，为当时文学家艺术家聚会之地，泰纳、勒南、龚古尔、福楼拜等人，以及圣伯夫都是沙龙的常客。
② 此处"看到"(voit)，七星文库版写作"即将"(va)。普鲁斯特原句不全。
③ 法洛瓦注：手稿此处中断。龚古尔兄弟曾向圣伯夫探询许诺评《热尔韦泽夫人》文章的消息，此处或与圣伯夫对龚古尔兄弟的回答有关。圣伯夫有关原文是：
　　"我将卷入一项几乎不可能完成的困难任务，考虑到这一点，我觉得需要在对细节的称许中展开对手法与整体的不同看法的讨论，不仅要注意不伤及两位作者，而且还要避免作出态度宽容的评论，对他们周围环境还须保持清醒。
　　"我是从个人出发作这样的考虑的，我承认这是由于已有这样一些反应，虽不严重，但预示着危险。
　　"我的意图，以及我准备写这些文章的思想，原是十分明确的，六个月以来并没有变化，因此，正像我们的朋友泰纳所说的那样，对周围环境的气温变化毫无影响，这是我所难以承受的。"

而去，他的全部优势便告分崩离析。像酗酒的人规定改饮牛奶，他就完了，他的虚张声势，他的全部力量，也告完结。"这个人，看他是多么笨拙，多么丑陋"①，在这位享有盛誉的大批评家身上，最感动人的恰恰是那种黔驴技穷，文采、精雅、力度，这样的风格完全绝迹。一无所有。他的渊博的学识，作为文人的修养，给他留下的只是自负、平庸、缺乏自制的表现，经过万般修饰、精择细选的形象，让人想到的不过是安德烈·谢尼埃和阿纳托尔·法朗士诗中那种功力和韵味。这一切都是有意为之而非其所属。他所心折的忒奥克里托斯、库珀、拉辛，他竭力要写出那样的作品，可是，在他无意识、内心深处、属于他个人的方面，除去不自然之外，什么都没有。那种不自然又常常表现为自然。就这么一点东西，还有一点魅力，因为是真诚的，这就是他的诗，他所做的努力，表达爱情的纯洁、大城市黄昏时刻的愁闷、追忆往事的媚人之处、阅读时的心绪波动、自以为老之将至引起的惆怅，这些写得还算灵巧，表达上有时也难能可贵，因为人们感到这是他惟一真实的东西，也充分证明他那不可思议的洋洋洒洒规模宏大的批评作品整体没有什么意义——因为他之所长，就是那么一点东西。《星期一丛谈》，虚有其表。少数的诗，还有其实。一位批评家写的诗，这就是他全部作品在永恒的天平上占有的分量。

---

① 七星文库版注：这是想到波德莱尔《信天翁》一诗，转用于此。

九　热拉尔·德·奈瓦尔

"热拉尔·德·奈瓦尔[①]，像是往来于巴黎、慕尼黑之间的旅行推销员……"

现在人们一致承认《西尔葳》是一部杰作，上述断言实在令人惊诧。不过我还是说，与其让《西尔葳》蒙受当今这种赞赏，与我的看法是如此抵触，我宁可让圣伯夫把它置于遗忘之中，至少它可以保持它神奇新洁色彩完好如初。这种遗忘对一部杰作损害更大，在原非其所有的色彩下被遗忘也会使它扭曲变形，但是，真正的阐释一经恢复它的美质，杰作必将恢复其真面目。希腊雕刻按照学院的解释似乎不值得看重，拉辛的悲剧按照新古典主义者的论述好像亦无何可取，但希腊雕刻和拉辛的悲剧并没有因为这种彻底的忽视而非其所是。与其读拉辛，不如去看康皮斯特隆[②]。今天，这种陈词滥调已告廓清，拉辛在我们面前既新颖又富于独创性，就像从来不曾见过一样。希腊雕刻的情况也是如此。这是反古典主义者罗丹给我们指明这一切的。

热拉尔·德·奈瓦尔是一位迟到的十八世纪作家，浪漫主义也未能影响这样一个既是传统又是地区性的纯粹高卢人，他在《西尔葳》中描绘了一幅理想中法兰西生活纯朴精美的图画，这是今天人们对热拉尔·德·奈瓦尔的一致看法。他在二十岁时译出《浮士德》，到魏玛去拜见歌德，充实他从外国获得感悟的浪漫主义，他在青年时代患有狂症，后来幽居不出，一心向往东方，如同得了怀乡病一般，他终于动身一去不复返，吊死在一处污秽天井中路灯灯柱上。由于他天生的怪癖和精神失常使他行为与交往奇特异常，他是因为狂病发作自戕而亡还是被他相熟的伙伴谋害而死还无法断定，两种假设都同样合理！疯狂，也不是那种纯器质性的狂症，对思维的实质并无影响，据我们所知，他是这样一种疯人，病不发作时极其明智，在精神上几乎非常理智，非常实际，只是经常受到某种纯生理性的忧郁症干扰折磨，在热拉尔·德·奈瓦尔身上，狂症待发未发之时，仅仅表现为一种极端的主观主义，对于某种梦幻、某种回忆，在感性的个人性质上与众不同，可以说比一般人共有的、感受到的现实更有重要意义。按照福楼拜的说法，当这种艺术创作意向趋向于将现实"转用于描写幻象"，并发现幻觉可以上升为描写某种现实，现实便转而致用于创造幻象，最后变成为疯狂状态，这种疯狂寄存于疯狂的核心实质

① Gérard de Nerval（1808—1855），法国诗人、散文家，有十四行诗集《奇幻集》（一八五四），小说《西尔葳》、《火之女》（一八五四）、《奥雷丽亚》（一八五五）等。译《浮士德》第一部深受歌德赞赏。曾去埃及、君士坦丁堡等地旅行，著有《东方游记》（一八五一）等。说奈瓦尔是"旅行推销员"，这是圣伯夫的错误论断。

② Jean Galbert de Campistron（1656—1723），法国剧作家。

之中孕育而成为他的文学独创性，直至遵循感受进行描写，只要是可以描写的，顺序写下去，就像艺术家临睡时记下从醒到睡去直至睡眠形成那一刻的意识历程。在他一生中，正是在这一时期，写下了一些令人赞叹的诗作，其中不乏法语中最好的诗句，不过，和马拉美一样，写得晦涩，泰奥菲尔·戈蒂耶认为这种晦涩反而使利科弗龙①变得明快易解了：

> 我是晦暗阴惨的人……

以及其他等等……②

　　但是，在诗人热拉尔与《西尔葳》的作者之间，那种相互一致的关系是不可分割的。甚至可以说，他的诗和小说只是企图以不同的方式表现同一事物（如波德莱尔的《散文诗》与《恶之花》），这显然是人们可能对他提出的非难之一，也是他作为同一作者显示出多种情况中的一个方面，或者说，在次要的层次上，至少是因为天才尚未真正定型，所以创造出自己的艺术形式同时也表现了自己的思想。像这一类天才人物，其内在意象原本是十分确定、十分强烈的。但由于情志上出现病态，或天性上存有缺陷，在才智的优势支配之下，在不同的途径中，独取其中一个方向，所以试笔写

---

① Lycophron，公元前四至前三世纪希腊悲剧诗人、语法学家。
② 见奈瓦尔《奇幻集》第一首十四行诗《不幸的人》（El Desdichado）。

诗；为了保持原初的观念不致丧失，继之又写散文，如此等等。

用不同的诗句写同一事物，这是常见的现象。波德莱尔有一句诗就是这样：

纯净的天空永恒的炎热轻轻震颤

在《散文诗》中也有相应的一句：

纯净的天空永恒的炎热消散无迹[①]

我在前面提到的奈瓦尔的诗句中，也有类似的一句：

葡萄架上葡萄藤和蔷薇牵引缠绕

在《西尔葳》中写到的窗口上，有：

有葡萄藤在蔷薇蔓上连结牵绕

其实《西尔葳》所写的每一处房屋我们都看到有蔷薇和葡萄

---

① 前一句见《恶之花·发》，后句见《散文诗·发中的半个世界》，原诗应是"纯净的天空永恒的炎热中慵倦安坐"，普鲁斯特按记忆引出如上，未曾核对原文。

牵连在一起。于勒·勒麦特先生①在他的《拉辛》中引用《西尔葳》开头部分，其实是在无意之间这样做的（我在下文解释）："有些少女在草地上围成圆环跳舞，唱着她们母亲传授的古老曲调，法语词句是那么纯净自然，人们感到只有在瓦卢瓦②这个地方才能听到，法国的心一千年来就在这里不停地跳动。"是法国的传统吗？我认为不是这样。这样一句话应放回到它原来所在的地方，放在它应有的意义之中。这是梦境："我回到床上，未能安息入睡。在半睡眠状态下，我的青年时代在我的记忆中又一一复现。这时理智还在抵制着这奇异的乱梦，在这样的状态下，往往是几分钟时间，就让你看到长期生活中原有的最为触目的纷繁景象。"③由此，立刻你就认出热拉尔下面的诗句：

有一支歌，我为它……④

我们在这里看到的是一幅非现实色彩的图景，是我们在现实

---

① Jules Lemaître(1853—1914)，法国作家、批评家，主张"印象主义批评"。据七星文库版勘注，勒麦特在《拉辛》结尾处写道："历史在拉辛的故乡瓦卢瓦留有痕迹。历史的每一页都可让人感觉到法兰西，而不是古代希腊或圣经上的古代。我认为拉辛深刻的悲剧表现的，正是热拉尔·德·奈瓦尔在他歌唱拉辛诞生的土地的诗中所倾诉的。"继后勒麦特引奈瓦尔一段文字，这段文字并非《西尔葳》的开头部分，而是其中第二章《阿德里安娜》第二段，普鲁斯特说是"开头"，有误。

② Valois，在巴黎盆地的中心地带。也是奈瓦尔在作品中描写的背景所在。

③ 见《西尔葳》第二章。

④ 见热拉尔·德·奈瓦尔《波希米亚小城堡》（一八五三）中插写的《幻想曲》的首句。

中所看不到的，甚至词语也不可能唤起这样的景象，有时我们在梦中却可能看到，音乐也可以唤起这样的情景。有时人们在睡去时可以感受到它，试图抓住它，把它的形态固定下来。这时人就醒了，什么也看不见了，只好听任它消逝而去，但是在没有抓到它之前我们又睡着了，仿佛智力不允许我们再看到它。在这样的图景中呈现出来的，就是梦境。

> 或许在另一个存在中我曾见到并且记住一个女人……①

这里写出来的不正是拉辛的神韵吗？欲愿和梦寐所期求的对象正是这种法兰西的神韵，拉辛就曾经生活在这种神韵之中，很可能是在不知不觉间对之加以表现的，这与人们遇到的某类情境没有什么两样，如一个患热病的人之于一杯清水，因为他极想喝到清水，又如少女的纯洁与老人的淫荡，因为前者是后者的幻梦。我这样说决不影响我对勒麦特先生的深切赞赏，也决无损于他那无可比拟的有关拉辛的卓越著作，我要说的是：勒麦特先生是一种批评的创始人，这种批评完全是属于他的，真正是一种创造，他在这种创造中从一部作品某些最富于特征的部分，这些部分因其个性独具所以得以长存，发掘出大量丰富的内容，这就好比大雨充沛从天

---

① 见《幻想曲》的结束部分："一位夫人，在她的窗上／穿着昔日的衣衫，金发配着一对黑眼睛／也许在另一个存在中／我曾见到并且记得。"

而降，他在雨中放下几个大口杯，只见甘霖外溢不止。

但是，在《费德尔》及《巴雅泽》[①]中，上述情况实际上并不存在。有人因某种理由在一本书中写入土耳其三字，倘若人们对此不能产生任何观念、印象、欲愿，那就不能说书中真有土耳其存在。太阳拉辛，太阳的光芒，等等[②]。艺术中的表现或在艺术中所感受到的事物是不足为凭的。说一部作品中土耳其没有出现，本意是说必须具备有关土耳其的观念、有关土耳其的感受，等等。

我知道，在某些场合，爱情与文学中的爱情在形式上不可能等同，形式不一定被意识到，但同样可能具有深度。我知道，有一些人并不是艺术家，可能是事务所主管人、大资产者或小资产者、医生，他们并不想在巴黎占有一处漂亮的住所，去剧院观剧，只是想将他们收入的一部分用来在布列塔尼购置小小房舍一处，他们住在那里，傍晚随意外出散步，他们感受到艺术欣赏那种愉快也并不在意，至多常常用这一类话语加以表示："天气很好，很美好"，或"傍晚出来散步十分愉快"。这当然不是说阅读拉辛作品就是如此，但无论如何，与《西尔葳》梦幻般的色调、哀伤的品格是两不相关的。在今天，有这样一种主张，与过去占统治地位的空话连篇的做法相对立，急切要求艺术采取另一套据说是从古人那里发掘出来的新手法，这就是什么也不表达，为使一本

---

① *Phèdre*（一六六七），*Bajazet*（一六七二），拉辛的悲剧。
② 七星文库版注：语义不明，认为可能暗示于勒·勒麦特有关拉辛第八次讲演结束语中所说"费德尔，太阳神的孙女……"

书轮廓分明就把表现不易传达的印象的文句一概排除不用，包括思想等等，为了保持语言的传统特征，仅限于使用现有的文句，有关表现这一问题甚至不屑于再加考虑。这样，除去笔调流畅、句法优良、文气从容之外，没有什么特别的价值。如果起程前把带在身上的全部财宝抛入河中，轻装快捷上路，那是没有什么困难的。只是行程快速与轻装到达这两者也没有什么区别，因为到达以后，什么也没有随身带来。

认为这种艺术可能是以过去作为依据，那是错误的。谁也不可能自诩为以热拉尔·德·奈瓦尔为写作依据。他们自以为如此，是因为他们喜欢在他们的诗文小说中局限于描写那种"适度的"法兰西之美，即所谓"天光明媚，建筑物明快动人，以及像达马尔坦和埃莫农维尔[1]的山坡和教堂那样的山坡和教堂"，若是这样，就与《西尔葳》相去远得不能再远了。

如果说，巴雷斯先生[2]向我们讲述尚蒂伊、贡比涅[3]和埃莫农维尔这些地方，讲到瓦卢瓦的一些小岛，或者夏利[4]、蓬达尔梅的森林，对此我们在心中感到有一种奇妙的激动，这是因这些地名引起的，因为这些地名我们在《西尔葳》中读到过，这些地名不是对现实时间的回忆形成的，而

---

① Dammartin，在法国塞纳—马恩省；Ermenonville，在桑利斯省，因卢梭死于此而闻名。两地均属瓦卢瓦地区。
② Maurice Barrès（1862—1923），法国小说家、散文家。据七星文库版注，以下所述涉及巴雷斯继诗人埃雷迪亚入选法兰西学院所作的演说辞。
③ Chantilly、Compiègne，均在巴黎附近的瓦兹省，亦属瓦卢瓦地区。
④ Chaalis，在桑利斯省，有一座古隐修院，因奈瓦尔作品中有描写而闻名。蓬达尔梅（Pontarmé）距此不远。

是出自这种新鲜感带来的欢欣，而其基质却是焦虑不安，这种欢欣就是那种所谓"奇妙的疯魔"，对热拉尔来说，就是他在林中度过的许许多多上午时间，或者说是对这些上午时间"半梦幻"的记忆使他产生洋溢着那种激动情绪的惊喜。至于法兰西岛①，说它是一个所谓适度的地方，平和优美的所在，等等。啊！那是不可比的，因为这里有着某种不可言传的东西，不是那种新颖，也不是那样一些清晨，天光明媚，不是对往日的回忆，而是那种不可言传的东西让热拉尔为之雀跃欢歌，不过，那又是一种不健康的欢快感情，我们每次想到在世上是有那样一些地方存在，我们也可以到西尔葳的那个地方去，到那里去漫游，那不可言传的东西也会为我们带来无限的激动不安。巴雷斯先生讲的不正是暗示着这一点吗？他说出这些地名，讲到那些带有传统色彩的事迹，以及相应的感情，对它的喜爱之情在今天看来不免有些不够郑重，说不上"平和优美"，也不像"法兰西岛"，按照哈拉伊先生②和布朗热先生③的看法，无异是我们看到日间下葬摇曳不定的烛光和听到十月浓雾中钟声那样优美轻柔。最有力的说明是翻过几页之后还能读到同样的

---

① Ile-de-France，塞纳、瓦兹、埃纳、马恩四条河流汇流巴黎盆地地区，在这一地区范围内古称法兰西岛。

② André Hallays(1859—1930)，学院派散文作家。

③ 布朗热有兄弟两人，马塞尔·布朗热(Marcel Boulanger，1873—1932)，与传统社交界关系密切的作家，居住在尚蒂伊，雅克·布朗热(Jacques Boulanger，1870—1944)，仅写过《在奈瓦尔的故乡》一书，一九四四年出版。此处专指何人难以确定。

描写，在沃盖先生①看来，也有那样的印象，沃盖先生当时是在都兰，见到的景物是"按我们的欣赏趣味形成的"，他看到的是金黄色的卢瓦尔河。这一切与热拉尔相去何止千万里！的确，那些冬日清晨带给人们的陶醉，远游的意愿，阳光遍地的远方诱人的魔力，我们都记在心中，但是我们的欢欣却是出自内心的那种激动不安。风景平和优美是形成它的物质材料，但并不止于此。超出的就是那无法确定难以表达的东西。对热拉尔来说，那就是疯狂。在此之前，那种平和适度，那种所谓法国式的东西，他是没有的。热拉尔的天才原就浸润着那样一些地名、那样一些地点。我想任何感觉敏锐的人都能从梦幻留给我们的某种锋利尖点获得启示，"因为没有比'无限'更尖锐锋利的了"。我们的恋人倾诉爱情，我们感到激动不安，她们说出一些细微的琐事，她的裙裾的一角，她的小名，都能引起情绪骚动不安，人们现在是不会再让我们有这种激动情绪了。夏利，蓬达尔梅，法兰西岛的岛屿，这些地方的名字也让我们一心向往，想在一个冬日清晨亲自去看看热拉尔常去倘佯的那梦一般的地方，真是想得如醉如痴，但是，这一切，现在都已看不到了。

因此，人们对我们赞美这些地方，也变得索然无味了。我们多么希望也写出像《西尔葳》那样的作品。波德莱尔

---

① Vogüé（1848—1910），法国批评家、作家，曾任驻俄使节，介绍俄国十九世纪文学有很大贡献，著有《俄国小说》（一八八六）等。

说，人不可能既得到蓝天同时又变得富有。人们不可能借才智和趣味凭空制造美景，即使像维克多·雨果、埃雷迪亚[①]也未能给一个地方留下那种梦一般的气氛，像热拉尔渲染瓦卢瓦那样，热拉尔留给瓦卢瓦的梦一样的气氛，因为那是他从他的梦中提取得来，人们想到雨果的《维勒基耶》[②]和埃雷迪亚的《卢瓦尔》，可能为之赞叹，但并不激动。有人看到火车行车时刻表上蓬达尔梅车站站名而为之心神摇动。在他身上一定有着无法确指难以言传的东西，凭借思谋筹划虽可窥知，但不能真正直接体验，这是一种自为的本原，潜存于这一类天才的构成体之中，在另一些构成体中它是不存在的，还不止于此，在情有所钟这样的事实中，比之于审美趣味的称赏，总还要多出一些什么。这种东西只有在某种幻梦的点化下才可能存在，就像面临路易十三的古堡可能出现的情况一样，也许有人独具慧眼如勒麦特，以为这就是优美合度的典范，那就错了。这里说的是一种受到病情骚扰的类型……请不要忘记，他的疯狂是无害的，那就是久远传下来的那种"奇妙的疯魔"，在巴雷斯看来，这才是那种具有魅力的意趣的标志。

热拉尔为写《西尔葳》是否再度去看过瓦卢瓦？当然去看过的。激情认为它的对象是实有的，有情人对一个地方神驰梦想，总要亲身前去看一个究竟。否则，就是不真诚。热

---

① José Maria de Heredia(1842—1905)，法国诗人。
② *Villequier*，雨果为哀悼女儿在维勒基耶沉船溺水死去写的一首诗。

拉尔是纯朴真诚的，他去了。马塞尔·普雷沃①说：还是让我们留在家里吧，那无非是一个梦。说到最后，只有那难以表达的才是人们认为无法写入一本现存的书中的东西。那就像记忆一样，混沌一团在心头萦绕不去的那种东西。那是一种气氛。《西尔葳》淡蓝带紫的那种氤氲气氛。这种气氛，我们如果没有感受到，竟以为我们的作品与感到这种气氛的人的作品是等值的，因为其中的字词都是那些字词。但是，气氛并不在字词之中，也不是字词可以表达的，气氛存在于字里行间，像尚蒂伊的晨雾一样。

如果说有一位作家完全排除那种像水彩画明快流畅的写法，竭力写出人类心灵自身的特征，掌握揭示其中种种朦胧模糊的精微方面，寻绎出它内在的规律，几乎不可把握的印象，那么这位作家就是写出《西尔葳》的热拉尔·德·奈瓦尔。这个故事，你说它是一幅天真的图画，请不要忘记，这是关于一个梦的梦。热拉尔试图回忆他曾经爱过的一个女人，同时她又是另一个女人，也曾在他生活中占据一些时间，而且每天夜晚在一特定时间总是前来寻访。为要在梦境中唤起这样的时间，他极想再到那个地方去，他走下楼来，离开家门，坐上马车，动身前往。去卢瓦齐途中，一路颠簸，他一路回忆，一路讲述。经过一夜不眠，终于到达目的地，这时他看到的可以说因为一夜不眠一切都已经与现实完

---

① Marcel Prévost（1862—1941），法国小说家。

全脱离，因为是再次回到这个地方来，这个地方与其说在地图上实存，不如说存在于他心中的过去，他现在看到的与记忆纠结混同，他在反复追忆过去，因此人们不得不不停地翻阅前面的文字以求了解这究竟是说到什么地方了，是说的现在还是在回顾过去。

其他一些人物也像我们在前面引的诗中说的那个女人一样，是"在另一个存在中我曾见到并且记住"的。这就是阿德里安娜，他认为她就是那个女演员，使他爱上那个女演员的，原来并不是她本人，还有这古堡，这些贵族人物，仿佛仍然生活在过去，还有这节日，圣巴泰勒米节庆会，他不能肯定节日庆会会不会举行，这是不是一个梦，也不能肯定，"卫兵的儿子那时喝得醉醺醺"，等等，这一切甚至所有的人物我有理由说都是梦中的幻影。旅途中这不可思议的一天，对西尔葳的祖母的探访，这些都是真实的……但不要忘记：在这天夜里，他仅仅在星光下睡过一刻，这是一次奇异的睡眠，睡眠中亲自看到的种种，耳中听到的祈祷钟声，虽然醒过一下，但钟声他并没有真正听到。

像这样一个上午的时间，如果你愿意，确实是现实实有的。但人们在这样的时间过程中是如此激动亢奋，只要是美的，就会使我们为之陶醉，欣然入梦，尽管按习惯的看法现实不可能有那样的作用。一种事物所有的确切色调都可以使你为之动情，让你感到那是和谐完美，看到玫瑰嫣红一片你也会为之流泪，或是在冬天，看见树干上那几乎是耀眼的美丽的绿色，只要有一点光照在那色彩上，如白丁香在夕照下让它的白色放声吟唱，这时人们只觉自身也在流光溢彩，充满着美。就是在居室内，大自然吹入清新空气也让你激动不已，不论是在农家还是在城堡，激动情绪和在散步时也一样强烈，一件什么古旧的事物，也会给我们带来进入梦幻的契机，更会增强激动情绪。多少实有的城堡主人一定也被我这种感激、赞叹的情意给惊动了，只要我走上这里铺有不同色彩地毯的楼梯，或者，早餐时看到苍白的三月阳光在园中树干染有苍老透明的绿色之上频频闪耀，马车夫听到吩咐准备马车我们要外出散步，这时阳光就把光芒伸到炉边的地毯上来取暖了。就是这许多值得人们祝福的上午，某种失眠开掘出来的上午时间，在一次旅行令人神志纷乱震荡中产生的这种时间，这是我们真正有血有肉的沉醉，罕见的机遇，它们像奇迹一般始终把那种种令人激动的色彩保留下来，梦的魔力就把这种种色彩纳入我们的记忆，就像收存在神奇的洞穴中，在那特有的气氛下再放出神奇缤纷的色彩。

《西尔葳》的色彩是一种紫红色调，一种紫色或略带紫色天鹅绒那样的浅红含紫色调，绝不是他们所说的那种有节制的法国式水彩画色调。红色时时都在复现，像是射击发出的红光、红色头巾等等。还有西尔葳两个 I 带有紫红色调的名字，这是真正的"火之女"，对我来说，我也许能够说明这种神秘的思想规律，我一直希望能给以说明，我已经发现体现在《西尔葳》中那种神秘的思想规律——我相信我可以计算出它出现有五六次之多——我认为我有权说：完美创作的实施在精神贫乏与一部杰出作品之间，在那些可笑的所谓有思想的作家与热拉尔之间，存在着多大的差距，——创作完美的实施，这就是一切，——正是他们这些人，这些有思想的作家，可能自诩他们在效法热拉尔，创作完美的实施对他们来说似乎并无困难，因为他们本来就什么也没有创造。热拉尔所展示的图画的确是单纯的，但是一种无比美妙的单纯。这正是他的才华特有的财富。这种感受是主观的，如果我们仅仅说是客观事物引出那种主观感受，那我们就是不尊重自己的眼睛。如果我们试图通过分析我们的印象，以寻求印象的主观性，那样，我们就使形象和画面消散泯灭了。由于失望，我们借助那种叫作无从解释的梦，借助火车时刻表、旅行家的记述、商人的姓氏以及一个村镇的街道名称、巴赞先生①的笔记（其中每一种树木都有名称），来给我们的幻想增加养料，这样，比之于皮埃尔·洛蒂那种极度主观要好得多。但是热拉尔已经找到了他的方法，这就是描绘并给他所描绘的画面赋予梦幻色彩。也许在他的小说中智力还是过多了……

---

① René Bazin（1853—1932），法国小说家。

一〇　圣伯夫与波德莱尔

有一位诗人，你[①]并不完全喜欢他，圣伯夫与这位诗人有密切交往，按说圣伯夫对诗人的赞赏应该是更有洞察力、更有预见性，这位诗人就是波德莱尔。波德莱尔不时送诗请圣伯夫品评，有时又馈赠香料蜜糕，为圣伯夫的作品《约瑟夫·德洛尔默》《安慰集》《星期一丛谈》特意写出热情洋溢的信，还写过其他一些真情流露的信件，波德莱尔的赞颂、尊敬和友好情谊圣伯夫应有所触动，但是波德莱尔一再请求为他写一篇评论文章，圣伯夫却始终置之不理。这位十九世纪最伟大的诗人，而且又是他的朋友，在《星期一丛谈》中并没有什么地位，达吕伯爵、阿尔通·谢之流以及其他一些人却充斥其间。书中对这位诗人仅仅是附带提到。有一次，在波德莱尔讼案审理期间[②]，波德莱尔请求圣伯夫写信为他辩护：圣伯夫考虑自己与帝政的关系不便公开出面，仅起草一份不公开发表的辩护提纲供律师引用[③]，条件是不许提到圣伯夫其名，圣伯夫在提纲中说到贝朗瑞与波德莱尔两人都是有胆识的人，"我无意贬低一位著名诗人（不是指波德莱尔，是指贝朗瑞），人民的诗人，人们所热爱的诗人，皇帝肯定会作出裁决认为他配享公开举行葬礼"等等。

不错，圣伯夫也给波德莱尔写过一封信谈及《恶之花》④，后收入《星期一丛谈》，他写这封信本意是为减轻有关赞许评语的分量，表面却夸示他这封信是在为波德莱尔辩护的思想下写成的。在信中他首先表示感谢波德莱尔题赠给他的献辞，由此起笔，说他的赞誉之词一时还未能决定如何表达，不过波德莱尔的诗他已读过，他认为这些诗集中在一起，便产生"另一种效果"，显然是悲伤哀怨的，令人感到痛苦，对此波德莱尔本人也是非常清楚的，就像这样，写了整整一页，但不见有一个形容词可以让人设想圣伯夫是否认为这是一本好书。他仅仅是让我们知道波德莱尔十分爱重圣伯夫，圣伯夫也理解波德莱尔的心性资质。写到第二页中间，终于鼓起勇气要下断语了(这是一封表示感谢的信，而且又是写给一个这么爱他、敬重他的人！)，竟说什么"诗是写得精致巧妙的(这是第一次下断语，既可说是褒，也可说是贬)，高雅凝练，带有某种奇特的才气(这是第一个赞语，如果是指某种才能，肯定不是指什么难以具备的东西，大体

① 这是普鲁斯特对他的母亲说话。

② 波德莱尔《恶之花》一八五七年出版，同年以其中六首诗受到指控，法庭审判课以罚金三百法郎，《累斯博斯》《被诅咒的女人》《首饰》《忘川》《给一位过于快活的女子》《吸血鬼变形》等六首诗被禁止刊出。

③ 法洛瓦注称：克雷佩先生认为这是对圣伯夫行为的赞许，说"圣伯夫能帮助他的朋友自身又不受牵累自应庆幸"，这一看法未免过于天真。

此处是指雅克·克雷佩与乔治·布兰《恶之花》一九四二年若泽·科尔蒂版评注本中有此意见。

④ 七星文库版注：一八五七年七月二十日信，《星期一丛谈》卷十一，五二七页及其后。普鲁斯特引述各点准确无误。

是指独有的什么吧），而且在谈到（变体为圣伯夫原有）可怖的事物或按照彼特拉克方式写到可怖的事物，这时在表现手法上有着某种难能可贵的从容狂放（变体为圣伯夫所用）……"他还用长者的口气说："我亲爱的孩子，你真是饱受痛苦了。"接下去引述几位批评家的意见，然后仅仅对其中两首诗加以称许：十四行诗《月的哀愁》"像是英国青年莎士比亚那样的当代诗人写的诗"；对于《给一位过于贤明的女子》[①]，他说："这首诗为什么不用拉丁文或希腊文写？"我忘了，在此之前，他还对波德莱尔大谈其"作诗要诀"。他一向醉心于使用连续隐喻手法，于是他以如下方式收笔："再说一遍，以上种种决非对所爱重的人的恭维……"——这位被爱重的人不久前给你送来《恶之花》，那时你却在为缺乏才能的作家大唱赞歌借此来打发你的生活。

事情并没有到此为止。圣伯夫得知这封信准备公开发表，于是又将原件索回，大概是要检查一下他的赞语是否写得过分（这只是我的推测）。他认为《星期一丛谈》收入此信无论如何必须加上一个小小引言，坦率地说，我认为他这是为了把信的内容再加冲淡，他在引言中指明这封信是在"有助于为他辩护的思想下"写成的。让我们看看引言对《恶之花》是怎么说的。这一次他没有直接针对诗人、"他的朋友"说话，当然没有教训的词句，所以不妨看作是表扬："诗

---

① 七星文库版注：原稿如此，原应为《给一位过于快活的女子》。

人波德莱尔……多年来从主题与花卉中（意思是说写《恶之花》）提取一种毒素，甚至应该说是一种相当可爱的毒素。其实他是（始终是这种手法！）一个有思想的人（！），有时十分可爱（事实是他在写给他的信中写过"我很想看到你像安泰接触大地时那种样子"），而且非常友好（实际上他对《恶之花》的作者所能说的全部不过如此。圣伯夫早已说过：司汤达是谦虚的、福楼拜是好小伙子这一类空话）。当波德莱尔以《恶之花》为题的诗集出版的时候（有一位上流人士曾对诺阿耶夫人说过这样的话："我知道你在写诗，难道你不想出一本诗集？"），不仅与批评界发生纠葛，而且还牵涉到司法问题，如'声韵铿锵之下包藏祸心，种种隐语暗示……，其中确有危险'。"因为信中赞语可能有助于被告人，根据推论，接下去的几行文字似乎可以看作是辩护（至少我的印象如此）。请注意：所谓"包藏祸心"与"我亲爱的孩子，你真是饱受痛苦了"这两句话是极不协调的。对于圣伯夫，不知多少次人们忍不住要骂出口：老混蛋，恶棍……

　　还有一次（这也许是因为圣伯夫没有勇气不敢与多尔维利①等人同时到重罪法庭为波德莱尔作证，公开受到波德莱尔的朋友攻击），涉及法兰西学院院士选举事，圣伯夫写了一篇文章论及几位不同的候选人。波德莱尔也是候选人之一。圣伯夫一向喜欢给他在学院的同行提供有关文学方面的

---

① Jules Barbey d'Aurevilly（1805—1889），法国批评家、小说家。

忠告，正像他喜欢给他在议院的同事提供忠告一样，因为在他们中间他比他们要高出一筹、高明一些，又因为他对新艺术、反教权主义、革命也发过一些空论，有过接触，对这类事情好像还有那种瘙痒症，因此，圣伯夫采用简洁动听的措辞说《恶之花》"是一座建筑在文学堪察加边远尽头的小庭园，我称之为'波德莱尔游乐场'（又是玩弄"字眼"，才智之士对此可以引以为冷嘲：他竟把它叫作"波德莱尔游乐场"。只有喜欢引用这类货色的饶舌家一类人在宴会上谈到夏多布里昂或鲁瓦耶-科拉尔时才可能做得出来，因为他们根本不知道波德莱尔是何许人）。"最后他竟用这种奇谈怪论作为结束：确定无疑的是波德莱尔先生"受到重视，让人们看见了，人们果然看到一个怪人走进门来，在人们面前出现的原来是一位彬彬有礼、毕恭毕敬、堪为表率的候选人，一个可爱的小伙子，谈吐高雅，在形式上完全是古典式的"。圣伯夫写出"可爱的小伙子""受到重视、让人们看见""在形式上完全是古典式的"这些词句，不是语言歇斯底里大发作我简直无法相信，搞这种语言歇斯底里原是不会写文章的布尔乔亚一种难以抑制的乐趣，圣伯夫经常也是如此，如说到《包法利夫人》，竟说什么"开端笔法写得十分精妙"。

永远是这一类手法：对福楼拜、龚古尔兄弟、波德莱尔说上一些"作为朋友"的赞词，说什么就个人而言他们实在都是最为高尚、最敏感的人，最可靠的朋友。在一篇有关司汤达回顾性的文章中，也是如法炮制（"在他的写作手法中更有把握"）。于是圣伯夫劝告波德莱尔撤回候选人资格，波德莱尔也接受了，并正式发出信件要求退出竞选，圣伯夫对此表示赞许，还安慰他说："当人们（在学院会议上）读到你的致谢信的最后一句，用如此谦逊如此彬彬有礼的词句表达，人们一定会大加称许：好极好极。这样，你就留下一个良好印象。难道这也是无所谓的吗？"面对德·萨西先生和维耶内表现为一个谦逊的人、一个"可爱的小伙子"，这难道也是无所谓的？向波德莱尔的律师提供建议以不说出其名为条件，拒绝为《恶之花》写文章，甚至对有关爱伦·坡的译著拒不表态，最后还说什么"波德莱尔游乐场"是一处迷人的庭园，等等，对于波德莱尔的伟大朋友圣伯夫来说，这难道也无所谓？

圣伯夫认为这已经是很可观了。最可怕的是——这正好为我说的一切作证——尽管看起来是多么不可思议，波德莱尔竟然也持有相同的看法。波德莱尔的一些朋友对圣伯夫在他审讯时抛弃他为之愤愤不平，并在报上公开表示不满，波德莱尔见此十分惊慌，一封接一封写信给圣伯夫，请求他相信他与这些攻击决无关系，波德莱尔写信给马拉西斯[1]和阿斯利诺[2]说："你们看这件事让我多么伤心……巴布[3]明知我和伯夫大叔关系密切，他对我的友谊我极重视，他也知道，

---

① Auguste Poulet-Malassis（1825—1878），波德莱尔《恶之花》的出版者。

② Charles Asselineau（1820—1874），波德莱尔的朋友，波德莱尔死后《恶之花》第三版的编订者之一。

③ 即巴尔贝·多尔维利。

当我的意见与他有抵触时我总是竭力隐藏起我的意见，等等。巴布看似保护我，但不该让我去反对给过我许多帮助的人。"（？）他还曾写信给圣伯夫表白他原本无意期求为他写一篇评论文章，他劝这位作者说"你（圣伯夫）应该写你愿意写和可能写的文章。不久前我还对马拉西斯谈起我们之间的友谊，对此我深感荣幸"等等。

即使波德莱尔此时不是出于真心，而是从策略上考虑，认为必须这样对待圣伯夫，要他相信他认为他做得不错，但事情依然如故，只能说明波德莱尔对圣伯夫写一篇关于他的文章他是何等重视（事实上，那篇文章他并没有得到），要求他在文章中写几句赞辞直到最后也没有得到肯定的答复。究竟是些什么赞辞，你已经看到了！在我们看来，那些所谓赞辞是何等无谓，但对波德莱尔来说，毕竟是让他高兴的。波德莱尔在看到那篇写有"让人看见了，一个可爱的小伙子，波德莱尔游乐场，等等"的文章之后，还写信给圣伯夫说："你帮了我大忙，又一次欠你的情了！这一切何时才能偿清？怎么报答你感谢你呢？亲爱的朋友，对于你给予我的特殊的喜悦，容我略述一二……至于你说的我那个堪察加半岛，如果我能经常得到像这样有力的鼓励，我将有力量创造出一个广阔无垠的西伯利亚，等等。面对你的作为，看到你的活力，我真惭愧得无地自容（因为他文学上无能！）。现在，作为诗人和小说家圣伯夫，《黄色光芒》和《情欲》两书坚定的敬爱者，我真不知该怎样祝颂专栏作家圣伯夫？你是怎样达到这样的高度的，等等，我在其中每次发现你的雄辩，等等"，最后："普莱-马拉西斯迫不及待地准备出版一本有你的令人赞叹的文章的小册子。"他的感激之情一封信是容纳不下的，他又在《逸话杂志》上写了一篇有关圣伯夫的未署名文章，说："每一篇文章都是风趣幽默、欢欣、智慧、良知、嘲讽的杰作。所有与《约瑟夫·德洛尔默》的作者相识并有交谊的人都深感荣幸……"等等。圣伯夫也写了一篇文章对杂志主编表示谢意，在文章的结尾仍然是将字义弄得歧义多出那种怪癖，说："我向这位宽厚善意的匿名氏致以敬意并深表敬重。"可是波德莱尔不敢肯定圣伯夫是否已认出文章是出于他的手笔，于是又写信给圣伯夫说明文章是他写的。

上述一切足以证明我对你说的一个人有伟大心灵并与之共生在一个躯体之中，竟可以与心灵没有多少关连，几乎没有共同之处，只有知其人的人才能认识他的心灵，所以像圣伯夫那样，所谓通过人，或者按接近这个人的意见，去判断人的心灵，真是荒谬到了极点。至于其人，本来就是一个人，完全可能不十分理解活在他身中的诗人的意志。这样也许更好吧。[①]我们的推理是：从诗人的作品推断他的伟大精神，我们说：他是王者，也就将他视为王者，期待他以王者行事。但是诗人却未必这样看自己，因为他描写的现实对他来说始终属于客观，不容他想到他自己。受到公爵召请，获

[①] 法洛瓦注： 自此以下至本段终结系摘自普鲁斯特另一笔记本，手稿上标明：
"补入波德莱尔部分，在谈到诗人希望入选学院处，等等。绝妙的讽刺，柏格森，以及学院的访问。"

得学院的奖励，自是幸事，但他仍然应该把自己看作是一个贫穷的人。若说这种谦冲淡泊是他的真诚和他的作品不可缺少的条件，那么，就让我们祝福这种谦冲淡泊吧。

波德莱尔对自己难道真是那么缺乏自知之明？从理论上说，大概不是。即使他的谦逊、对人的尊重是出于狡狯，但在实际行事上对自己他也不会少一些失误，因为他这时已经写出《露台》《远游》《七老人》这样一些诗篇，法兰西学院席位那样的社会地位已进入他的意识愿望之中，所以圣伯夫一篇文章对他来说确实十分重要。可以说，最优秀、最有才智的人往往也难免如是，他们总是汲汲于从他们写的《恶之花》《红与黑》《情感教育》的世界走出来下降到俗世——对这些作品我们已有判断，我们当然只能知道这些书，也就是说从这些作品去认识这些天才，而有关其人其形象的种种不实之词，就不会受到什么干扰，这些形象比写在《星期一丛谈》《卡尔曼》《印第安娜》中的形象不知要高出多少——怀着敬畏之情，出于计算，发自个性或友谊方面那种高雅表现，对于像圣伯夫、梅里美、乔治·桑一流人物虚假的优越地位仍然还是想接近靠拢的。这种矛盾现象是如此之自然，其中总有什么缘由令人不知所措。请看失神落魄的波德莱尔对圣伯夫是那么敬畏恭顺，前不久还有一个人，策划如何谋取十字勋章呢，刚刚写成《命运集》的维尼①

① 诗人维尼（Alfred de Vigny, 1797—1863）的《命运集》在其死后一八六四年出版。

就曾低声下气乞求在报纸上替他宣扬一番（我记不确切，相信不会记错）。

　　就像天主教神学所说上天由多重天界构成，我们人也由我们的肉体加上我们的头颅提供给它一个外形，我们的头颅把我们的思想勾画成一个小圆球，我们作为人在精神上也是由多重层次叠加在一起的人组合而成的。这一点对于诗人来说，也许更为明显，因为诗人多有一重天，在他们天才这一重天，与他们的才智、善良、日常生活中的精明智巧这两重天之间，还有一重天，这就是他们的散文。缪塞写过《故事》，有时不知为什么人们仍然可以从中感受到那种细微的震颤，那就像准备振翅高飞的双翼，而羽翼又沉沉难举。还是诗上说得好：

　　　　飞鸟在地上行走也让人感到有翅翼在身。[1]

　　诗人写散文（以散文为诗，如波德莱尔的《散文诗》、缪塞的剧作，当属例外），缪塞写《故事》、批评论文、学院讲演辞，那是将他的诗才暂时搁置一旁，暂时停止启用他从超自然、完全属于个人的世界中得到的形式，尽管是这样，诗也没有被遗忘，仍然让我们依稀想到那种诗情。在发育成长过程中有时我们也隐约记起某些名句，其形式意境朦胧而不

---

① 七星文库版注：这一名句出自一位不知名的诗人勒米埃尔（Antoine-Marin Lemierre, 1733—1793）。

可捉摸，在言语后面俨若有着一种透明体一般，任何人都可以把握它，并赋有某种优美和庄严，某种动人的暗示。这时，诗人已飘然远飏，他的身影在白云之间还依稀可见。人在生活中，有口腹之欲，有野心萦绕，已经没有什么了，圣伯夫只能企图向这种人期求非其所有的本质。

我知道你仅仅喜欢波德莱尔一半。在他的书信中，和在司汤达的书信中一样，你发现他对他的家庭存有某种冷酷心肠。在他的诗中，也有这种冷酷，这是一种有无限感受力的冷酷，他嘲弄痛苦，以不动情的态度表现痛苦，这种铁石心肠同样使人感到震惊，他甚至在神经末梢上都在感受着那种痛苦，对此人们是可以感觉到的。像《老妇》这首气象庄严的诗篇，老妇人的痛苦全部包罗无遗都写到了。而且还不限于她们的深重痛苦：

> 这眼睛是无数泪滴汇成的深井……
> 一滴泪水泣下足以流成长河，[①]

他仿佛是在她们的肉体内部和她们的神经一起觳觫战栗，和她们的衰竭虚弱交互震颤：

> ……北风凛冽狂暴鞭打，

[①] 见波德莱尔《老妇》一诗。本篇所引诗句大多不按原诗排列顺序。

车马隆隆声中不停地惊慌颤抖，

……

像遍体鳞伤的野兽艰难地行走，

　　但是，画面上独特的描绘之美也没有使他回避任何惨烈冷酷的细节描写：①

可怜的铜铃不愿摇动还须摇响……
看这老妇傲然挺立不忘规则法度……

你是否注意看过这些老妇的棺木
几乎和小儿的棺材一样大小？
死亡也很博学竟在这小木匣里
放入一个诡异却又惑人的符记……

这许多大小零乱的肢体，我暗自思忖
几何学，可我，我却无能为力，
匠人也需五次三番斟酌考虑
变更这些木匣型式容下这些肉体

特别是以下几句：

---

① 普鲁斯特手稿此处注出他的诗《盲人》开始一句："我的灵魂，你看；他们真
　　丑，多么可怕！"

我从远处多情地注目看着你
不安地看你那脚步踉跄迟疑，
我像是你的父亲，啊，多么不可思议！
不让你知道我暗自品味这种种乐趣。

　　这就是人们喜爱波德莱尔之所在——圣伯夫也许会这样说，如我也采取这样的论断，我是坚决反对的，因为过去我也常有这样的看法，但为目前写这篇文章，在构思时我决不能玩弄思想，这里写的不是一篇仿作之类的文字，在这里我是准备提出一种观点，说的是在我的记忆中立即便有一些人的名字出现，或已经涌到我的嘴边，这种观点要求我表明——喜爱波德莱尔，在我，就是通过这些诗作真正热爱波德莱尔，甚至爱得如痴如狂，因为这些诗是悲悯的，发自人性的，何况说喜爱波德莱尔也未必就是伟大感受力的标志。我可以肯定，他在人们面前呈现的是一个给他带来深重痛苦的世界，形象如此强烈有力，其感受力的表现又是如此不见形迹，只有真正的冷嘲家和爱好色彩的人，真正心如铁石的人，才会对之喜不自胜。

　　　人类枯朽老熟的残片也将归于永恒

这是《老妇》诗中概括全诗的一句，一个庄严的诗句，不知有多少伟大心灵喜爱引述这一诗句，也不知有多少次我听到有人反复吟诵，曾经有那么一位极有才智的女人也曾引述这一句，其中意味我总算是真正品味出来了。这是我所见到最无人性、最缺乏善良、最不道德的女人，她在调笑，她把这句诗同某些机智风趣、残忍的凌辱混在一起，当作死亡降临的预言无情地投向路上遇到她所憎恶的这些老妇人。既需感受全部痛苦，又要对自己作出适当的克制，这样，看到她们才不致感到不快，才能真正承受那种人为的恶毒凶残的痛苦（在读的时候可能忘记另一首诗中也有一行优美的诗，请注意，同样是极其残忍的：

　　琴弦战栗像在摧残着一颗心，[①]

啊！心在颤抖，有人在伤害它，折磨它——而前面看到的是一些老妇全部神经在马车隆隆震响中颤抖）。

　　也许感受对于真实与表现的这种从属性实质上就是天才、艺术力量高于个人悲悯心的标志。但是对波德莱尔来说，还有比它更为异常的情况。波德莱尔将某种感情赋予极其崇高的表现，好像他是以感情的形式描绘一种外在图像，并以此为限，而不是与之相互融合。波德莱尔有许多写仁慈的诗篇为人所称美，其中有一首，有许多寓意深远的诗句，有一句是：

　　当耶稣走过，你能以他的仁慈

————————

　　① 见《黄昏的和谐》。

铺展成凯旋般热烈隆重的地毯。①

试看以下诗句表达的感情依然是仁慈爱心并无变化（是有意为之，但并无影响）：

> 愤怒的天使像鹰从天上扑下，
> 凶猛抓住异教徒的头发，
> 猛摇着他，说"法规你应知道！
> （我是你的好天使，是不是听到？）我要你知道！
> 穷人，恶人，不讲理的，愚笨的，
> 都应该去爱，不准装腔作势，
> 当耶稣走过，你能以他的仁慈
> 铺展成凯旋般热烈隆重的地毯。"

是的，诗中讲到几种圣德，他对圣德的内涵有深切的领悟，而其实质却被排除在外不予表现。这是一种"虔诚献身"精神，《老妇》一诗其实就是写这种精神：

> 她们真让我沉醉！这些衰老女人颤颤巍巍，
> 她们有些人把痛苦做成为香蜜，
> "虔心奉献"给她们添上羽翼，她们说：

---

① 见《叛逆者》。下同。

"力大无穷的伊波格里夫①，送我上青天！"

看来，波德莱尔是借助语言前所未有的非凡力量（无论如何，比雨果的语言强烈百倍②），将感情永恒化，在指明这种感情时又竭尽全力让人感觉不到这种感情，感情与其说是表达出来，不如说是刻画出来。他为所有这类痛苦、这类深情找到一种前所未有的形式，这是他精神世界所特有的形式，在别人那里是断然找不到的，是只有他一人居住、与我们所知全不相同的一个行星上的形式。他分别将这种特有的形式赋予各种不同类型的人，每一种形式都充溢着热量、湿度、气味，就像袋囊里装有酒或火腿一样，如果大声用唇音说话如同雷声隆隆，那是他要着力把话语大声说出，尽管人们知道他已掌握了全部感受、全部理解认知，因为他本人就是躁动不安的感受力，无限深沉的智慧。

　　　　这一个，她祖国多灾多难早把她培育成这样，
　　　　那一个，丈夫在她身上压下过重的痛苦，
　　　　还有圣母，她的孩子把她的心刺穿，
　　　　她们一起流下的眼泪汇成长江大河！

"培育"，是一个令人惊奇的词语，"压下"，也是一个令

---

① Hippogriffe，半马半鹰（鹰头马身）有翅的怪兽。
② 波德莱尔《老妇》一诗原标明是题献给雨果的。

人惊奇的词语，"刺穿"，又一个令人惊奇的词语。这三个词赋予观念以阴惨、响亮和内涵丰富的绝妙形式。

> 这一个，她祖国多灾多难早把她培育成这样……

我说他创造这些美好的艺术形式用在他一一举出的事实上，都是有热量有色彩的独特形式，实际上，其中有相当数量的形式暗示着表达先人的祖国的那种艺术形式：

> 这一个，她祖国多灾多难早把她培育成这样……
> 这些人却乐于从鄙污可耻的祖国逃遁……[1]
> 这就是穷人的钱袋，穷人的古老的祖国。[2]

还有有关家庭的表现形式："有些人，他们对自己出生的摇篮怀有恐惧怨恨"[3]，这些形式很快就进入圣经的形式类型，如《祈福》一诗力度极强的形象就属于这一类型，《祈福》中的一切都因具有艺术上这种庄严性质而显得崇高伟大：

> 在给他吃的面包和喝的酒里
> 他们给掺上灰渣和脏痰；

---

① 见《远游》。
② 见《穷人之死》。
③ 见《远游》。

他接触的一切他们都伪善地摈弃，
因为追随他他们自认身负罪愆。

他的母亲在公共广场上号哭……
古代荡妇那样的营生我也承当，……

啊！与其养下这样一条毒蛇，
不如就去满足那讥嘲耻笑！

在波德莱尔那里，这种拉辛式的诗句是常见的，如：

所有他爱的人也心怀疑惧对他冷眼察看。

有些诗句写得"像圣体显供台"①那样辉煌，这是波德莱尔诗作的光彩荣耀之所在：

她在地狱深底亲自准备
奉献给为母之罪焚烧的柴堆。

波德莱尔的天才的其他组成要素，如果有时间，我非常愿意一一详述。在下面这些诗句中，处于主导地位的是天主教神学最美的形象：

---

① 见《黄昏的和谐》。

宝座天使，德行天使，权德天使。①

我深知痛苦是惟一的显贵崇高，
人世和地狱绝不能把它侵扰，
我知道获取全部时间、天地各界
才能编成我的神秘的冠冕。

（这里的形象决不是对痛苦的反讽，像前引诗中写到献身与仁慈的形象那样，这里的形象表现是冷静的、不动情的，但形式更美，隐含有中世纪天主教艺术作品的神韵，图像性超出于情绪的表达！）

写圣母的诗我这里不多谈了，因为那些诗主要是直接运用天主教形式的地方。在这里让我们着重看看另一类奇妙的形象：

蛇咬住我的鞋，我曳着蛇向前行进②

他非常喜爱鞋这个词：

啊，国王的女儿，你脚上不穿鞋，多么美。③

---

① 此处所引诗句均见《祈福》。天主教神学九级天使中第三、四、五级为宝座天使，是上座者之圣品；德行，率领者之圣品，即四枢德或信、望、爱三超德；权德，宰制者之圣品。
② 见《声音》。
③ 见《旧约·雅歌》第七章："王女啊！你的脚在鞋中何其美好。"此句引文与《旧约》有出入。

不信教的人将鞋放在教堂的墙脚下，"这脚下的蛇就像耶稣脚下的蛇一样"，incalcabis aspidem"你这是踩着毒蛇走路"。我们暂且不去谈那些过于熟知的形式（也许是最基本的形式），我想我可以逐一按这种形式为你展示波德莱尔的思想世界，即他的天才展开的领域，他的每一首诗仅仅是一个片段，诵读他的一首诗，就和我们所熟知的其他片段相互连接起来，如同走进展览厅面对我们不曾看到的一幅画，某种古老的山峦映现着夕阳的红光，展现在眼前，其间有一位女性情态的诗人走过，还有三两位缪斯追随在后，这就是人们常可见到的古代生活画面，其中缪斯就成了实际存在的人物，她们两三人常在傍晚与诗人一起漫步，等等，这一切，在某一时刻，在某一确定的时间，就在这转瞬即逝的一瞬间，赋予那永存的传说一种真实的东西，让你觉得那就是居斯达夫·莫罗[1]的国土的一角。为此，你觉得这些港湾是必不可少的，不仅是一个帆樯林立的海港，而且还包括所有有着许多巨舰驻泊的港口，船在金光闪耀彩云飞扬下滑行，仿佛伸出两臂拥抱那纯净灿烂的天空，"纯净的天空永恒的炎热轻轻震颤"，可是这些港口转而又变成了柱廊：

　　海上阳光把它染得辉煌如火[2]

---

① Gustave Moreau（1826—1898），法国画家，新理想派代表人物。
② 见《前生》。

"柱廊通向未知的天国"①。阿非利加椰树苍茫恍惚像是幽魂鬼影。

> 在无边的云雾壁立的后面
> 美丽的阿非利加椰树遍寻不见……②
> 已消失的椰树像四处飘游的幽魂。③

黄昏，灯亮了，这时太阳——

> 像烛光那样美丽的反光
> 照在朴素的桌巾和哔叽帷幔上

以致还有这样一个时刻，是由"神秘的红色和蓝色"④形成的一个时间，还有在他心上萦绕不已的音乐，音乐可以让他创造出贝多芬《英雄交响曲》以后最美的激情震荡：

> ……这铜管乐协奏
> 我们的军人吹奏响彻公园
> 在金色黄昏下令人精神振奋

---

① 见《穷人之死》。
② 见《天鹅》。
③ 见《给一个马拉巴尔姑娘》。
④ 见《情侣之死》。

英雄的气概注满市民的心灵①
在天界收获季节的夜晚，
号角吹响是这样美妙动听……②

酒，在所有他写到酒的非凡的诗篇中，不仅写到葡萄成熟

……在如大火燃烧的山岗上③

即酒酿造成熟，一直写到劳工的"火热的胸膛"成为它的
"温柔多情的坟墓"，而且还有酏，还有奥林匹斯众神的花
果食物（这是他个人专有的奇妙酿制中的又一种）也都神秘地
纳入形象的创造之中，就是讲到死亡，也像他的奇妙的制剂
一样：

……让我们激奋，让我们沉醉，
鼓舞我们径直走向日落西沉。④

在蓝色的水平线上，布满白色的樯帆：

双桅横帆船，单桅三角帆船或三桅巨舰，

---

① 见《老妇》。
② 见《意外》。
③ 见《酒魂》。
④ 见《穷人之死》。

在远远蓝天下形象微微抖动①

还有女黑人，还有猫，就像马奈②的一幅画……至于其他，还有什么他没有描绘？写热带地区的诗我这里略去不谈，这是他的诗才人们最为熟知的方面，至少我们二人都是非常熟悉的，为了让你能适应《发》那首诗，我也曾费过一番苦心，他不是把"他的北极地狱中"的太阳写成"一团血红的冰块"么③？写月光的诗，他的诗句本身就像是一块宝石，仿佛外面有一层玻璃套在燧石鞘里，裹着没有刻面磨光的宝石，人们可以从中提取乳白石，这乳白石和海上的月光一样，有如一种精髓呈紫色或金色细纹在乳白石中心闪烁发出虹彩闪光，这就是波德莱尔诗中写的那种光芒④。他还有另一种写法，说满月像是一块新铸的纪念章⑤，还有写秋天的诗，我不说了，你和我一样，都能背诵，可是写春天的诗却是另一番景象，更是非同凡响：

　　春天宛如轻烟向天边逝去⑥
　　可爱的春天已经失去它的芬芳……⑦

───────────

① 见《累斯博斯》。
② Edouard Manet(1832—1883)，法国印象派画家。
③ 见《秋之歌》。
④ 参见《月的哀愁》。
⑤ 见《告白》。
⑥ 见《时钟》。普鲁斯特将诗中"欢乐"一词误为"春天"。
⑦ 见《虚无的况味》。

此外，他看似没有直接说到什么（他说的是心灵的全部），只是用一种象征予以明指，而象征却始终极其具体、强烈，很少带有抽象性，用词也最为有力，最为常见，最恰切，这一类形式多得难以数计。

> 流放者的木杖，发明家的明灯，……
> 你啊，你给予罪人平静又高傲的目光
> 这目光把绞架四周一个民族罚下地狱……①

还有写死亡的：

> 那是经文上有记载的著名旅舍，
> 有吃有喝，还可以安睡；
> ……
> 天使铺好赤身露体穷苦人的眠床；
> 这是神的荣耀，这是神秘的粮仓，
> 是向着未知的天国敞开的柱廊！……②

还有写烟斗的：

> 我就像小茅舍在冒烟……③

---

① 见《撒旦连祷文》。
② 见《穷人之死》。
③ 见《烟斗》。

他在诗里写到他所有的女人，他的春天以及春天的气息，带有垃圾堆场灰尘飞扬的清晨上午，像蚁巢那样千孔百疮的城市，还有他所许诺的另一世界的"话语"，书橱中的书说出的声声话语，还有面对船舶道出的语句，说大地是一块甜美的大蛋糕①，说人们就在这里收获：

你的心渴望得到的神奇佳果。②

不要忘记：所有这类现代的、富有诗意的真实色彩，都是他发现的，色彩并没有过分渲染，但意味隽永，特别是浅红色，兼及蓝色，金黄或绿色：

你是秋天美艳的天空，明亮又带浅红……③
露台上的黄昏，有浅红色雾气迷漫④

而且所有的黄昏都有这种红晕色调。

在这样的境界之中，还有另一种更为内在的世界蕴蓄容纳在芳香气氛内，这是举不胜举的；我们可以举出他任何一首诗（我说的不是那些你我都喜爱的意境崇高的重要诗篇，

---

① 见《声音》。
② 见《远游》。
③ 见《对谈》。
④ 见《露台》。

如《露台》《远游》），但在这里我只举出一些次要的作品，你看，只举出其中三四行，一个名句（在非常波德莱尔式的、神奇的诗里）竟可以不是属于波德莱尔的，你简直不明白在这里为什么找不到他，你一定会感到奇怪：

没有珠宝的精美珠宝盒，无所纪念的纪念章[①]

看来这一句是诗的核心母题所在，因为是总括性的，并且是全新的，其他有千百诗句都归属于此，而且没有人能写得这样好，弥散在所有的样式之中，这些诗如：

广大的天宇让人梦想永恒[②]

你可能认为这是雨果的诗，又如：

你的眼睛像画像上的眼睛那样引人[③]

这一句你可能认为是戈蒂耶的诗句，又如：

你啊，我曾经爱过，你啊，你也知道[④]

---

① 见《对虚幻之爱》。
② 见《风景》。
③ 见《对虚幻之爱》。
④ 见《致一个过路的女人》。

这一句你会认为是絮利·普律多姆的诗，又如：

> 所有他爱的人心怀疑惧对他冷眼察看①

这一句你可能认为是拉辛的诗句，再如：

> 啊，幻美，虚无的癫狂的妆扮的妖媚②

你可能认为这是马拉美的诗，此外还有许多，你可能认为那是圣伯夫、热拉尔·德·奈瓦尔的诗，奈瓦尔和波德莱尔两人关系密切，相比之下他更温婉一些，他和波德莱尔一样，在家庭关系上也有着一些纠葛（啊，司汤达，波德莱尔，热拉尔，他们都是如此！），但热拉尔在家庭关系上又是一个多么温柔体贴的人，他和波德莱尔一样也是神经官能症患者，他写有许多极美的诗作，人们肯定是不会忘记他的，他的倦怠疏放也和波德莱尔一样，他对细部的刻画精确无比，对整体构成往往把握不定。值得注意的是波德莱尔这一类诗中那些重要的诗句，他的天才充分表现在诗句后半行停顿转折处，在这里他的诗笔一转，长驱直下，一气呵成，显示出天才诗人丰赡、辞藻、无限性所包容的极其重要的思想内涵：

---

① 见《祈福》。
② 见《骷髅舞》。

他们的眼睛能让神恩如甘霖从天而降（转折）

在他们眼中的闪光决不带有任何恶意[1]

……这条小河，

悲怆可怜的镜子过去曾经闪耀（转折）

你作为寡妇的痛苦那种无限的威严……[2]

还可以举出上百个类似的例句。有的时候，后继的诗句并不是高扬向上的，但在诗句后面六音节转折处，有奇妙的慢节奏出现，继续向下一个诗句推进，一种呈梯度上升的气势缓缓形成，逐渐提升，看似没有明显的目标，却不断地升发推进：

面貌不分彼此（这是为了让思想得到进一步的发扬）

来自同一个地狱（转折）[3]

还有一些诗作在结尾处突然中断，仿佛诗的翅翼折断无力继续飞翔，这样的诗句自前半句开始就已向着一个更广阔境界奋力飞去。

---

① 见《七老人》。

② 见《天鹅》。

③ 见《七老人》。这一行诗主语位置在原诗下一行"这两个活到一百岁的孪生兄弟"。波德莱尔的诗主要以十二音节亚历山大诗体写成，这种诗体一般在第六音节处有一停顿，在音韵上形成一个转折。

如写昂多玛克那首诗①的结尾：

俘虏、被征服者！……还有其他许多人……

又如《远游》的结尾：

在"未知"的深处探寻新奇……

《七老人》的结尾是：

我的灵魂摇晃震动，你这老驳船
没有桅杆漂流在可怕的无［边］大海。

确实，波德莱尔诗中某些重复之处看来也具有某种意趣，但决不可看作是凑韵的闲言赘语。

真可叹息，波德莱尔叫作对骄傲的惩罚的这种惩罚终于降临了：

他的理性已经丧失。
太阳的光辉罩上了黑纱。

---

① 即《天鹅》一诗，写昂多玛克被俘事，原诗结尾两句是："我想到被遗忘在岛上的水手，／俘虏、被征服者！……还有其他许多人！"

智力成为一团混沌翻滚，
过去充满生机的神殿严整又丰赡，
藻井富丽辉煌金光闪闪。
暗夜与空寂终于布满全身，
像身陷地窖开启的钥匙竟已遗失。
从此以后他就像街上的野狗，
匆匆离去他什么也看不见，
走过田野也分不清寒冬盛暑，
污秽，无用，丑恶，成了破烂的废物，
引得幼童嬉笑发出阵阵喧闹。①

　　至此，他再也不能有所作为了②，几天前人类所能说出最有力的语言他还能操纵自如，现在只能吐出"nom, crenom"仅有几个字音。一位女友给他拿来一面镜子给他梳发整容（这是未开化民族的女友之一，她们迫使你"梳洗整容"认为是为你好，她们不怕拿一面镜子让一个已认不出自己将要死去的人照一照他的脸，让那已张不开的眼睛亲自想象一副洋溢着生命的面容），但是他已经认不出自己了，竟对着镜中人致敬问候！

　　我在思索，正像他所说的那样，我也想到"其他许多

---

① 见《骄傲的惩罚》。
② 波德莱尔后来瘫痪，并患失语症，不久死去。下文未开化民族的女友指他的一位黑人女友让娜·迪瓦尔，又称让娜·勒梅尔或让娜·普罗斯佩。

人"，我不可能设想他①也是一位伟大的批评家，作为批评家，他说过的蠢话如此之多，对于波德莱尔，他自以为是做得妥善适当，对他的作品不停地说出一些俏皮话，企图把自己的作品与他的作品相提并论（说《约瑟夫·德洛尔默》是未定型的《恶之花》），事实上这位批评家对波德莱尔仅仅写过几行文字，除去俏皮话（"文学堪察加"和"波德莱尔游乐场"）之外，就只有这句话了："好孩子，设法让人认识你，要彬彬有礼，给人留下一个好印象"，这种说法对沙龙舞的领舞人倒是完全适用的。

而波德莱尔，他应属于另一类人，因为他们都具有他那非凡的智慧，他们是理解他的。他的一生都在与贫困和诽谤进行斗争，在他死后，人们竟把他当作一个疯子、一个邪恶的人告诉他的母亲，母亲大为惊愕，不过，她也曾收到圣伯夫一封信，真是喜出望外，圣伯夫告诉她说她的儿子是一个聪明的好人，不幸的波德莱尔，终其一生他都在为反对世人的蔑视进行斗争，这是理所当然的。但是，

> 他清澈的灵智如雷火电光，
> 遮住他激愤狂怒的面容。②

他一直到死都是在愤怒之中：当他躺在床上，瘫痪不

---

① 指圣伯夫。
② 见《祈福》。

起，在痛苦中煎熬，他曾经怀着激情热爱过的女黑人又来找他要钱[1]，这时他因失语症说话已经含混不清，只能急躁狂乱地说出几个字句，像是在骂人，他是在咒神侮教，诅咒曾经给他治病后来又离去的修道院院长。他和热拉尔·德·奈瓦尔一样，曾经与风嬉戏、和流云对话，在走向十字架的路上高唱，并为之心神沉醉[2]。他曾经要求人们转告他的父母，他本来也是明悟知理的，这也和热拉尔·德·奈瓦尔相像（待核实）。在他一生中的这一时期，波德莱尔已经满头白发，他说他的神态很像是"学院的院士（外国的学院）"。他一生中最后一幅肖像，与雨果、维尼和勒孔特·德·利尔出奇地相像，仿佛这四个人是同一面貌的几帧略有不同的照片，这是一位伟大诗人的面貌，实质上世界上只有一个诗人，从开天辟地之始，他的生命断断续续与人类的生命一样久长，只是在这个世纪，经历了痛苦而残酷的时间进程，这就是我们所说的波德莱尔的一生，经历了宁静而勤奋的时间过程，我们说这就是雨果的一生，经历了飘荡而又无邪的时间历程，这就是热拉尔·德·奈瓦尔的一生，或许这也是弗朗西斯·雅姆的一生，误入歧途并陷入偏离真理的雄心勃勃的目标，我们说这就是夏多布里昂和巴尔扎克的一生，既走

---

[1] 据雅克·克雷佩、乔治·布兰《恶之花》评注本，波德莱尔的母亲奥皮克夫人在谈到让娜·迪瓦尔写给波德莱尔的信时写道："我曾见到她写的一封信，一八六六年四月写的最后一封，这时我可怜的孩子在痛苦中瘫痪已经卧床不起……在这封信里，和以前来信一样，纠缠不休，折磨他，要他立即把钱寄去。"（页二五二）

[2] 与风嬉戏、和流云对话……系引用波德莱尔《祈福》中的诗句。

上迷途却又高扬于真理之上，我们说这就是托尔斯泰的后半生，拉辛、帕斯卡尔、罗斯金，也许还有梅特林克，他们的后半生也相类似。人的生命唱出的歌[1]，有时是相互抵触的，在一部如此伟大的作品中，这又是很自然的，这一切都包容在"神秘的深沉的统一"[2]之中，生命之歌又相互连通相互融合，这样，各个部分彼此可以相互认知，在我们心中，只要接受了它们，它们就能相互体认，"相互应和"[3]。

---

[1] 自此句以下，法洛瓦本未录。今据七星文库版译出。
[2] 见波德莱尔《应和》。
[3] 见波德莱尔《应和》。

一一　圣伯夫与巴尔扎克

巴尔扎克是圣伯夫不重视、不赏识的同时代人之一。你在皱眉头了。我知道你不喜欢巴尔扎克。在这一点上，你并没有全错。巴尔扎克，他的心性情感，其中确有庸俗的一面，而且是这么严重，生活也未能使他有所提高。不仅在像拉斯蒂涅初经涉世那样的年龄，他把生活目标定为低下志欲的满足，或者说，即使有较高尚的抱负，低下的野心也夹缠其间几乎不分彼此。而且，在他死前一年，他一生中伟大的爱情，他热爱十六年之久的韩斯卡夫人，他们的结合即将实现，这时他在给他妹妹的信中谈到这件事还是使用这一类词句："好了，洛尔，如果愿意的话，客厅可以打开来，邀集社会上流人士前来，他们一定会发现这里有这样一位夫人，仪态端庄，彬彬有礼，像是一位王后，她出身名门，与最高门第有亲谊之好，又有教养，才貌兼备，这在巴黎是决不可小看的。支配一切的重要手段在这里都已齐备……对我来说，当前的大事，且不说感情（不成功，无异是在精神上置我于死地），不是得到一切，便是一无所有，只能是孤注一掷，你还要怎样……心灵、思想、雄心，十六年来我梦寐以求的东西我必须得到；如果这无限的幸福我不能得到，我就什么也不要，什么也没有了。不要说我贪爱豪奢富有。我爱的是吉祥路①上的豪华以及相关的一切：一个美丽、富有、出身名门的女人，还有极好的亲谊关系。"②他在另一个地方也以同样的措词谈到韩斯卡夫人："她还随身带来更为可贵的社会方面的利益（且不说财产）。"在《幽谷百合》中，他笔下最为突出的理想型妇女，"天使"德·莫尔索夫夫人，临终时曾经给一个男人，她所钟爱的青年费利克斯·德·旺德奈斯留下一封信，这封信在巴尔扎克的记忆中是神圣的，甚至多少年过去以后，还说"这是一种令人肃然起敬的声音，在深夜静寂中突然发出震响，一个崇高的形象站在我的面前，向我指出一条真正的道路"③，这已经成为他艺术追求的座右铭了。对此人们是不会感到意外的。因为巴尔扎克知道，他必须为我们刻画出一位圣女的形象。但是他没有想到，在社会上取得成功在一位圣女眼中算不上是崇高的目标。当他向他的妹妹以及外甥女们夸示和一个可敬的女子即他所爱的女人建立亲密关系就可获得种种利益的时候，这种亲密关系能否为她们呈现出尽善尽美的境界，则取决于行为态度的高尚，注意严守年龄、地位的差异，等等，至于剧院入场券如"意大利歌剧院、歌剧院和喜剧歌剧院预订座

① 巴尔扎克于去世前三年(一八四七)，在巴黎吉祥路购置住宅一所。
② 巴尔扎克于一八四九年三月二十二日自波兰写给他的妹妹洛尔·絮尔维尔的信。
③ 见《幽谷百合》(康拉德版第二十六章)。

位"一类事是不包括在内的。拉斯蒂涅看中他的姊娘德·鲍赛昂夫人，向她坦白了他的坏心思说"你是能够为我做不少事的"[1]。德·鲍赛昂夫人对此并不感到意外，只是一笑置之[2]。

我还没有说到他的语言的庸俗。语言的庸俗在他是十分严重的，甚至败坏了他的遣词造句，他使用的词组也有损于对话，使对话显得相当粗俗。"红桃 J 吃进"，应该说"红桃 J 清一色"。描写德·阿泰兹大吃一惊时说"他背脊上直发冷"[3]。在上流社会的读者看来，他笔下描写的女性人物具有深刻的社会真实性，如"旺德奈斯从前的那些女友，德·埃斯巴夫人、德·玛奈维尔夫人、达德莱夫人，还有几位不甚知名的夫人，她们都对费利克斯的幸福心怀忌恨；恨不得把她们顶顶漂亮的拖鞋都给他送去，好叫他倒霉"[4]。他每次试图掩饰这种庸俗性，每次都是做出庸俗人士的那种高雅，如多愁善感的姿态，手指故意支在额上，就像坐马车去布洛涅森林可怕的大块头证券投机商那样。还要说什么"亲爱的"，不说再见，竟说什么"卡拉""阿迪欧"等等。

在福楼拜的书信中在某些方面你有时也可以发现那种庸俗气。但至少在主要的方面并不是这样，因为他知道：

---

[1] 见《高老头》第六章。
[2] 普鲁斯特此处有注：精神上的这种微妙处，请与德·诺阿耶夫人的小说《新的希望》（*La Nouvelle Espérance*，一九○三）的女主人公相比较，当男方似乎是向她求爱时，说"成全我做成这桩好婚姻吧"，她所表现的是一种惊愕。
[3] 见《卡迪央王妃的秘密》。
[4] 见《夏娃的女儿》第四章。

作家终生追求的目标是在他的作品中，其余一切无非是"用于描写幻象"。巴尔扎克则是将生活上的成就与文学上的成就等量齐观置于同一层次。巴尔扎克在给他妹妹的信中说："我如果不是因《人间喜剧》成为伟大人物，那么我一定以这次取得成功成为伟大人物（指与韩斯卡夫人的婚姻得以实现）①。"

你看，庸俗很可能就是他的某些形象描写的动因。其实，我们当中一些人即使确有提高，想要抵制庸俗的动机，并严加防范，给以净化，那动机仍然可能改头换面保持下去。甚至野心家真正有了理想的爱情，贪求之心也不会有所变化，真可叹惜！爱情毕竟不是他生活的全部，往往只是青春时代的一个美好时刻。作家只能以这一部分生活写成一本书。大部分生活被排除在外了。因此，我们在拉斯蒂涅的爱情、旺德奈斯的爱情中能看到怎样的真实的力量，那就必须懂得拉斯蒂涅、旺德奈斯是怎样一种人，他们是冷酷无情的野心家，他们全部生活就是斤斤计较与野心勃勃，他们青年时代的小说（是的，不仅是他们青年时代的小说，而且还要加上巴尔扎克的小说）在他们一生中早就被一笔勾销了，他们每次想到这一切往往是一笑置之，这一笑就是什么都想不

---

① 见前引一八四九年三月二十二日信。在此，普鲁斯特有注：按照福楼拜、马拉美等人的观点，真实性仅仅给予我们很小的满足，并使我们局限于渴求真实性极小的一部分，由此，是不是可能出现一种与之相反的错误？就像有人经过长期有效的蛋白质饮食制（此处 régime d'albumine，七星文库版写作忌盐饮食制 régime déchloruré）感到需要盐，正像野蛮人感到"嘴里难受"，据保罗·阿达姆先生说，他就扑向其他蛮人吞吃他们肉中的盐分。

起来的人的那种笑，其他的人，以及扮演过这类角色的人，谈起与德·莫尔索夫夫人这一段经历，甚至像谈论任何一种经历一样，是不会动感情的，因为这段经历在他们生活中早已淡漠褪色，没有留下任何记忆。按照世情与经验，人生一世，有了这种感情也无非是所谓爱情无常，青春年少偶入歧途，野心、肉欲也有它应有的地位，这一切全是无谓之举，等等，这就是说，最理想的情感，在野心家那里无非是他自己的野心多重幻化的棱镜，这一切也许以无意识的但又是惊人的方式显现出来，也就是说，对于最枯燥无味的冒险家来说，这是客观的显示，而对他本人来说，由他本人去看，则又是主观性的，他自以为是一个理想的情人，这也许是一种天赋，甚至是一种本质性的姿态，作家出于本能经过准确构思以庸俗方式写出较高贵的感情，作家自以为是在描写人生幸福、梦想的实现，但对我们讲的仍不免是这种婚姻的世俗利益。他的个人通信和他写的小说不应截然分开，区别看待。他笔下的人物他认为是一些真实的人，他也许还要认真争辩说德·葛朗利厄小姐、欧也妮·葛朗台在哪些方面是优秀的、好的，对此，人们已经谈得很多了，但我认为，他本人的生活就是他以完全相同的方式写成的小说。现实生活（我并不完全同意这一点），与他小说中写的生活（对作家来说，这才是惟一真实的生活），两者之间并不存在严格的界限。在他写给他妹妹的信中，谈到与韩斯卡夫人结婚有种种可资利用的机缘，不仅像是一部小说的结构，而且所有人物也像他书中写的那样都已设定，而且经过分析，描写成形①了，因为动因已使情节发展趋于明朗化。巴尔扎克企图在他的信中向她表明他对待她的方式就是他的母亲在他幼小时对待他的方式，指明他不仅有债务，而且还有一个负债累累的家庭，这样，巴尔扎克就可能把婚事毁掉，而且可能促使韩斯卡夫人另行选择婚姻对象。他在《图尔的本堂神父》中写的其实就是他可能做的："你了解雕刻家的处境，机会本来是有的，政府减少了定货，工作中断，艺术家欠下的债务虽然没有清偿，最后还欠大理石制造商、制造粗坯的石匠的钱，他打算再去工作，清偿这些债务……已经结了婚的兄弟来信透露说这位兄弟正在为老婆孩子奋斗；又说一个妹妹婚姻不幸在加尔各答陷入困境；最后他还得到其他消息说这位雕刻家还有老母，需要赡养……"

不妨设想：在这样的处境下，另一桩婚姻出现。这个年轻人于是转危为安，债务的折磨不存在了，三万法郎进项到手，成了代理检察长。絮尔维尔太太和她的丈夫做什么呢？一方面他们看到的是一个贫困的家庭，前途未卜；另一方面，他们也找到一个好机会，索菲成了总检察长的妻子，有三万利弗尔进项。

雕刻家于是受到人们千恩万谢，心中暗想："老娘真是见鬼，给我写信干什么，我那个在加尔各答的妹妹也是见鬼，来信说什么处境艰难！我的兄弟，你放心好了！你看大

---

① 法洛瓦本此处写作 décrits（描写）；七星文库版为 déduits，意谓经过推理论证。

家不是很好嘛！我的这桩婚事给我带来财富，首先给我带来了幸福；这些琐碎小事随它去吧。"在另一处这就成了《绝对之追求》中急于寻找罗马人开采过的矿藏的布局[1]。同样，他的妹妹、妹夫，他的母亲也像是小说中人物，这就是他生活于其中的小说《伟大的婚姻》[2]，这部小说我们也是乐于欣赏的（他的母亲面对着他，当然是崇拜的，但对于这类伟大人物决没有那种动人的谦卑，这些伟大人物面对他们的母亲也忘记自己是天才人物，始终都是母亲的孩子，一如母亲也忘记他们是天才人物）[3]，同样，他的许多绘画，无论是陈列在他的画廊里的，还是威埃兹绍夫尼亚看到的，都须收罗到吉祥路的住宅去，这些绘画也成了"小说中的人物"了；每一幅画都成了一小段故事叙述的内容，收藏家说明书上讲解的对象，由激赏进而转化为奇思异想的目标，这些绘画仿佛不是挂在巴尔扎克的画廊里，而是挂在邦斯或克拉埃

---

① 一八三八年四月，巴尔扎克在撒丁岛计划开采罗马人铅矿旧址，准备以此提炼纯银，并企图怂恿其妹絮尔维尔一家共襄此举。普鲁斯特在此有意将巴尔扎克个人生活经历与其作品相互对比。据七星文库版注，普鲁斯特手稿误将撒丁岛写作西西里。

② 这是普鲁斯特对巴尔扎克婚事虚拟的一部小说名称。

③ 普鲁斯特此处另有注文：他说"一个像我这样的人的母亲，而且当他谈到他对她的感情、对她的谦恭敬爱之情，就像他描写德·莫尔索夫人、天使般的理性天性一样，对这样一个理想人物竭力加以推崇、抬高、充实，但杂质依然难免。一个理想的女人，对他来说，仍然是一个喜欢有陌生人把她双肩紧抱的女人，很懂又很会玩弄社交手腕，他的天使就是鲁本斯笔下的天使，有两个翅膀，又有很有劲道的头颈。

"我可怜的母亲与我断绝关系时说：她的爱是根据我的行为确定的（作为一家之主的母亲是不是爱一个像我这样的儿子）。这位母亲曾给她的这个大卫或普拉迪埃或安格尔的儿子写过一封信，信中仍然把他当作一个小孩来对待，说她爱他是有条件的。"

的陈列室中，或者陈列在修道院院长夏珀卢简朴的书房之中，巴尔扎克的这些小说把这些画幅当作小说人物加以描写，即使是一幅无足轻重的科伊佩尔①，"画廊也决不会因此而减色"，同样，毕安训也完全可以与居维叶、拉马克②、热弗鲁瓦·圣伊莱尔③相等同，就像是实有其人的医科专家一样。至于邦斯舅舅或克拉埃的家具陈设，与他在吉祥路或威埃兹绍夫尼亚的陈设品相比，只是写得不是那么富有情感，真实和带有幻想色彩罢了："我收到贝尔纳·帕利西④为亨利二世或查理九世特制的餐厅喷泉；这是他首批制品之一，也是收藏中的珍品，价值连城，直径有四十至五十厘米，高有七十厘米，等等。吉祥路小宅即将送去格勒兹⑤一幅极美的肖像，是波兰最后一位君主画廊中的收藏品，两件卡纳莱托⑥的作品原属于教皇克莱门特十三世，两件凡·赫伊絮姆⑦、一件凡·戴克⑧，三幅罗塔利的油画，罗塔利可说是意大利的格勒兹，克拉纳赫⑨的《犹滴》是极其出色的作品，等等。这些绘画作品都是 di primo cartello（一流作品），陈列在最好的画廊也绝不逊色。""这幅荷尔拜因⑩在画廊里显得

---

① Antoine Corpel（1661—1722），法国画家。
② Jean-Baptiste Lamarck（1744—1829），法国博物学家。
③ Geoffroy Saint-Hilaire（1725—1810），法国博物学家。
④ Bernard Palissy（1510—1589 或 1590），法国陶器制作专家。
⑤ Jean-Baptiste Greuze（1725—1805），法国画家。
⑥ Canaletto（1697—1768），意大利画家、雕刻家。
⑦ Jan Van Huysum（1682—1749），荷兰画家。
⑧ Anton Van Dyck（1599—1641），佛兰德斯画家、雕刻家。
⑨ Lucas Cranach（1472—1553），德国画家、雕刻家。
⑩ Hans Holbein（1497—1543），德国画家、雕刻家。

多么不同凡响，三百年过去还是那么鲜明完美。""荷尔拜因这幅《圣彼得》雄浑俊美，公开出售可以卖到三千法郎。"他在罗马买了"一幅塞巴斯蒂亚诺·德尔·平波，一幅布龙齐诺和一幅极美的米尔韦尔特①"。他还收藏塞夫勒瓷器，"这些大概都是送给拉特雷伊②的礼品，因为同类制作工艺只能贡献给一位享有盛名的昆虫学家，这真是一大发现，是我从来不曾遇到的机会"。在另一处，他还谈到他的枝形吊灯，"原属一位德国皇帝的用具，因为灯上有双头鹰纹样。"关于他的玛丽王后肖像，据说"不是科伊佩尔的作品，而是出自他画室的学生的手笔，朗克雷③或另一学生；说它不是出于科伊佩尔手笔只有行家才有这种鉴别眼光"。"在我的工作室还有一些真迹，上面有一位可爱的公证人的亲笔签名，笔迹不免有点矫揉造作。""有一幅表现路易十四诞生的画稿，意味深长，一幅《牧人礼敬图》，牧人的头饰是当时的流行款式，再现了路易十四和他的廷臣。"他的一幅《马耳他骑士》，"光彩夺目的杰作之一，这些杰作就像是提琴演奏者一样，成为画廊中引人注目的光辉。画上的一切无不完美和谐，提香的独创性保持完好如初；最可赞叹的是画上的服装，按照行家的说法，衣服里面装着一个活人……塞巴斯蒂亚诺·德尔·平波是画不出来的。不论怎么说，这些都是

---

① Sebastiano del Piombo（1485—1547），il Bronzino（1503—1572），Michiel Janszoon van Mirevelt（1567—1641），均为意大利画家。
② Pierre André Latreille（1762—1833），法国博物学家，有昆虫学专著。
③ Nicolas Lancret（1690—1743），法国画家。

意大利文艺复兴时期最上乘作品，在色彩上拉斐尔派画风已有长足发展。不过，你若没有看到我的格勒兹的妇人肖像，请相信我，你就不可能了解什么是法国画派。从某种意义上说，鲁本斯、伦勃朗、拉斐尔、提香也未必能与之比肩。在这一类样式当中，是可以与《马耳他骑士》相比美的。圭多①的一幅《黎明》，是完全遵循卡拉瓦乔②的路子画的，在表现手法上很有力度。这让人想到卡纳莱托，不过比他更宏伟就是了。总之，至少对我来说③，这是不可同日而语的"。"我有一套华托④的餐具，牛奶壶是漂亮极了，还有两个茶叶罐"，"我见过格勒兹最美的一幅画，是他画的热弗兰夫人像，还有两幅华托画的热弗兰夫人像：三幅画价值八万法郎。此外还有两幅极好的莱斯利：雅克二世及其第一位夫人的画像；一幅凡·戴克，一幅克拉纳赫，一幅米涅亚尔⑤，一幅里戈，都是了不起的，还有三幅卡纳莱托，原为国王定购，一幅凡·戴克是韩斯卡夫人的高祖父直接从凡·戴克那里定购的；多么了不起的画呀！伯爵夫人⑥希望三幅卡纳莱托放在我的画廊里。还有两幅凡·赫伊絮姆，有钱也

① Guide Reni（1575—1642），意大利画家、室内装饰家、雕刻家。
② il Caravaggio（1573—1610），意大利画家。
③ 普鲁斯特注：巴尔扎克常说"至少对我来说"。邦斯舅舅说话也是："至少对我来说这是一件非常好的作品。"大概他的母亲经常这样对他说："当你说起这一类事情，你要说：至少对我来说。"
④ Antoine Watteau（1684—1721），法国画家。
⑤ Pierre Mignard（1612—1695），法国画家、室内装饰家。
⑥ 即韩斯卡夫人。

买不到。波兰这些大世家藏有多少宝物啊！"[1]

这种处于半高度的真实性，对于生活来说未免过于玄虚，对于文学来说，又显得太实，在他的文学中我们品味到的愉悦感往往与现实生活提供给我们的愉悦感受不相一致。巴尔扎克提到一些著名医生、大艺术家，往往将实有其人的姓名与他书中人物混杂在一起，这并不完全是出自幻觉，巴尔扎克说"他有克洛德·贝尔纳[2]、比夏[3]、德普兰、毕安训[4]那样的天才"，一如前所列举的画家，把人物外形真实的立体感和逼真的背景在画面上混淆不清了。这些真实的人物经过这样处理往往就不那么真实了[5]。他笔下人物的生命力实在是巴尔扎克的艺术效果在起作用，并给作家提供了一种不属于艺术范围的满足。他谈起他们就像是真实人物一样，甚至是一些著名人物："已故著名的部长德·玛赛[6]，独一无二的伟大政治家，是他发动了七月革命，拯救法兰西也只能是他。"他一时得意扬扬像一个暴发户，拥有众多名画十分自得，不停地吹嘘画家谁谁如何如何、卖什么价钱，一时又天真得像个小孩子，给他的玩偶命名，就像它们真是有

---

① 以上各段引文皆引自巴尔扎克一八四六至一八四九年书信，不一一详注。
② Claude Bernard（1813—1878），法国生理学家。
③ Marie François Xavier Bichat（1771—1802），法国著名医生、解剖学家和生理学家。
④ Desplein、 Bianchon 二人为巴尔扎克小说中人物，医生。
⑤ 法洛瓦注： 此处系从手稿中另一处引来插入此处。
⑥ De Marsay，巴尔扎克小说中人物。

生命的活人一样。他甚至突然直呼其名，若是人们不再谈起他们，他就叫出他们的小名，即使是卡迪央王妃（"的确，狄阿娜看来不像是二十五岁"），德·赛里齐夫人（"谁也追不上莱奥蒂娜，她简直在飞"），或是德·巴尔塔斯夫人（"圣经上的？菲菲娜惊奇地答道"）。这种不拘礼节直呼其名带有庸俗性是不难看出的，这决不是什么高雅，如讲到葛朗利厄小姐，让她称德·纽沁根夫人"克洛蒂尔德"，巴尔扎克说，"用小名相称这种方式，表示她虽然是高里奥家的姑娘，但与那个阶层往来密切。"

圣伯夫责怪巴尔扎克拔高了特鲁贝尔神父，写到最后竟把他写成类似黎塞留那样的人物，等等。他还指摘伏特冷这个人物，还有其他许多人物。这不仅是对这些人物的敬慕和拔高，使这些人物在其所属的类型中显得高出一筹，如毕安训与德普兰、克洛德·贝尔纳或拉埃奈克①相提并论，德·格朗维尔先生与德·阿盖索②并列；而且也因为巴尔扎克对伟大人物有他自己十分珍视的理论，这种理论的错误之一是：人物虽然伟大，但环境缺乏伟大性，实际上，这正是他作为小说家一心追求的目标：制造一个匿名的故事，分析某些历史性人物的性格，考察他们在历史动因之外的表现，从而说明推动他们走向伟大表现的恰恰还是历史动因。巴尔扎克的观点就是这样，这是没有什么可奇怪的。当吕西安·

---

① René Théophile Hyacinthe Laennec（1781—1826），法国著名医生。
② Henri François d'Aguesseau（1668—1751），法国法官、政治家。

德·吕邦泼雷自杀前写信给伏特冷说："如果上帝愿意，那么这些神秘的人物就是摩西、阿蒂拉[1]、查理曼大帝、穆罕默德或拿破仑；如果上帝想让一代人彻底衰败，那么他就只能是普加乔夫[2]、富歇[3]、卢韦尔[4]或神父卡尔洛·埃雷拉[5]。永别了，永别了，但愿你们在人生道路上能超越于希梅内兹[6]、黎塞留，如此等等。"吕西安像巴尔扎克一样，说话太多，不同于其他一般人，所以不再是真实的人物。尽管巴尔扎克笔下人物纷纭复杂、不可思议，而就其自身而言却具有同一性，这种情况出现是有其一定原因的。

举例来说，巴尔扎克笔下的类型与个别人物相比是不多的，所以人们感到他笔下一个人物不过是同一类型人物换个不同姓名罢了。德·朗热夫人有时似乎就是德·卡迪央夫人，德·莫尔索夫先生也就是德·巴日东先生。

我们在这些人物的面貌上不难看到巴尔扎克本人，对此我们报以会心的微笑。因此所有用来让小说人物更像实有的人物的细节描写引出了相反的效果；把这些人物写活，巴尔扎克感到十分自豪，毫无必要地历数他们得到陪嫁财产多少，并与《人间喜剧》其他众多人物发生姻亲关系，这些人物同时又被看作实有其人，在他看来，这种手法似乎可以一

---

① Attila（约395—453），匈奴人王。
② Iemelian Ivanovitch Pougatchev（1742—1775），俄国农民起义领袖。
③ Joseph Fouché（1759—1820），拿破仑手下的警察首脑。
④ Louis Pierre Louvel（1783—1820），法国鞍具制造工人，因刺杀法国王朝最后一人贝里公爵而被处死刑。
⑤ 即伏特冷。
⑥ Francisco Jiménez de Cisneros（1436—1517），西班牙高级教士。

举两得："德·赛里齐夫人没有被接纳（尽管是出生在龙克罗家族）。"由于人们看出巴尔扎克在玩弄手法，所以对不接纳德·赛里齐夫人的葛朗利厄家族这些人物的真实性也就不那么信以为真了。艺术家玩弄手法所能产生的生动印象是否可信须看艺术作品表现生活的力度给人的感受如何！艺术作品永远都是如此，所有过于真实的细节只要稍有歪曲，如在蜡像馆中，作品就有可能被这些细节所断送，艺术性也就所余无多了。所有这一切，都与特定的时代有关，表现出来的是时代的外在遗存物，是以非凡的智力对其深层内容的鉴别，所以在小说的欣赏趣味丧失之后，小说作为历史文献的新生命由此开始。当《埃涅阿斯纪》对于诗人无话可说的时候，可以让神话研究者流连忘返，佩拉德、费利克斯·德·旺德奈斯以及其他许多人物也是一样，我们已经感到他们没有多少生命力了。阿尔贝·索雷尔[1]却对我们说：有必要在这些人物身上研究执政府时期的警务治安制度或复辟时期的政策。小说是可以提供这种帮助的。当我们怀着不愉快的心情离开小说人物的时候，正是巴尔扎克让人物滞留下来在其他小说中再度出现之时，于是人物渐渐削弱淡化，好像变成了一场梦，就像人们在旅途中结识的朋友即将分手，但又知道他们还在同一列车中不久在巴黎又会再见；索雷尔告诉我们："这不是梦，不是的，请仔细研究他们，这是真实，是历史。"

---

[1] Albert Sorel（1842—1906），法国历史学家、作家。

阅读巴尔扎克的作品，我们还会不断感受到那种激情，几乎可以说，那种激情需要给以满足，只有杰出的文学才能缓解我们精神上的这种激情。巴尔扎克[1]描写上流社会的一次晚会，作家的思想在那里处于支配地位，按照亚里士多德的说法，我们参与社交活动的欲念在这里也可以获得某种满足。他的作品的标题本身就带有这种肯定的标志。对于许多作家来说，作品的标题多少是一种象征、一种意向，应从普遍的意义上去理解，应比阅读一本书的内容更富有诗意，但是，对巴尔扎克来说，情况恰恰相反。一本令人赞叹的书，书名叫作《幻灭》，谈起来这个美好的题目就具体化为"失去的幻想"了。意思是说：吕西安·德·吕邦泼雷来到巴黎，判定德·巴日东夫人十分可笑，外省人习气很重，那些新闻界人士又是一些狡猾的骗子，生活十分艰难。幻想完全是个人性质的，偶发的，幻想破灭可能使他陷入绝境，这种幻想给这部小说附加一种强烈的现实标志，标题的哲理性诗意因此削弱。书的标题必须从字面上去理解：如《外省大人物在巴黎》《烟花女荣辱记》《老叟情爱价几何》等。《绝对之追求》，绝对一词不如说是指某种魔咒、炼金术之类，不是指哲学上的什么内容。这算不上是什么问题。这部书的主题宁可说是写灾祸，而不是写一个感情融洽的家庭中展开的某种利己主义激情，何况不论激情的目标是什么，这种激情在

---

① 法洛瓦注：原稿此处空白。无疑应是一个人名，例如托尔斯泰。七星文库版认为此处应为巴尔扎克。

这样的家庭中毕竟难以避免。巴尔塔扎尔·克拉埃可说是属于于洛、葛朗台一辈人。巴尔扎克所写的就是一个患神经衰弱症病人的家庭生活场面，看来他是能够描绘这种类型的图画的。

风格是转化改造工作的鲜明表征，是作家的思想对真实性所发挥的作用，对巴尔扎克来说，就风格本义而言，他是没有风格的。在这个问题上，圣伯夫是彻底地错了，他说："这种风格一向讨人欢喜、软绵绵的，神经质、带有玫瑰红、布满纹理的种种色调，这种风格有一种妙不可言的腐败气息，如我们的大师所说，完全是亚细亚式的，比古代哑剧演员的躯体有些地方更加破碎不整、更是柔弱萎靡。"①这种说法是再错也没有了。譬如福楼拜的风格，真实整体的各个局部整合为同一实体，各个侧面广阔展开，具有单一的光泽，其中绝不带有任何不纯的东西。各个侧面因此都有折光性能。任何事物都可以呈现，是映现，是决不会歪曲完整均质的实体的。任何不同的东西都在其中被转化并加以吸收。在巴尔扎克则不同，风格所未完形的各种成分同时并存，还没有被融合转化吸收，风格并不能暗示、反映什么，风格只是解释。风格借助最有力的形象进行解释，但不是将形象连同余下的一切融合起来，是形象使人理解他所要说的内涵，正像人们在谈话中要求得到别人理解一样，如果他有某种谈话本领的话，人们一般谈话并不特别注意整体的和谐，也不

---

① 七星文库版注：见《星期一丛谈》卷二。

关心参与与否。巴尔扎克在他的信件中说过："好的婚姻如同奶油：一不小心就会落空失败，"他正是通过这一类形象，也就是说，给人强烈印象、准确但又令人感到惊奇的形象去进行解释，而不是暗示，这类形象并不从属于任何美与和谐的目的，他在小说中有这样的写法："德·巴日东先生的笑就像是一些即将爆炸的炮弹爆炸了，"等等①，"他的脸色出现了瓷器有光封闭在里面烘热了的那种色调。"②"总之，抓住一个特征来刻画这个人，必须像惯于处理大买卖的人士重视价值那样重视特征的价值，这个人，他戴着一副蓝光眼镜，用来遮掩他的视线，借口是防止强光反射保护视力。"③

事实上，形象之美，其中是有思想的，不论思想是多么微不足道，所以德·莫尔索夫夫人给费利克斯·德·旺德奈斯信中写了这样一些词句："为了用一个形象深深刻印在你的富有诗意的心上，但愿这个数字具有一种不可估量的重大含义，它是刻在金子上的，是用笔写出来的，它不是别的，它就是这样一个数字。"④

如果他仅限于寻求使我们弄清一个人究竟是何等样人的特征，而不想将之融入完美的整体，那么，只须提供确切事例不必解释可能有什么含义就可以了。对德·巴日东夫人的

---

① 见《幻灭》。
② 见《朗热公爵夫人》。
③ 见《幻灭》。
④ 见《幽谷百合》。法洛瓦注：手稿中这一段原是一个旁注，现插入正文。

精神状态，他是这样写的："她在想象雅尼纳的帕夏；她真想在苏丹王宫和他斗一斗，找个什么大家伙缝进口袋往水里一丢。她忌恨埃斯泰尔·斯坦霍普太太，这个没有男人的地方的装腔作势的臭娘们。"同样，他并不满足于激起我们对某件事的情绪，他还迫不及待地要给这件事定性，如："他的表情可怕。当时他的眼色很是庄严。"他讲述德·巴日东夫人的种种品德，反复加以说明，说到最后竟夸张得成了外省不值一提的东西了。他还要像德·埃斯卡巴尼亚伯爵夫人那样补充说什么"的确，夕阳西下简直是一首伟大的诗"等等①。在《幽谷百合》中也是如此。巴尔扎克自称《幽谷百合》"是他的建筑中加工最好的石料之一"，人们知道，他要求印刷厂每次给他打校样多至七八次，他是那么急于说出事实，以致句子的处理也只好听之任之。文句是有内涵的，只有这样读者才可能有所领悟，而这一点是否能做到，又须看文句如何，如："尽管天气炎热，我还是走下草地，再去看看安德尔河和河上的小洲，还有山谷以及山谷坡地，对此我仿佛成了一个热情的赞美者。"②

巴尔扎克对他思想中各种意念的闪现都要加以运用，但又不把它们融合到风格文体之中给以协调，从而暗示出他所要表达的意蕴。不，他总是和盘托出，一吐为快，呈现出的形象是那样不协调，虽然形象本身是精确合理的，不协调与

---

① 以上所引均见《幻灭》。
② 见《幽谷百合》。

精确合理两种情况同时并存。"德·夏特莱先生就像是甜瓜，一夜之间由绿变成黄的了。""人们总不能把 X 先生和一条冻僵的蝰蛇相比较。"

他认为词句不是由某种特殊材料构成的，一般谈话、知识等对象所形成的一切应该从中廓清，让人无从辨认才好，他总是在一个词语上再附加词语固有的概念，写上词语在他心中引起的反应、思考。如谈到艺术家，他立刻就把他所知道的有关艺术家的一切以同位语方式一并写出，谈到塞夏尔印刷厂，紧接着就说有必要让纸张配合法兰西文明之需，法兰西文明正面临着大辩论全面展开，并取决于个人思想能持续得到表达——这是真正的不幸，因为人民只想少做多得，等等。像这样，他把种种感想一一写出，带有庸俗性也就难以避免，这些感想本身往往也是平庸乏味的，又是出自这样一种天真，在一个文句中不免显得滑稽可笑。有些属于"特殊用法"的词组习语等，在句子中各有特定用法，并提供一定的信息，这些词组习语本身因此带有一定的严肃性。如在《夏倍上校》中，多次涉及"诉讼代理人正常勇于任事，对诉讼代理人合乎情理的不信任"这样的问题，巴尔扎克对此作出解释的时候，不问方式方法；他在书中写了一句"原因就在这里"，接着，洋洋洒洒写了整整一章。同样，他还作出归纳，判定这一切我们都应该知道，绝无回旋余地："自从达卫结婚后第二个月，他大部分时间算是消磨过去了，"等等。"修女在给阔人安排的圣母赞歌中在音乐上掺进若干动听的展开部，其中有些不同的节奏流露出某种人性的欢乐。""音乐的动机带有女歌唱家华彩段那样的光彩,她唱歌就像鸟雀一样不停地在跳跃,"等等,等等。

他什么都不加掩饰,有什么说什么。人们在他的作品中看到"无言"取得很好的效果反而会感到意外。龚古尔对《情感教育》曾经感到意外,而我,我对巴尔扎克作品中的伏笔也感到惊奇。"你认识拉斯蒂涅吗?真的?……"

巴尔扎克很像是这一类人,听到一位先生谈到德·奥尔马公爵就认为他是在说"亲王",谈到一位公爵夫人(duchesse),就认为说的是"公爵的夫人"(Madame la duchesse),还有,看到一位先生将帽子放在客厅的地上,还没有听到别人说这就是亲王之前,就认为那一定是亲王,在不知道他的称号是巴黎伯爵之前,他就认定人家说的是儒万维尔亲王或夏特勒公爵,以及其他什么习惯说法,有人说,"他是公爵,您为什么说他是亲王?为什么您叫她公爵夫人像一个仆人说话的口气,"等等。不过,一经知道这是习惯用法,他们就以为一劳永逸地知道了,或者,想到他们也曾提出异议,于是依样画葫芦也去劝说他人,并且兴致勃勃地解释说上流社会习惯用法他也是刚刚才弄清楚的。他们模仿行家说话那种专断口气,与巴尔扎克说什么可做什么不可做如出一辙。如介绍德·阿泰兹认识卡迪央王妃的情况:"王妃对这位名人决不说一般俗人讲的那种恭维客套话让他讨厌。像王妃这样格调高雅的人物倾听别人谈话的仪态尤其与众不同。在晚宴席上,德·阿泰兹的位子被安排在王妃一侧,王妃非但没有仿效惯作媚态的女人过分的节制饮食,而是津津有味地吃着……"又如介绍费利克斯·德·旺德奈斯认识德·莫尔索夫夫人的情况:"德·莫尔索夫夫人谈话一开始就谈地方上的情况,收成的好坏,她所谈的,我觉得都很陌生。一位女主人在自己家里如此行事,证明她缺乏教养……不过,几个月过去后,我才明白这是多么富有意义……"在这些地方,至少说话的这种坚定口气是很能说明问题的,因为这里所争辩的仍然是习惯规矩之类。他的判断总是保持原状不加改变,如说:"在上流社会,痛苦和不幸是没有人注意的,全看话是怎么个说法"——他的解释是:"德·绍利厄公爵在他的书房里发现德·葛朗利厄公爵在等他,说:'怎么样,亨利。'(这两位公爵彼此你我相称,直呼其名。这是谈话中一种微妙的差别变化,发明出来是为表示彼此亲密程度的,防止那种法国式不拘礼节的亲热,让自尊心出丑)"必须说明的是,正像基督教新教文学家赋予教会对待文学家的作品某种权力,这种权力连最严厉的教皇对待正统主义也不曾想到过,巴尔扎克竟授予公爵种种特权,就连身居高位的圣西蒙也会为之愕然:"公爵匆匆看了卡米佐夫人一眼,权位极高的贵人分析一个人甚至可以洞察到他灵魂深处,公爵就是用这种眼光看人的。哎呀!法官的老婆若是知道公爵有这种本领就好了。"如果在巴尔扎克的时代,公爵们当真有这种本领,正像人们所说,其中有什么不同也就一清二楚了。

有时巴尔扎克并不直接表露这种赞赏之情,这种赞赏是由他极少几个字激发出来的,他的赞赏是借着出场人物表现的。巴尔扎克有一篇著名的短篇小说，题目叫作《妇女研究续篇》。小说由两个故事组成，没有什么大场面，几乎所有巴尔扎克的人物都安排在叙述者的周围，就像法兰西喜剧院周年纪念、百年纪念演出"应时剧"这类"仪式"中出现的场面一样。每一个人物都上来讲一段话，像是死人之间的对话，而描绘的却是整整一个时代。人物一个接一个地出现。德·玛赛开始讲他的故事，说政治家是一种冷血怪物。"您给我们解释解释为什么法国政治家这么少，杜德莱老勋爵这样说。"德·玛赛接着又说：这种怪物其所以如此，全靠了一个女人。"我认为我们是搞乱政治，不是搞政治，德·蒙柯奈夫人笑着说。""德·纽沁根男爵夫人说，如果那是涉及一次爱情历险，我就要问：没有经过深思熟虑，千万不要一刀两断。""约瑟夫·勃里多大声说道：深思熟虑，完全相反，……""德·赛里齐夫人说，他并不想吃宵夜。""哎哟！饶了我们吧，您的那些警句吓死人，德·冈夫人笑着说。"接着，德·埃斯巴侯爵夫人，德·图希小姐，德·旺德奈斯夫人，布隆代，达尼埃尔·德·阿泰兹，德·蒙特里沃侯爵，阿达姆·拉金斯基伯爵等等，相继发表他们的高见，就像剧团的成员在莫里哀纪念演出时从诗人胸像前鱼贯走过献上一片棕榈叶一样。不过，这一群人，是巴尔扎克有意让他们聚在一起的，因为巴尔扎克本人就是这一群人的代表，他们又是他的代言人。德·玛赛曾经有过这样的考虑："惟一的真正的爱情会产生一种类似进入静观状态的肉体上的冷漠。心灵使一切变得万分复杂，于是他就自己跟自己绞脑汁，弄出各种怪念头，造成种种事实，弄出许多痛苦，这种嫉妒心既迷人又讨厌，"一位外国的内阁大臣凭记忆想起这种评论有真理包含在其中不禁笑出声来。随后，他以一段不太美妙的比较结束了他对他的一个情妇的描述，这种比较巴尔扎克当然是喜欢的，因为在《卡迪央王妃的秘密》中可以找到相同的写法："在最美的天使一般的女人身上永远隐藏着一个猴子。"巴尔扎克说：一听到这个话，所有的女人都眼睛下垂，像是被这个经过冷酷的观察得来的残酷的真理刺伤了。

德·玛赛又说："我度过的那一夜、那一周，我什么都没有对你说；我承认我是政治家。——这话说得非常清楚，所以我们没有什么赞叹可以表示。"德·玛赛接着又解释说，他的情妇装作好像只爱他一个人："她没有我就活不下去……总之，她把我看作是她的上帝。"女人听到德·玛赛这样说，看到自己是被玩弄了，一定表现出被冒犯受到伤害的神色。德·玛赛又说："正派女人可能授人以柄，受到伤害，但伤是伤不到她的。""所有这一切，千真万确，卡迪央王妃说。"（最后这一句话可能已由卡迪央王妃证实了）另一方面，我们在巴尔扎克的书中欣赏到精彩的场面，他是不会不让我们知道的，他一定会这样写出来："这种特殊的精神只有在巴黎盛行……巴黎是这种趣味的首都，只有巴黎懂得这门学问，它能把一场谈话变成一场舌战……巧妙的回答，机警的评论，绝妙的嘲弄，入木三分的描绘，层出不穷，让你得到美巧的感受，回味无穷。"（这一点巴尔扎克显然说得很正确)不过我们并不永远像这类读者那样急于去赞赏。不错，我们并不像他们那样直接参与叙述者的那种模仿，巴尔扎克提醒我们说，没有模仿，"这种引人入胜的即兴表演"就无法表达了。巴尔扎克告诉我们德·玛赛总是"随身带着种种表情、头部的姿势以及带有暗示的撒娇弄痴"，或者"勃隆代在开玩笑中装模作样，女人对之忍俊不禁笑出声来"，对巴尔扎克的这些说法，事实上我们的确不能不相信。

　　巴尔扎克惟恐我们对这些文字取得的成功体会不到。"这种自然的呼声从宴会上宾客那里得到回应，激起他们的好奇心，这种好奇心本来就已经奥妙无穷地在激动着……一句话就能在所有人身上引起骚动，新闻记者描写议会演说把这种情况叫作：轰动。"巴尔扎克是不是想为我们描述德·玛赛在我们不曾亲临的那次晚会上讲故事取得的成功？或者只是简单地写他没有具体描写的种种令人赞赏的情景？也许两者兼而有之。我有一个朋友，是我认识的人中一个不可多得的真正有才华的人，他也有巴尔扎克那种极其动人的豪气。有一次他给我讲到他在一家剧院讲演，我没有参加，他说他不时停下来自己拍手，听众于是跟着鼓掌。他演说时是那么狂热，那么兴奋，讲得那么长，我相信，与其说他在为我忠实描述那次大会，不如说他也像巴尔扎克那样在为自己热烈鼓掌。

　　但是，所有这一切，热爱巴尔扎克的人确实是喜欢的，他们也会笑着说："阿梅莉这个下贱的名字"，"圣经上的，菲菲娜吃惊地重复说"，"卡迪央王妃在梳妆打扮上是最有本事的女人"。热爱巴尔扎克！圣伯夫就非常喜欢对什么叫热爱某人下定义，这一次他是大有可为了。因为，对其他小说家来说，人们总是那么归顺于他、热爱他，人们接受托尔斯泰就像接受一个比自己更伟大更坚强的人那样接受他的真理。巴尔扎克，他的庸俗性，人们知道，开始时往往令人感到不快；继后，渐渐就喜欢他、爱他了，于是对这种天真，他本人就是这么天真，人们也就含笑接受下来；人们固然是热爱他的，不过也带有一点嘲笑，这嘲笑是混在亲切爱意之中；人们了解他的怪癖，知道他的种种毛病，这一切人们也是喜欢的，因为这正是他性格上最突出的特征。

巴尔扎克在某些方面始终保持着一种缺乏组织的风格，人们可能认为他没有设法使他笔下人物的语言客观化，或者客观化了，但未能时时注意特殊的个性。情况恰恰相反。他一向是把他对历史、艺术等等的看法不加掩饰地和盘托出，把极深的用意加以掩藏，并让他的人物语言描述中的真实性直接表达出来，因为说得非常精致细腻甚至不会引起人们的注意，对此他又不去予以指明。美丽的罗甘夫人①有着巴黎女人那样的才智，对于图尔这个城市来说，她又是省长夫人，当巴尔扎克要她说话的时候，如她对罗格龙家中内情说的一些笑话，只有她说得出，的确是属于"她"的，而不是

---

① 见《皮埃雷特》。

巴尔扎克的!

教士开的玩笑,伏特冷唱的"特兰—拉—拉—特兰—特兰",德·葛朗利厄公爵与主教代理官帕米埃谈话中表现出来的那种低能,如"主教代理官说:德·蒙特里沃伯爵死了,这个胖人狂吃牡蛎令人难以置信。——他吃了多少?德·葛朗利厄公爵问。——一天十打。——不难受吗? ——一点也不难受。——啊! 了不起了不起! 爱吃这玩意儿没有让他得上胆结石? ——没有,他很健康,他死于意外事故。——意外事故! 天性叫他贪吃牡蛎,牡蛎对他说不定是不可缺少的。"又如吕西安·德·吕邦泼雷,即使是讲悄悄话,也带有那种俗不可耐的快活情绪,青年时期缺乏教养留下的那种怪味,但伏特冷喜欢这种东西:"吕西安想,他是会玩布伊奥特①的。""入迷了。""天生的阿拉伯人!""吕西安对自己说:'我要让他什么都捞不到。'""这是个狡猾的家伙,比起我来,他更不像是教士。"实际上,喜欢吕西安·德·吕邦泼雷的不仅是伏特冷一人。还有奥斯卡·王尔德。可叹的是,生活在后来才让奥斯卡·王尔德懂得他受到的痛苦远比书籍带给他的痛苦更为尖锐更加沉重,早期王尔德说过(他那时说"自从有了湖畔诗人一派,泰晤士河上才有雾"):"我生活中最大的痛苦是什么?《烟花女荣辱记》中吕西安·德·吕邦泼雷的死。"其实奥斯卡·王尔德处在他

---

① 一种牌戏。

一生最辉煌时期①对吕西安·德·吕邦泼雷有这种偏爱和同情其中自有某种独特的戏剧性在内。他的确对吕西安动了感情，读者如果从伏特冷的眼光即巴尔扎克的眼光去看，也是一样。有这样的眼光，他可说是一位特选的读者，比起大多数读者来，他的确是完全具备这种眼光的上选的读者。人们一定会想到，若干年后他本人也成了吕西安·德·吕邦泼雷。吕西安·德·吕邦泼雷在巴黎锒铛入狱的结局，他在上层社会辉煌生涯的彻底崩溃，已有事实证明他一直同一个死刑犯保持密切的关系，吕西安·德·吕邦泼雷的结局无非是王尔德即将到来的结局的预演罢了——只是王尔德当时并未觉察，这倒是实情。

在巴尔扎克的"四联剧"②第一部最后一幕(巴尔扎克的小说一部自成一体的不多；他的小说都是一组一组循环组成的，一部小说只是其中的一个组成部分③)，每一句话、每一个举动都包括有伏笔，有种种隐情在内，这一切巴尔扎克并没有告诉读者，但写得很有深度，而且引人入胜。这种伏笔写法引起一种十分独特的心理效应，一种难以言传的微妙的心理作用，只有巴尔扎克能够做得到，此外没有人可能取得这样的效果。所有这一切，由伏特冷在路上叫住他不认识的

---

① 法洛瓦注：自此句至本段结束系自手稿中另一处选出插入此处。
② 在古代希腊，由三部悲剧、一部讽刺剧剧组成。
③ 普鲁斯特注：巴尔扎克手法是：情节酝酿阶段缓缓推进、展开，主题一步一步扣紧，然后闪电般收拢结束(《金眼姑娘》《萨拉金》《朗热公爵夫人》等)，同样还有时间的穿插(《朗热公爵夫人》《萨拉金》)，很像是不同时期的熔岩混结在地层之中。

吕西安那种举止方式可以看出，他注意的仅限于吕西安的身形体貌，一直到这种无意的举动，即身不由己地挽起吕西安的手臂，这一切并没有透露出生活中关于他对人的支配、两人结盟的学说不相一致的确切含义，等等，还有伏特冷那种伪装成胖教士的模样，在吕西安看来，上述的含义就被美化了，伏特冷的看法或许也是这样，自有一种不可明言的思想隐含其中。写到把有字迹的文件一口吞下肚去，对有这种狂热的人物所写的一段题外话，即写伏特冷这一类人最喜欢的那种学说，隐秘必须尽量不向外泄露，他们的性格特征不是写得很好吗？写得最好的是这两个旅行者从拉斯蒂涅城堡的废墟前经过那一段，也是写得最美的，这是无可争议的。对此我说是"同性恋的奥林匹欧的忧伤"[①]：他深愿再看到那一切，泉水旁的池塘[②]。人们知道，在《高老头》中伏特冷在伏盖公寓控制拉斯蒂涅的计划虽未见效，但现在却试图施之于吕西安·德·吕邦泼雷。他虽然没有取得成功，但拉斯蒂涅毕竟已经卷入他的生活；伏特冷叫人杀了泰伊番的儿子，让他娶了维克多丽娜，后来，拉斯蒂涅与吕西安·德·吕邦泼雷相仇，伏特冷装出一副假面孔，要拉斯蒂涅想一想伏盖公寓某些事，并强迫他对吕西安进行保护，甚至在吕西

---

① 《奥林匹欧的忧伤》是雨果著名长诗，后两句即为原诗第十三行。据七星文库版注，参见《追寻失去的时间》第二卷一〇五〇页，夏尔吕在同一诗句中竟看作是"鸡奸者奥林匹欧的忧伤"。

② 七星文库版注：可参阅《幻灭》第十二章，该章有一处写道："他出于好奇心，想在这条小街上走一走，他看什么都十分感兴趣，比吕西安在那里等一个西班牙神父的兴趣更大。"

安死后，拉斯蒂涅还经常派人到某一陋巷去会见伏特冷。

　　若不是巴尔扎克笔下许多人物在他多部小说中一再复现，这种深受赞赏的创造，这样的效果，是无法取得的。这就像是从作品深处射出一道强光，照在一个人的全部生活之上，以其凄切混浊的光芒，一直照射到多尔多涅乡村别墅和这两位旅人旅程中途驻留之地。圣伯夫绝对不会理解多部作品保留人物这样的做法，他说："这样的意图最终将他引向错误的观念，而且完全违背欣赏兴趣，我的意思是说，让人物如同熟知的不说话的配角在几部小说中反复出现不符合欣赏要求。只有出新才不致挫伤好奇心，不会破坏出乎意料所具有的魅力，而出人意料是小说吸引人之所在。因为人们看到的不是时时都是那些相同的老面孔。"[1]巴尔扎克的天才所包含的思想，圣伯夫也不会理解。可能有人提出：巴尔扎克的思想亦非一蹴而就。巴尔扎克的成套小说其中有一部分是后来才放进去的。这又何妨。《耶稣受难日奇迹》是瓦格纳构思《帕西法尔》之前创作的乐曲，后来才纳入《帕西法尔》。但是，这些附加部分，这种锦上添花之美，在他作品的各个分开的部分天才突然发现了这种新的关系，各个分开的部分因此结合起来，共生共济，再也分不开了，这不正是天才无比奇妙的直觉吗？巴尔扎克的妹妹曾经讲到他获得上述思想时是多么高兴，他开始写他的作品前怀着巨大的欣喜

---

　　[1] 见圣伯夫《当代人物肖像》。

之情我也同样感受到了。一道强光出现，照射在他的作品上，作品的各个不同部分本来一直是暗淡无光的，现在一下变得生机勃勃，五色缤纷，而光源仍然是出自他的思想。

圣伯夫的批评在其他方面其荒谬也所差无几。圣伯夫指摘巴尔扎克"文体上放纵"，不幸圣伯夫缺少的恰恰是这种"文体上放纵"，圣伯夫还责备巴尔扎克缺乏趣味修养，这在他本人来说也是极其明显的，他常常引出一个句子作为例证，句子原属于一些写得很好的片段，在巴尔扎克那里这类片段所在多有，思想熔铸于其中，文体风格与之交融一致，句子依傍其间密不可分，如说这些老姑娘"居住在城里，她们的生活情况犹如一株植物千千万万毛细管渴求叶片上的露水，她们急于要探听每一个人家的消息、秘密，大力吸收，再把打探到的大量传闻、隐私传给特鲁贝尔神父，就像绿叶吸收新鲜空气传输给植物的茎一样"[1]。几页之后，圣伯夫又发现有可指摘的句子："这就是图尔全城沸沸扬扬女人密谈毛细管向外抛出的一些语句的内容。"巴尔扎克居然对女人的弱点，即青春年华消逝（《三十岁的女人》）大加奉承，作品因此受到欢迎，圣伯夫认为他取得成功的原因竟是这样："我的一位十分严厉的朋友说：亨利四世一个城市一个城市征服他的王国，巴尔扎克先生却是以种种弱点征服他的不正常的读者。今天是三十岁的女人，明天是五十岁的女人（还有六十岁的女人），后天则是萎黄病患者，在克拉埃家

---

[1] 见《图尔的本堂神父》第九章。

族，则是畸形女人，"等等。巴尔扎克在法国各地受到欢迎，风靡一时，圣伯夫说"这是因为他利用巧妙手法选择不同地点展开他的故事情节"。在索缪尔，将有人在一条街上向游客指出欧也妮·葛朗台的住房，在杜埃，也许有人已经指明哪里是克拉埃的住宅。作为一个淳朴的图尔人，格勒纳迪耶尔[①]的所有者，一定会得意扬扬为之笑容满面。作家把他的人物安排到各个城市活动，取悦这些城市，赢得好感。谈到缪塞说他喜欢糖果和玫瑰等等，圣伯夫说："居然喜欢那么多的东西……"他的意思是一目了然的[②]。但是他对巴尔扎克规模宏伟的构思、描绘图景的丰盛繁富也十分不满，说那是杂乱无章的堆积："拿掉他的故事《三十岁的女人》《弃妇》《新兵》《格勒纳迪耶尔》《单身汉》，拿掉他的小说《路易·朗贝尔》《欧也妮·葛朗台》，他的杰作，还剩下大量作品，一大批故事，各类小说，什么滑稽小说，经济小说，哲理小说，磁性感应小说，神智学小说！"[③]但这一切，正是巴尔扎克作品的伟大之所在。圣伯夫说：巴尔扎克是全力投向十九世纪的，一如全力投向他的主题，他说社会是一个女人，需要她的画师，而巴尔扎克就是她的画师，他在描绘她的时候完全不顾传统，为描绘这个野心勃勃搔首弄姿的社会他对自己所运用的方法、技巧进行了全面革新，因为

---

① 这一住宅名称已列为巴尔扎克《风俗研究·私人生活场景》中一部小说题名。
② 普鲁斯特注：他专喜欢谈这一类事情，对夏多布里昂他也曾谈到这一类事情。
③ 见圣伯夫《当代人物肖像》。

这个社会是空前的，无可比拟的。但巴尔扎克并不满足于作出这样的描绘，至少不满足于描绘出单纯意义上的忠实肖像。他的作品培育着美好的观念，关于完美绘画的观念，如果你愿意的话（因为他一直思考着存在于另一种艺术形式中的艺术），就像这样，在他的作品中孕育着绘画效果，即绘画的观念。正像他在绘画效果中发现某种完美的观念，同样他也能从一部作品的观念看到某种完美的效果。他反复观赏一幅绘画，画上呈现某种引人注目的独创性，赞叹不已。现在，我们不妨设想这样一位文学家，他具备某种特定的观念，凭借各种知识，处理同一题材，不下二十余次，竭力想创作出某种深刻、精细、有力、具有决定性、独创性、激动人心的作品，就像莫奈画五十幅大教堂、四十幅睡莲一样。一个狂热的绘画爱好者，有时也会一时兴起向往自己也有画出一幅令人倾倒的绘画的意念。一个观念毕竟是一个观念，是一个具有支配力量的观念，而不是像圣伯夫所说，未经事先设想画出的图画。按照他的这种观点，相比之下，福楼拜甚至连预先酝酿的观念也没有了。请注意《萨朗波》《包法利夫人》的色调。一个主题开始出现，他不满意，于是重行开始，继续工作。所有伟大作家在某些点上是彼此相通的，相似的，就像是全人类只有惟一一个天才人物生活在不同的时期，尽管有时不免也有不相一致之处。但福楼拜与巴尔扎克是相似的，因为他说过："我必须给费莉西泰①一个光辉的

---

① 福楼拜短篇小说《一颗单纯的心》中的女主人公。

结局。"

巴尔扎克小说写生活中千百种事物，在我们看来，偶然性未免过多，但他表现生活的真实性却赋予这种种事物以一种文学价值。偶然性的规律正好在他的作品中得到自由的展开。巴尔扎克笔下种种事件、人物，我们不去谈它。不是吗，别人没有谈的，我们两人从来不去多谈。但是，譬如说，一个生活不幸的女人读巴尔扎克，对一个并不认识的国家却产生了真诚的爱意；或者，譬如一个有不光彩的过去的人，如一个在政治上名誉扫地的人，来到另一个国家，这里没有人了解他的过去，他结交了许多朋友，周围关系相处甚好，于是他想到，要是这些人追问他是何许人，他们一定会弃他而去，他必须设法避开这样的风暴袭击。他要离开这个风景区，在这种地方不需多久那种令人不快的了解真相的事就会落到他的头上，他孤独一人带着忐忑不安的愁闷心情上路了，不过他也有他的欣慰之事，因为他正在阅读《卡迪央王妃的秘密》，他知道这不过是参与某种文学描写的情境，由此获得某种美的享受。当车子沿着大路在一片秋色中行进，把他带到信任他的朋友那里去，这时心绪不安之间就混有某种感人之处，如果世上没有诗，爱情的烦忧也就没有魅力了。按理说，人们责备他的种种罪愆，如果都是天性中所必有，那么他的忠实的朋友德·阿泰兹、拉斯蒂涅、德·玛赛声名扫地他一定也是不堪忍受了。各种情境中偶然的、个人性质的真实性可能把一些人专有的姓名加在众多的情境之上，例如拉斯蒂涅娶了他的情妇但斐纳·德·纽沁根的女儿为妻，吕西安·德·吕邦泼雷在被捕前娶了德·葛朗利厄小姐，伏特冷继承了吕西安·德·吕邦泼雷的遗产，这份财产原是他想方设法为吕西安弄到手的，就像德·朗蒂①的财产建筑在红衣主教对一个阉人的爱情上一样，这个小老头人人都来拜见他，他积累的一份财产是惊人的。他就是用这种精微深细的真实性②让人们在后来仍然能够称道：这是多么真实！这种真实性是他从上流社会生活表层采集而来，无不具备概括面相当大的普遍性品位（在《夏娃的女儿》中，德·旺德奈斯夫人和蒂埃夫人两姐妹，她们的婚姻如此不同，她们彼此仍然相互敬爱，大革命以后，妹夫蒂埃不是贵族出身，却成了贵族，而费利克斯·德·旺德奈斯则不然——两位阿姨，德·旺德奈斯伯爵夫人和侯爵夫人，因为姓氏相同竟遇到许多令人不快的遭际）。还有更为深刻的真实性，如帕基塔·瓦尔代斯，她爱上了一个像女人样的男人，和他一起生活，就像伏特冷供养的那个女人一样，她每天可以见到她的儿子萨勒诺弗；又如这个萨勒诺弗娶了德·莱斯托拉德夫人的女儿。以上种种，在戏剧的表层情节之下，却是肉欲与情感的神秘法则在运转。

对他的作品作这样解释，有一件事令人感到不安，这就是以上所说的恰恰是巴尔扎克在他通信中从不涉及的，他在书信中虽然谈到他几部作品认为是卓越的，谈到《金眼姑

---

① 见《萨拉金》。
② 法洛瓦注：自此句至括弧内文字系从手稿另一处引出插入此处。七星文库版无。

娘》口气极其鄙视,对《幻灭》的结局,我曾经谈到那个令人赞叹的场面,巴尔扎克竟不置一词。夏娃这一人物[1],在我们看来,无何可取之处,据说巴尔扎克认为这是又一独特的发现。这很可能恰巧是我们今天的文学与他写出的作品之间有所相似的缘故。

圣伯夫对待巴尔扎克永远都是这么做的。他不谈巴尔扎克写的三十岁的女人,却大谈与巴尔扎克不相干的三十岁的女人[2],他对巴尔塔扎尔·克拉埃(《绝对之追求》)写上几句之后,便大谈现实生活中的某一个克拉埃,此人也留有一部关于他自己的"绝对之追求"的作品,圣伯夫大段大段引这个小册子上的文字,这当然谈不上什么文学价值。他凭他那种文学弄着玩玩的虚伪恶劣的观念居高临下错误地判断巴尔扎克对《贝姨》中斯坦卜克的严肃态度,巴尔扎克认为仅仅是艺术爱好者是不会有所成就、有所创造的,艺术爱好者并不理解艺术家须为艺术献身这样的道理。巴尔扎克说:"荷马……与缪斯姘居共处。"圣伯夫看到这个说法大为恼怒。这句话也许不尽妥切。但事实上,对于过去的杰作的阐释只能根据创作作品的人的观点,保持一定距离,以学术上的尊重态度加以审视,而不应是其他。自上一个世纪以来,文学创作外部条件可能已有变化,文学家职业可能也发生变化,成为更为专一更为专心致志的事务,这是可能的。但是

---

① 即《幻灭》中与达卫·塞夏尔结婚的夏娃·夏尔东。

② 七星文库版中普鲁斯特在此处括弧内注明:引自有关《母亲们的舞会》中一段。圣伯夫原文见《星期一丛谈》卷二,三四八页。

创作活动内在精神的规律不会改变。说一位作家像上等人物那样爱好艺术弄弄文学以欢度余年，也可能不时展现才华，这完全是一种虚伪的天真的想法，这就好比说一位圣徒通过高超的道德生活以便上到天堂能过快乐的世俗生活一样。只有像巴尔扎克那样理解古代伟大人物，才能接近古代伟大人物，像圣伯夫那样理解古人，离古代伟大人物就远了。那种玩玩文学艺术的观念是什么也创造不出来的。贺拉斯无疑更与巴尔扎克相近，而与达吕先生或莫莱先生相去甚远。

一二　德·盖尔芒特先生的巴尔扎克

巴尔扎克像其他小说家一样，当然也有他的读者群，甚至比其他小说家拥有更多的读者，他们阅读他的小说不是寻求其中的文学成就，而仅仅是寻求想象和观察的乐趣。他风格上的缺陷，对他们并无妨碍，他的才能资质和他的探索，他们是不注意的。德·盖尔芒特先生①在星期天一听到他妻子的客人到来门铃响起，就急忙跑上三楼躲进小书房，到吃点心的时候，有人给他送去果子露和饼干，在这里巴尔扎克的书他应有尽有，金黄色小牛皮面精装本，书名印在绿色皮面上，贝歇版或威尔代版②，这两位出版家，巴尔扎克给他们写信，宣告他将做出超人的努力写出一部引起轰动的作品，他要派人给他们送去五个印张而不是三个印张的文稿，作为交换条件是增加稿酬。我去看望德·盖尔芒特夫人，她觉得来访的客人可能让我感到厌烦，总是对我说："你是不是上楼去找亨利？他说他不在，可是你，他肯定愿意见你！"（德·盖尔芒特先生采取种种预防措施，不让人知道他在家躲起来不露面，又不要让人说他失礼，这样一来我就把他的预防措施破坏了）"叫人领你到三楼书房去，你会发现他正在读巴尔扎克。""啊！你要是让我丈夫看起巴尔扎克来！"她常常这样说，且惊且喜的样子，仿佛巴尔扎克来得不合时宜，害得德·盖尔芒特先生不能按时出面，到外面去散步，同时这又是德·盖尔芒特先生的特殊爱好，这种爱好他是决不肯与人分享的，让我得到这份恩宠，我真该感到庆幸。

德·盖尔芒特夫人对不知情的人解释说："要知道，我丈夫，他在读巴尔扎克，就和看立体镜一样；他会对你讲一张照片是怎样拍下来的，拍的是什么地方；我真不知道他怎么会亲自看到那些地方，这和巴尔扎克毕竟不是一回事，我真不懂他怎么会亲自看到这许多不同的东西。"有一位讨人嫌的亲戚德·塔珀男爵夫人，每逢这样的时刻，表情总是冷冷的，一副不屑于听的神气，而且心不在焉，还要骂人，她认为波利娜③简直是在闹笑话，说话不知轻重，说德·盖尔芒特先生"亲自看到"，实际上涉奇历险会把人累死的，至于读巴尔扎克，迷上立体镜，大概都是为了引起他的女人的注意。说实话，我是受到优待的人，许我看立体镜就足够了。立体镜里面装有澳大利亚照片，是谁送给德·盖尔芒特先生的我不知道，说不定是他亲自拍摄的，许多风景点也许

---

① Henri de Guermantes，后成为《追寻失去的时间》中主要人物之一。

② 七星文库版注：巴尔扎克的《私人生活场景》与《巴黎生活场景》分别于一八三四、一八三五年由贝歇（Béchet）出版；《外省生活场景》开首两卷在一八三四年也由贝歇出版，其余两卷一八三七年由威尔代（Werdet）出版，此外《哲学研究》（一八三五至一八三六）与《神秘之书》（*Livre mystique*，一八三五），也由威尔代出版。

③ 德·盖尔芒特夫人的名字。

他首先发现、开垦并移居在那里生活过，不过，"看立体镜"这件事也未见得就能和德·盖尔芒特先生建立那种极其难得的直接交往，弄懂他的学问就更难了。的确，在雨果家中，客人在晚餐后希望听听雨果朗读他未发表的剧作，提出这种非分的建议也未必比一个大胆的人在德·盖尔芒特家要求伯爵①拿出立体镜来看更感到胆怯。德·盖尔芒特夫人就会举起手臂，那样子好像是说："你要求得太多了！"可是，在某些特定的日子，为向一位客人表示敬意，或是显示一下人们不会忘记的仪式，伯爵夫人总是作出一种惶惶不安很机密的样子，还带有几分惊奇的神情，说话也压低嗓音，好像把握不定，不敢抱多大希望，大家觉得尽管说是把握不定，其实她早已成竹在胸："我看，吃过饭，德·盖尔芒特先生一定会拿出立体镜来的。"如果德·盖尔芒特先生真的为我拿出立体镜来，她又可能说："天哪，还要怎么样，要知道，这是为这个小鬼，我知道我丈夫会这样做的。"于是在场的人都以羡慕的眼光看着我，这时，就有韦勒巴黎齐家的一位穷表亲，一向喜欢讨好盖尔芒特一家人，学着那种故作风雅的殷勤样子说："先生并不仅仅是这一次，我记得清清楚楚，大哥也让我看过立体镜，那是在两年前，你不记得了？啊！我可忘不了，我可自豪啦！"不过三楼书房，这位亲戚是不许进入的。

书房里面清静凉爽，百叶窗一直关着不许打开，外面若

---

① 即德·盖尔芒特先生。

是天气很热，窗子也不打开。如果是雨天，窗子是打开的；可以听到雨水从树上往下流的声音，雨停了，伯爵就不让打开百叶窗，他怕有人在下面看到他，知道他在家里。要是我走近窗口，他急忙拉住我："当心不要叫人看见，猜出我在家里，"他不知道他的妻子已经在众人面前说了"你上三楼去看我的丈夫去"。我不是说雨打在窗上的声音就像这种又细又密冷森森的芳香气息不停地往他身上缠绕，我是说那声音很像是肖邦名曲《雨》抽丝似的把那种精致细微易碎的物质一点点往外抽绎一直抽到尽头。肖邦这位伟大艺术家，有病在身，十分敏感，自我中心主义者，时髦人物，在他的音乐里，像是一段内心起伏一时之间从各个缠绵不断有对比意味的侧面扩展开来，不停地变化，在一段时间内在那里不停地回旋往复，在原地环转纠结又平行地展开，不知不觉间又全部变了一个样，但那病态的内在的调子始终如一，在狂热骚动中又返回自身，永远充溢着感性，不见有发自心灵的什么，经常是猛烈激荡，而不是温情迂缓，是与什么相融合，但又不是舒曼的那种自我。美妙的音乐又像是一个女人，看着整日天色昏暗，眼波流动不已，音乐的一个乐章就像是手的种种姿态动作，在一个潮湿的房间，手刚刚在拉她肩上一件珍贵裘皮衣装，在这里，一切都好像是麻痹的，在这里，她连起身走到邻室说一句和好的话的勇气也没有了，行动，温暖，生命，好像都不存在似的，意志也在销蚀沉落，肉体一点点地变冷，她好像在呜咽饮泣，时间在一秒一秒地过去，雨一滴滴地落下，是她的血在一滴滴地往下流，让她越来越衰弱，逐渐变得冰冷，对于这一天，对这种病恹恹的柔情，她变得更为敏感了。

其实，雨落在树上，树上的花冠和绿叶仿佛依然充满着信心，充满着不可摧毁的希望，阳光和温暖将很快到来，于是花开满树，这是一场好雨，只是这样一场灌溉发出的响声为时稍久了一点，听到这样的声响，是无需担忧的。随你雨声从窗口飘进，随你午后烈阳照耀下可听到远处的军乐声，或尘土飞扬热气蒸腾路边的集市，德·盖尔芒特还是喜欢关在书房里，他一走进书房，就关上百叶窗，不让阳光照到躺椅上，也不让阳光照在那张挂在躺椅上方安茹王国①的旧地图上，好像是对阳光说："你给我躲开，我要坐在这儿，"这样，一直到他有事叫人来去通知备车套马。

有时我的父亲外出办事，因为他们都是认识的，作为邻居经常有事相求，他总是匆匆跑来找他，还帮他整理外套的衣领，不仅是和他握手，而且紧拉着他的手从楼梯下门口一直把他领到门房。因为有些贵人，要和你交好，就要表示他们和你之间不存在距离，像仆人那样讨你欢心，有时甚至弄出像妓女那样不知羞的事。伯爵的两只手总是湿湿的令人不舒服，所以我父亲就装作没有看见他，不听他说话，如果他还是说个不停，甚至一言不发，不去答话。对此那一位并不感到有什么不安，只是说：我看他是"在想心思"，转身去

---

① 中世纪安茹王国所辖地区包括今日法国曼恩-卢瓦尔、马延、萨尔特、安德尔-卢瓦尔、维埃纳等五省。

看他的马去了。

　　他们①有几次在花店发脾气用脚踢破了门窗上的玻璃和花盆。伯爵决不认为有什么涉讼的威胁，反认为花店主人未免可恶，"因为伯爵夫人为住宅大楼和本地区办事是人所共知的"，可是花店主人相反，似乎对伯爵夫人"为住宅大楼和本地区"所做的公益事项毫无概念，甚至认为她接待客人不到他这里来买花，因此对这件事是另有看法的，所以伯爵觉得花店主人可恶。还有，他一向称他为"先生"，不叫他"伯爵先生"。其实伯爵对此并不介意，但有一天，德·普罗斯子爵迁居此处五楼住下不久，正在和伯爵谈话，向花店主人买花，花店主人对他的姓氏不甚了了，竟开口以"普罗斯先生"相称。伯爵为了向这位子爵表示友好，笑道："普罗斯先生，妙极了！时过境迁，你真是幸运：没有叫你普罗斯公民。"

　　伯爵每天都在俱乐部用午餐，星期天除外，星期天他在家里和妻子一起用餐。在气候宜人的季节，伯爵夫人每天有两三个小时接待来客。伯爵就到花园去抽雪茄，他问园丁："这是什么花？今年咱们这里苹果结果好不好？"老园丁很是感动，仿佛是第一次见到伯爵，那样子与其说是敬畏不如说是感激，仿佛这是有关对花果关注的信号，他应该以花的名义向他表示感谢。门铃通知第一批访客来到，伯爵于是急

---

① 此后八段文字七星文库版不录，认为法洛瓦本从手稿第五册中摘出，应属《追寻失去的时间》草稿部分，与圣伯夫、巴尔扎克无关。

忙跑回书房，这时，仆人把已准备好的维希-黑茶藨子酒和矿泉水送到花园来了。

傍晚，在狭窄的小花园里，常常可以看到德·Ｘ公爵或德·Ｙ侯爵，每个星期他们都要来几次；他们都上了年纪，不怕吃力穿着正规服装，整个傍晚坐在花园一角不大舒服的椅子上，惟一可享受的只有黑茶藨子甜酒，在这样的时刻，真不知有多少大金融家在他们的豪华住宅中，身上也是穿着正规的上装，坐在他们柔软的沙发上，面前摆着昂贵的饮料和雪茄，让人看着也觉得高兴。牛排和咖啡当然与堕落的概念毫无关系，显然这也正是他们的乐趣之所在。这都是一些有教养的人士，伯爵因其情爱之需不时也领来一个"谁都不认识的"年轻人，他们知道同他谈他熟悉的题目他会欢心入迷的（"先生，您是建筑师，对不对？"），他们谈得很渊博，也很有意趣，不乏殷勤交好之情，只要一说出冷冰冰的再见，那种亲密殷勤就此告一段落。有一次，新来的客人走后，他们还在亲切地谈着这位客人，仿佛是评价这次忽发奇想请他到这里来这件事做得十分妥善，还称赞他为人聪明、风度极好，多次说出他的姓氏，好像反复试读一个新发现的生僻又珍奇的新词。他们谈到家族正在筹划的联姻事项，认为那个年轻人是一个上选的对象，匹配伊莎贝尔是令人满意的，他们讨论到他的女儿从门当户对的观点看这一婚姻是否理想。所有出身名门富有人士无不要求比不上他们的人在贵族地位和财产上能匹配得上，正像这些人也以比肩相匹引以为幸一样。伯爵常说："确实是一大宗财产噢，"

"这个姓氏源远流长，很古老的，姻亲关系都是最好不过的，是最大的世家，"他确实是出身世家，也有着极好的姻亲关系。

如果伯爵夫人做了什么应受到指摘的事，不会有人责备她，伯爵或伯爵夫人所作所为是不会有人提出意见的，这就是良好教育的部分内容。这种谈话其实也是悠悠缓缓，声音低低的。只有在亲族关系问题上会突然引起伯爵光火发怒。"我这个表妹呀！"一提到某一姓氏，他马上大叫，仿佛遇到什么预想不到的事机，听到非作出反应不可的紧迫事态："我并没有说反对。"他说这话其实是对外人说的，因为德·X公爵和德·Y侯爵在这个问题上有关其人并不想多了解什么。不过有时他们一面向前走着一面说："阿斯托尔弗，那是你的表妹，蒙莫朗西家的。"——"当然，当然，"阿斯托尔弗大声说道，惟恐德·X公爵肯定性意见还不是绝对确定不移的。

伯爵夫人喜欢作出"乡下人"说话那种俏皮方式。她说："这是阿斯托尔弗的表妹，笨得像着(个)鹅，德·鲁昂公爵夫人(把罗昂说成鲁昂)着(在)赛马场上。"不过她的语言经她一说听起来很是优美。伯爵的谈话就不一样，他说话比较俗气，语言中的浮词赘语不加选择照单全收，就像动物学家在海滩上大量采集软体动物一样。"我的韦尔巴黎齐姨母，好一个块头"，或"块头真可以"或"乖巧的小蜜蜂"，或"真是个好瘟神"，"我保证他不要他留下的东西"，"他这是妄想"。一个词从单数变为复数，如果省去冠词，就会显得俗，在他那里，肯定是由这一类字词形成这种语言形态的。说车夫驱车从罗特希尔德家出来，这本来是很自然的。他说"他从罗特希尔德那里出来"，听不出他认识的是哪一个罗特希尔德，他出身贵族，耶稣会教士教养成人，说起话来却是平民口气，当然，"罗特希尔德"也是平民出身。在一个句子里，"小胡子"一词最好把单数改为复数，这才叫留"小胡子"。假使对某人说挽着女主人，身边还有德·X公爵，他说"我不想走在德·X公爵前面"。若是写下来，问题就严重了，有关字词是无法表达这些字词确切含义的，必须用另一系列的字词把它们组合起来。"您是否愿意到农业协会来见我，因为从去年起我就加入到这个场所了。""未能认识布尔热先生我深感遗憾，和这位卓越的人士握手我一定感到高兴"，"您的来信十分感人，特别是结尾部分"，"我很遗憾未能给这次动人的音乐会鼓掌（他确实补上美妙的音乐这一类字样，就像手不干净戴上灰色手套一样）"。他认为提一提"音乐"避开"致以敬意"之类可以使一封信显得更为高雅。

另一方面，他在谈话中词汇用得很少，专名用得很多。他认识的人是那么多，只要借助"恰巧""正是这样"这一类词语加以串连便可形成社会上叫作"轶事"那样的效果，一般说，那的确是不可忽视的，如："那恰巧是一八六……，对了，一八六七年，我在德·巴德大公夫人府上参加晚宴，正是这样，是亲王的妹妹，当时亲王在魏玛，亲王成为继承人以后，他娶了我的韦尔巴黎齐的侄女；我记得清清楚楚，大公夫人，她非常客气，承她好意，把我安排坐在她的旁边，高兴地告诉我保存裘皮衣物独一无二的方法，请原谅，这么说不免有点俗气，有几次她还不厌其烦亲自送给我削下来的小红萝卜皮，说这种东西可以代替樟脑。我可以向你保证这些话都是认认真真听的。另外，我们把一套烹饪方法告诉了凯蒂·德·德勒-布勒泽和露露·德·拉夏佩勒·玛里尼埃尔·絮尔·阿弗尔，她们非常高兴，不是吗，弗洛里阿娜？"不过伯爵夫人说话方式是简单的："是啊，太好了。朱利埃特，拿您的皮衣去试试，看看怎么样。要不要我让人给您送一点去？底下人在这里做得挺好，他们可以到你们那里去教教他们？一学就会。"

侯爵有时前来看望他的哥哥；每逢这样的机会，他们就"开始读"巴尔扎克，这是他们读书的时间，他们在他们父亲的书房里读这些书，先父留下的书房正好是在现在伯爵继承的祖居之内。他们对巴尔扎克的兴趣始终保持着当初那种纯朴真率，那时巴尔扎克还没有成为大作家，正经受着文学趣味变化的影响。每当有人谈起巴尔扎克，如果是 Persona grata（受欢迎的人），伯爵就引出几部书名，他提到的都不是我们今天最喜欢的小说。他说："啊！巴尔扎克！巴尔扎克！需要时间，需要时间！比如《索城舞会》！您读过《索城舞会》？太好了！"不错，他也谈到《幽谷百合》："德·莫尔索夫夫人！您还没有读过，噢！夏尔（叫他的弟弟），德·莫尔索夫夫人，《幽谷百合》，多么好啊！"他还谈到

《婚约》，用的是小说最早的那个题目《豌豆花》，还有《猫打球商店》。在他阅读巴尔扎克的那些日子，他还提到其他许多作品，其实并不全是巴尔扎克的小说，而是罗歇·德·博瓦尔和赛勒斯特·德·夏布里昂的小说。应该代他说明一下：当他躲在小书房里读书的时候，果子露和饼干就给他送到楼上小书房里来，如果天下雨，窗子打开，下面没有人能看到他，那么他就在小书房窗前接受杨树向他敬礼，大风每分钟三次吹得杨树摇摆好像是在屈膝施礼，小书房里不仅有巴尔扎克的作品，而且还有阿尔方斯·卡尔、赛勒斯特·德·夏布里昂、罗歇·德·博瓦尔、亚历山大·杜瓦尔的作品，一律都是相同的精装本。你把书打开，薄薄的纸上印着大大的字体，女主人公的姓名呈现在你的眼前，仿佛在一种可携带的令人感到快慰的外形之下，亲自来到你的面前，还微微带有胶水、灰尘、陈旧的气息，那气息简直像是从她迷人的魅力中散发出来的，对于这些书，人为地按与小说主题和卷次外表不相关的思想确定文学分类，那是十分困难的！布朗特·德·莫尔索夫等等人物，在你面前展现他们的个性，清晰精确，那么有说服力（为了紧紧追随其发展，只要翻过一页看下去就行，纸张已陈旧变得透明发黄了，极薄的平纹细布那样的质地依然未变），让你不能不相信讲述故事的人，肯定也有同样的个性，欧也妮·葛朗台和德·梅尔公爵夫人的密切关系未必不比《欧也妮·葛朗台》与一法郎一本巴尔扎克小说之间的关系更为密切。

　　应该说我是了解德·盖尔芒特先生的，因为我童年时也是以同样的方式进行阅读的，就因为我年纪幼小，《高龙巴》那本书久久"不许我读其中的《伊尔的美神》"（那就是你①！）。在这些书中，读到其中的一部作品，第一次读它，那就像第一次通过一袭裙衫真正看见一个女人一样，这些书告诉我们的就是其中的那一部作品对于我们意味着什么，我们对它又意味着什么。寻觅求索这样的作品，这就是我作为书籍爱好者特有的行事方法。我第一次读的一本书的版本，就是给我原始印象的那个版本，那就是不可代替的"第一"版，我就是这种"原版"书的爱好者。对我来说，这些书，我已铭记在心，永志不忘。它们已经变旧的书页上布满了微细小孔，浸透着记忆，我怕这数也数不清的微细小孔会把今天的印象吸收进去，以致我过去留下的印象竟找不到了。每一想到这一切，我总希望过去在灯下或在花园柳条椅上当爸爸对我说"你站起来"时我急忙合上那些篇页，那些篇页上的细微小孔能再展放开来。

有时我问我的读书方式是不是和德·盖尔芒特先生一样，还是更像当代的批评家。一部作品对于我始终是一个有生命的整体，从第一行开始我就和它相识了，我总是毕恭毕敬地倾听，只要求和它同在，我总认为它是有道理的，我不想再选择什么，我也不想去争论。当我看到法盖先生②在他的《批评文集》中说《弗拉卡斯上尉》③第一卷是好的，第

---

① 指他的母亲。
② Emile Faguet（1847—1916），法国批评家、理论家。
③ Capitaine Fracasse（一八六三），诗人戈蒂耶的小说。

二卷平庸，说《高老头》中写高老头属于第一流，写拉斯蒂涅是末流，这就好比听到说贡布雷地方在梅齐格利斯一侧是丑的，靠近盖尔芒特家一侧是美的，我总觉惊奇不解。法盖先生接着说文学爱好者只需读《弗拉卡斯上尉》第一卷，其他不必去读，我非常同情文学爱好者，可是我非常喜欢第二卷，我说：第一卷是为文学爱好者写的，第二卷是为小学生写的，我对文学爱好者的同情这就变成对我自己的轻蔑了，因为我看到我竟然还停留在小学生程度上。总之，法盖认定戈蒂耶是带着很深的厌烦情绪写第二卷的，我感到奇怪，带着厌烦情绪写出的东西后来竟使人那么喜欢阅读。

巴尔扎克也是这样，经过圣伯夫和法盖的分析、整理，竟认为巴尔扎克小说开端是值得称赞的，而结尾却一文不值[①]。对于这种看法，我自童年以来所取得仅有的一点进步，如果你愿意的话，这也是我与德·盖尔芒特先生不同之所在，我们在这个问题上是不同的：这不变的世界，这不可分解的整体，这已经存在的现实，我要把它的疆界略略扩大

[①] 普鲁斯特原注：圣伯夫说："有谁曾经较好地描写复辟时期的公爵夫人？"这话说得相当可笑，也说得相当有把握。法盖先生对他笔下的公爵夫人就大笑不止，为此他把弗耶先生也抬出来了。总之，布鲁姆先生特别喜欢对事物作出区分，却赞赏他写的那些公爵夫人，不过，并不限于复辟时期的公爵夫人。在这里，我承认，我很想像圣伯夫那样也问一问："是谁告诉你的，你怎么知道的？"还有，"在这一点上，我宁可相信认识她们的人的意见，而且……首先是圣伯夫。"

弗耶可能是指奥克达夫·弗耶(Octave Feuillet, 1821—1890)，深受欧仁妮皇后喜爱的小说家。又，法盖，以至泰纳、朗松、布吕纳介等以及圣伯夫均可归为实证主义批评范围，故普鲁斯特在此将圣伯夫与法盖等同视之。

一些，我认为这已经不仅仅是一本书，而是一位作家的全部工作、全部作品。他的不同的作品之间我看不出有什么很大的差异。批评家如法盖认为巴尔扎克的《小青年的家庭生活》①是一部杰作，《幽谷百合》竟是最坏的作品，这就像德·盖尔芒特夫人有几天认为德·X公爵为人聪明明智，另一天又认为他很愚蠢，同样让我感到奇怪。对于有些人是否聪明明智这样的观点，我有时也有变化，但我知道这是我的看法有了变化，而他们的聪明明智并没有变。我不认为这种聪明明智是一种变化的力量，上帝有时让它强有力，有时让它变得无力。我认为它在精神领域达到一定高度就不再变化，而《小青年的家庭生活》或《幽谷百合》正是在那样的高度上存在着，我认为它上升进入那样的容器之中就与过去连通成为一体，所谓容器，就是"作品"……

如果说德·盖尔芒特先生认为勒内·隆格维尔或费利克斯·德·旺德奈斯的"生活多有变故，生出众多事端"，故事很"吸引人"，实际上是说写得很有趣、可供消遣，并没有什么真理性可言，对比之下，他对巴尔扎克的观察精确倒是很看重的："诉讼代理人的生活，这的确是经过研究的，完全是这个样子；我同这些人打过交道；《赛查·皮罗托》②和《雇员》，完全是那么回事！"

---

① *Ménage de Garçon*，或指《私人生活场景》中的 *La Paix du Ménage*。
② 即《风俗研究·巴黎生活场景》中《赛查·皮罗托盛衰记》。

有一个人和德·盖尔芒特先生的看法不同，我来给你说一说，她是巴尔扎克小说读者中的另一种类型，她就是德·韦勒巴黎齐侯爵夫人①。她说巴尔扎克写得不正确："这位先生对我们说：我去请一位诉讼代理人和你谈谈。诉讼代理人根本不是这样找人谈话的。"尤其让她不能接受的是巴尔扎克试图对社会进行描写，她说："首先，他没有亲临其境，人家不接待他，他怎么能了解呢？说到最后，他认识德·卡斯特里夫人，那他也看不到什么，她也说不上怎么样。我在巴尔扎克家中见过他一次，那时我结婚不久，年纪很轻，我看到的不过是一个普普通通的人，讲了一些无聊的事，我不愿意让人介绍我去认识他。一直到最后我也不知道他通过什么办法娶到一个大家出身的波兰女子，她和我们的表亲察尔托里斯基家族还有点亲戚关系。全家都为这件事感到丧气，我可以肯定地对你们说，提起这件事他们就觉得脸上无光。而且，这件事，结局也非常糟。没有多久他就死了。"她很不高兴的样子低头看着她的羊毛衫："我看那里面说的尽是些下流事。他说他还要进法兰西学院，当真吗（就像对赛马骑师说话一样）？首先他没有那个'本钱'。其次，学院还要'精选'。圣伯夫这个人么，这才是一个有魅力的人物，观察敏锐，思想细腻，是良好圈子中人；他站在他的位置上十全十美，要想见他就可以见到。巴尔扎克就不是这样。他曾

---

① 七星文库版注：这位侯爵夫人是否即前文提到的那位"穷亲戚"？但未作肯定表示。

经到过尚普拉特勒①；上流社会的事至少他还能讲讲。他很谨慎，因为他也算是圈子里的人。其实，这个巴尔扎克，是个坏人。他写的东西看不到什么良好的情感，看不到好的天性。看他的书，让人感到不愉快，除去坏的一面什么也看不到。全部是恶。即使写一位可怜的神父，也一定叫他遭到不幸，叫所有的人都反对他。"——伯爵面对参加这场有趣的舌战大为兴奋的观众，也挤进去看看那位"发脾气"的侯爵夫人，他说："姨母，您是说图尔的本堂神父，您不能说它写得不好，外省生活就是那样嘛！"侯爵夫人说，"当然当然，"下面就是侯爵夫人最喜爱的推理方法之一，也是她用于全部文学创作概括一切的论断："复制这些我比他熟悉得多的东西，凭什么叫我感兴趣？有人说：外省生活就是这样。的确，是这样，我知道这种生活，我在那里生活过，有什么可感兴趣的？"这一番道理，她为之自豪，也很坚持，她把在场的人都看了看，眼睛上闪耀着自傲的笑意，为使一场风暴平息下来，她说："也许你们觉得我傻气，我承认，我读一本书，我总喜欢它能告诉我一些什么。"这一天，在盖尔芒特府上，可以说，这是最最令人感兴趣的一件事，整整有两个月，甚至在德·盖尔芒特夫人远亲那里，也一直都在议论着这件事。

因为，对于一位作家来说，当他读一部作品，观察社会的正确性，立场是悲观主义还是乐观主义，这些都是无可争

---

① 即莫莱城堡所在地。

议的既定条件，对此作家并不注意甚至无所觉察。但是对"有理解力的"读者来说，作品的"虚假"或"悲惨"，他就认为是作家本人的缺陷，读者反复遇到这种情况，既感到惊奇又觉得高兴，夸大一点说，如果作家每一部书都是这样，好像他是无法改正了，那么在读者眼中作家最后也就成了缺乏判断力或思想阴暗的人了，成了一种令人反感的性格，只有让人敬而远之，书店主人向读者推荐巴尔扎克或艾略特①，读者就拒不接受了："啊，不要！不是写得虚假，就是写得阴暗，新的一本比别的更加严重，我不要。"

至于伯爵夫人，当她听到伯爵说"啊！巴尔扎克！巴尔扎克！需要时间，你读过《德·梅尔公爵夫人》②吗？"她不过是说："我不喜欢巴尔扎克，我觉得他过分夸张。"一般说，"过分夸张"的人她是不喜欢的，这种人说起话来对于像她这样不事夸张的人无异是在骂人了。有一种人给小费也"过分夸张"，使得同他在一起的人显得像是一钱如命的小器鬼，他们中如有人不幸亡故，他们就要作出超常的悲伤的表示，如有友人遭到不幸，他们行事也与一般人不同，甚至专程跑到展览会上去看一幅绘画，这画既不是那位朋友的肖像，也不是什么"必看的"对象。至于德·盖尔芒特夫人，她是不夸张的，有人问她展览会上某一幅画是否看到，她回答说"该看的我都看了"，如此而已。

---

① 指英国小说家乔治·艾略特（George Eliot, 1819—1880）。
② 《德·梅尔公爵夫人》并不是巴尔扎克的作品。

巴尔扎克对这个家族影响最大的一个人，是侯爵……①

年轻的德·卡尔达耶克侯爵夫人出生于福舍维尔②，是受巴尔扎克影响最为明显的一位巴尔扎克的读者。在她的丈夫③的财产中，在阿朗松有一处福舍维尔古老府邸，府邸的正面建筑十分宏伟就坐落在广场上，就像《古物陈列馆》中描写的那样，还有一处花园沿斜坡向下一直延伸到葛拉西厄河④，这又很像是《老小姐》中所描写的情景⑤。德·福舍维尔伯爵本人不愿死后"葬"在阿朗松，所以府邸关闭交由一个花园园丁看管。这位年轻的侯爵夫人后来又把府邸打开来，每年都要回到这里住几个星期，她认为这个地方富有魅力，按照她的评价，她认为这就是巴尔扎克的那种魅力。在福舍维尔府邸还保存有大量弃置无用的古旧过时的东西，她派人从中选出几件旧式家具，那是德·福舍维尔伯爵先母的旧物，还有一些带有家族感情兼与贵族身世有关的历史或回

---

① 法洛瓦注：指德·凯尔西侯爵。参见下一章。
② 这是普鲁斯特以其构思中的小说人物来谈巴尔扎克。据七星文库版注，从下文看，可知这位年轻的侯爵夫人即来来吉尔贝特·司旺最初的形象，她的母亲再婚，嫁德·福舍维尔伯爵，她就成了德·福舍维尔小姐，后来她自己结婚，因此成了德·卡尔达耶克侯爵夫人。手稿上先是写卡尔达伊利耶，后改为卡尔达耶克。
③ 七星文库版在此指出：如这位年轻的侯爵夫人属司旺家族，就不能说"出生于福舍维尔"。如说出生于福舍维尔，那么福舍维尔府邸又怎么能成为她丈夫的财产？
④ 巴尔扎克《老小姐》中科尔蒙小姐的花园，地处阿朗松中心地带，向下直抵萨尔特河的支流布里昂特河。
⑤ 列入《外省生活场景》的小说《争夺》，由《老小姐》与《古物陈列馆》两部作品组合而成。

忆的物件。实际上她已经成为巴黎那种以某种审美趣味看待、喜爱她们所属的姓氏门第的贵族少妇中的一员了，巴黎这种贵族少妇之于古老贵族，一如看中圣米歇尔山①或"纪尧姆征服者"②有心计的旅馆老板对待布列塔尼或诺曼底平民一样，深知他们所以具有吸引力就在于维护好这种老古董，这种怀旧的魅力，这些贵族少妇对古老贵族、对往昔怀念情趣正是从对她们自身的魅力着迷的文学家那里接受过来的，是他们传授给她们的，这就给这种唯美主义加上了文学和现代美（尽管是贵族式的）双重折光。

在今天，在阿朗松的府邸里，科尔蒙小姐靠墙摆着的带蜗形脚的老橡木桌上，依然还摆有几位最美的贵妇的照片。她们在照片上摆出的姿态古意盎然，很有艺术性，与过去的艺术文学杰作中的那种优美联系得非常紧密，使这里的环境更加显得有艺术魅力，可是，一走进前厅，仆人一出现，或者是在客厅里，听到主人谈话，很遗憾，一切又都变为当今习见的了。所以巴尔扎克式的阿朗松府邸，对于有那种趣味又不乏想象力的人，只要他懂得去看，而且感到有看的要求，那种景象就能再现在他眼前，对此他也会赞叹不已。对我来说，我对此不免感到有点失望。因为我已经知道德·卡尔达耶克夫人住在科尔蒙小姐或德·巴日东夫人的阿朗松府上，也就是说，我已经知道我在思想中看到的一切，而且印

---

① 法国重要历史古迹之一。

② 即纪尧姆一世（Guillaume Iᵉʳ le Conquérant, 1027—1087），诺曼底公爵，英国国王。

象极深，以致现实中的混杂不一已不可能再度构成那种复现。

最后，为了和巴尔扎克分手，我必须说：德·卡尔达耶克夫人的表现在精神上确实是巴尔扎克式的。她对我说："您要是愿意，明天就和我一起到福舍维尔去走一趟，您会看到我们在城里有什么影响、形成怎样的印象。这一天，恰好又是科尔蒙小姐驾着她的那匹牝马拉的马车去普雷博代的日子。让我们一起好好吃上一餐。您如果勇气十足留下来一直到星期一，星期一晚上是我'接待客人'的时间，不亲自见见杜·布斯基耶先生和德·巴日东夫人，您怎么好离开我们外省，您还要看到大吊灯大放光明，向来宾表示敬意，您不会忘记，这曾经让吕西安·德·吕邦泼雷激动万分。"

了解内情的人，从外省大贵族世家企图恢复旧观的那份虔诚，可以清楚地看到福舍维尔家族所发挥的影响。我知道这也是司旺家族发挥的效应，对于司旺家族她是什么都记不得了，不过，这个家族的智慧、情趣她依旧还保持着，还有贵族阶级那种对智力的漠不关心（且不说其中也有热衷于实际功利的一面），为的是从那里，就好像是从某种奇异、无用、已死亡的东西中寻求一种审美上的魅力。

一三　被诅咒的族类

每天午饭之后，总有一位高大肥硕的先生，留着染色的胡子，纽扣眼上永远插着一朵花，迈着鹅步来到这里，这就是德·凯尔西侯爵。他走进天井，前来看望他盖尔芒特家的姐姐。我看，他并不知道我们也住在这座大房子里。总之我没有机会遇到他。他来的时候，经常是我站在窗前，窗上有百叶窗遮着，他看不见我，其实他从来也没有抬头往楼上看一看。每当这个时刻，我是不出房门的，其他时间他又不来。他的生活极有规律；他每天在下午一点到两点这个时间来看望盖尔芒特一家，三点钟再上楼去韦尔巴黎齐家，然后到俱乐部去处理种种不同的事务，晚上去剧院，有时参加社交活动，不过晚上决不到盖尔芒特家中来，除非是举行重要晚会的日子，这是难得一遇的，举行晚会他也是很迟到场，露露面就走了……

由于与德·盖尔芒特伯爵和伯爵夫人经常往来，那种诗意也就不存在了，对我来说，诗意已经转移到德·盖尔芒特亲王和亲王夫人身上去了。他们虽然是近亲，但我不认识他们，所以他们那个盖尔芒特封号对于我就有了重要意义。我在盖尔芒特家中也见过他们，他们就像没有什么必要非认识你不可的那种人，只是对你略略致意表示一下也就过去了。我的父亲每天都要从他们索尔费里诺街上公馆门前经过，他说："那简直是一座宫殿，就像童话故事里的宫殿一样。"盖尔芒特这个姓氏因此在我心中也就成了仙境，和热纳维埃弗·德·布拉邦[①]、画有查理八世[②]的挂毯和画有坏人查理[③]的彩画玻璃窗交混起来不分彼此了，我也可能有一天和他们建立亲密关系，只是这样的想法一时还没有进入我的心智，不想有一天，我竟收到一封来信，打开信封一看，是一张请柬，上面写着："德·盖尔芒特亲王暨亲王夫人于……在家中……"

这张请柬给我带来一种原封未动的喜悦，丝毫没有受到人情意念、交往中把事情弄得千篇一律那种粗俗记忆的侵蚀。请柬上写着的姓氏是真正的封号，美好形象保持得完好如初，是任何世俗记忆都不曾污损的，对我来说，由于对一种神秘的封号的偏爱，那真像是童话故事中的宫殿，正因为收到这样一份请柬，那一切也就成为可占有的对象了。这一切，我看是太美了，美得不像是真的。请柬上表明的意向与施与，和这样一个带有亲切又高傲音节的姓氏这两者之间，

---

① Geneviève de Brabant，中世纪民间传说中人物。
② 法国国王(1470—1498)，一四三年至一四九八年在位。
③ 即查理二世(1322—1387)，纳瓦尔国王，一三四九至一三八一年在位，觊觎法兰西王国。

确实存在着极大的反差。

童话故事中的王宫已经在我面前打开，我被邀请进入古老的传说之中，和那些人物相会合，还有远在九世纪时的神灯、五彩玻璃窗和高高悬挂着的壁毯，德·盖尔芒特值得自豪的封号好像充满着生命力，它也认识我，向我展臂相迎，我的名字赫然写在信封上，真是太好了，只怕不是真的，我担心这是在和我开玩笑。我惟一可以问一问的人，就是我们的邻人盖尔芒特一家，可是他们出外旅行去了，疑虑之下我真后悔不该到他们家去。那样的话，就无需作出回应，也可以不必去送名片了。想到这里，恐怕为时已晚，大概我真的要成为一场恶作剧的牺牲者了。我把这件事告诉我的父母，他们好像并不理解我（或者认为我的想法十分可笑）。他们以一种自豪的心情，这是决无虚荣心和附庸风雅意念才会有的那种自尊心，认为盖尔芒特家族邀请我是很自然的事情。我去或者不去，他们认为并不重要，他们希望我不要按惯常的想法以为那是有意戏弄人，他们认为还是以去为"好"。其实我去不去是不会有人注意的，没有什么重要性，如果我去他们不以为愉快，也就没有理由邀请我。再说，我把盖尔芒特家这件事也告诉了我的祖父，他并没有什么不愉快的表示，亲王夫人是路易十八当政时最伟大人物的孙女，他是熟知的，而且爸爸也知道，正像他所设想的那样，这件事本来就是"家族内部值得骄傲的事"。

总之，当天夜晚我就作出决定，决定去。大家对我的事也特别关心。我想到花店主人那里订一朵鲜花插在上衣饰孔上，祖母认为到花园自己采一朵玫瑰更显得"自然"。后来我找到坡地上一处花坛，折下最好看的一朵玫瑰，其他花坛的玫瑰花刺都钩住我的衣服了，然后，我急忙跳上大门前经过的公共马车，和往常相比，我的心情异常愉快，我对驾车的车夫也特别和蔼，我把靠里的座位请一位年老的夫人坐。我心里想，这样一位先生和一路同行的人都是这么亲切多礼，这位先生说"我在索尔费里诺桥下车"，人家是否知道这是到德·盖尔芒特亲王夫人府上去，也就在所不计了，这位先生外套下面还戴着一朵玫瑰花，玫瑰的香气暗暗飘进他的鼻孔，让他有几分陶醉，就好像这里有一个爱情的秘密似的。到了索尔费里诺，沿岸已经挤满一长列停着的或走动着的马车，从马车上走下来，许多手臂上挎着鲜艳丝绸外衣的仆人都急忙朝这边跑过来，这时我突然觉得心情很是紧张：这可真是一场恶作剧。当我走进大门，听到有人传呼客人到达，我真想后退，不去了。我这时已卷入人流，由不得自己了，于是脱去大衣，这是不可避免的，我拿了一个号牌，我的那朵玫瑰在外套里已经被揉碎，只好丢掉，可是长长玫瑰花梗绿绿的仍然保持着"自然"色泽不变。我在守在门前传报的门侍耳边轻声说出我的名字，希望他通报时声音放低一些，可是，在盖尔芒特府上大客厅门前，立刻听到我的姓名雷声般地轰响，地壳轰然断裂的时间到了。赫胥黎讲过这样一件事，说有一位夫人曾经发生幻觉，不再参加社交活动，因为她举目所见，幻象与真实对象分辨不清，使她不知所措。过了十二年，她的医生一定要她参加一次舞会。人们移来一张扶手椅请她坐，可是她正好见有一位老先生坐在椅子上。她想：说让我坐在扶手椅上，扶手椅上有一位老先生坐着，这是绝对不能接受的。这位老先生大概是一个幻象，我应当坐到没有人坐的空着的扶手椅上，要么女主人给我送来的扶手椅是幻象，无论如何我不该坐在这位老先生身上。坐还是不坐必须在极短时间内作出决定，就在这极短时间她把这位老先生面貌和女主人面貌相互比较了一下，在她看来，两个人都是真实的，究竟谁是幻象简直无从想象。最后，经过短暂的考虑，决定是做出来了，也不知怎么一来，竟认为老先生是一个幻象。她就坐下去了，原来并没有什么老先生，她这才舒出一口长气，放心了，病并没有痊愈。这位老夫人一时之间的处境当然说不上是多大的困难，与我当时的焦急相比也许更算不上什么。我走向盖尔芒特府上大客厅，听到像朱庇特那样魁梧的掌门仆役通报我的姓名，声音真像那种灾害性的闷雷从头顶上闪过，我一面往前走，一面还要装出很自然的样子，不要让人看出我的犹豫不决，像有什么人在恶意捉弄我似的，惶惑之下，我搜寻德·盖尔芒特亲王和夫人的目光，看他们是不是准备把我逐出门外。他们在谈话的嘈杂声中大概并没有听到通报我的姓名。亲王夫人穿着一件淡紫色"紧腰宽下摆裙衫"，头发上戴着一顶镶珍珠和蓝宝石的王冠，坐在椭圆形双人沙发上正在和人谈话，她坐在那里，并不起立频频向走进大厅的客人招手致意。我没有看到亲王。亲王夫人也没有看见我，我向她走去，眼睛注意盯着她，就像那位老夫人看她要往上坐的那个老先生一样，我想她一经感到身下老先生硬邦邦的膝盖，一定在注意想着自己不要往下坐。我也一样，我注意看着亲王夫人的脸色，只要一发现惊愕和气恼的迹象，我就逃之夭夭，不要当场出丑。她看见我了，她起身站起来了，不是向着别的客人，是朝我走过来了。我的心在颤抖，但是看到她蓝蓝的眼睛上闪耀着笑意，极其动人，还有她戴着瑞典长手套的手臂优美地弯曲着向我伸过来，这时，我才定下心来，她说："您来了，真好，非常高兴见到您。不巧，表哥他们偏偏不在家，可是您来了，您多么可爱，我们知道，是专为我们来的。对，去那边小客厅，您会见到德·盖尔芒特先生，见到您他一定非常高兴。"我深深鞠了一躬，亲王夫人当然没有听到我宽慰地呼出一口长气。这就和那位老夫人面对扶手椅后来坐下去看到上面没有老先生吐出一口气一样。从这一天开始，我的胆怯也就完全治好了。从此以后，我接到许多比德·盖尔芒特先生和夫人邀请更为意想不到令人高兴的请束。不过，贡布雷那里的壁毯、神灯，在盖尔芒特那一侧的散步，也并没有能使它们具有这里这种迷人的魅力。笑脸相迎，是我永远期求的，恶作剧，我也不在意了。弄出恶作剧来，也无所谓，无需多加计较。

德·盖尔芒特先生待客亲切周到，太好了，每逢这样的晚会，贵族阶层全体人士都请到，甚至二流贵族人士、在外省的也来了，他是他们中间的大贵人，他知道，应该做到态度坦率，亲切待人，手扶着对方的肩膀，用好朋友的口气说"我这里没什么好玩的吧！"或"您来了我非常荣幸"，以此来解除客人的拘束，缓解他们的敬畏情绪，这种畏惧其实也并没有达到像他想象那样的程度。

　　离他没有几步，德·凯尔西侯爵正在和一位夫人谈话。我这一边他是看也不看的，可是我感到他那像商人一般的眼睛真是目光四射，早把我看得一清二楚。和他谈话的那位夫人我曾经在盖尔芒特家见过，我先是向她致意，这就打断了德·凯尔西先生的谈话，尽管如此，谈话停下来，他竟转过身去眼睛看向别处，好像根本没有看到我似的。他不仅看到我，而且还在看呢，于是我转身朝他那里走去，准备走过去问候，一边设法引起他的注意，这时，他的脸微笑着正对着客厅另一侧，在看一位"棕发的女人"，他也把手向我伸出来，只是这么表示一下，无需变动脸上原有的笑容和呆滞的目光，这样我就可以把它看作是对我表示友好，何况他那只空出的手已经对我表示了问候，不过我也可能把它看作是对我的嘲笑，如果我没有问候，或换成另一场合，如果我认为他根本没有看到我，是友好的表示还是嘲讽的表示也就无所谓了，反正是心情愉快的表示就是了。我握了握那手上的第四个手指，手指也好像是对那大主教指环在感伤中被转动了一下深表遗憾，可以说他那种持续表示问候但拒不接受任何人的那种派头我毕竟冲进去把它打破了，说他这是在向我表示问候，我可不能这么说。如果非说不可，我甚至想说他根本就没有看我一眼，也根本没有认出我来。这时有人出来表演一小段轻歌剧，但没有邀请年轻姑娘们参加。随后，他又出现，走了过来，跳舞开始了。

德·凯尔西伯爵①朦胧睡去了，至少是闭着眼睛。这已经有一段时间了，他是累了，面色十分苍白，胡子还是黑黑的，鬈曲的头发已经花白，不难看出，他已渐渐老去，但依然十分俊美。白皙的面容，人显得僵直，意态高贵，像是雕像，双目呆滞，在他死后，我在盖尔芒特教堂他的墓碑上看到的，就是这样一副模样。他就是他下葬时那样的面貌，作为本人他已经死去，我在他身上所看到的是他的家族的那种面貌，家族中每一个人的个性各不相同，因此面貌也有变化，他们各自的需求不同，因此面貌也有变动调整，有些人受到很好教养理智化了，有的人变得粗俗庸陋，这就好比城堡中的一个房间依城堡主人意趣一时用作书房一时改为剑术练习室。这样一副面容，在我看来，是十分清秀、十分高贵、十分美丽的，眼睛微微张开，笑意在脸上荡漾，那笑容在笑的时候一时不容掺入人为的虚假，我这时正在研究他的面容，几束零乱的发绺覆在椭圆形前额上，落在两个眼睛上，嘴略略张开，在高傲的鼻梁上目光闪闪，纤细的白手推拂着额上的发绺，我想："可怜的德·凯尔西先生，他是多么贪爱那种男子气概，他在我的面前，现在是这样一种慵倦含笑的模样，我都看在眼里，他是不是知道。也许有人会说：这是一个女人！"

在我心里这几句话一经出现，德·凯尔西先生立刻出现变化，像是施加魔法一样。他并没有动，可是，从他的内部

---

① 原文如此。即德·凯尔西侯爵。

突然放射出一种光辉。他身上冒犯我、侵扰我，所有这些看似对立的东西，只要一想到他是一个女人，立刻就变得和谐一致。我明白了：这的确是一个女人！就是这样一个女人。他本来就属于这一类人，一个自相矛盾的族类，因为他们的气质是女性的，他们心目中的理想是男性力量，他们在生活中表面上总是侧身走在他人的身边，他们通过眼眸中小小瞳孔和他人建立关系，而我们的欲望就是在这样的小孔中形成的，通过它去看世界，看到的不是水仙的少女身形，而是一个十八、二十岁的美少年，正是这亭亭玉立男性身影投射在他们所见所促成的一切之上。可诅咒的族类啊，既然这就是你的美的理想，既然耻辱的对象、惩罚的恐惧是你欲望得到满足的食粮，既然你不得不这样生活在世上直到最后被送上法庭的被告席，面对基督在谎言与伪誓中讨生活，你明知那种欲望是不被允许的，但你的欲望仍然不可抑制，你爱的男人不是女人，也不是"同性恋"男人，你也只能借他满足你不应因他而有的欲望，他也不会以你体验到那种欲求，爱欲如不是弥天大谎，决不会把一个最下流"唐特"①当作一个男人的外观，当作一个像别的男人一样的真正男人来满足欲望，即使出现奇迹接受欢爱或是对这种爱情屈身俯就，你依旧像一个罪人要对你至亲至爱的人严加隐瞒，你怕家庭会陷入痛苦，你怕受到朋友的鄙视，你怕乡里施加惩罚；你这被诅咒的族类啊，你和以色列人一样，备受迫害，在不应

① tante，本义为阿姨，民间用语中指鸡奸者。

有的屈辱中被打上共同的标记，带上同一族类的面貌，共同的特征，在体貌上也有了相同的特点，人们见了就厌恶，虽然有时也不乏美色，你有细腻多情女人的心，但也有女人天生那种邪恶和多疑，你卖弄风情、多嘴多舌，巧于炫耀，又一无所长；家庭把你赶出大门，因为不信任你，祖国把你逐出国境，说你是未被发现的罪犯，就是在你们自己人中间，你说这是自然相爱，实在是病态狂乱，你们这种女性特征尽管可憎可厌，但是爱心依然不减，友谊在这里是没有地位的，因为你们的朋友在体验纯洁的友谊的同时又感到有别的什么夹缠其间，他们怀疑友谊之外还有别的什么，他们不知是否还承认你们的友谊，友谊之外夹缠的东西有时就是在不了解你的情况下爱你的那种盲目无知，有时是一种厌恶，这就是对你的那种纯真的怨怪责备，有时也是一种好奇心，是要彻底了解你、分析你，借以建立一种步兵心理学，这种所谓心理学，自以为不偏不倚是公正的，也带有倾向性，就像法官心存偏见，认为犹太人天生就是叛徒，它事先就认为同性恋者极易成为杀人犯；就像以色列人总是在自己人中间搜索异己、查找不属于他们的一切，你们在表面上也总是相互咒骂、仇视，偶一为之的同性恋者蔑视老资格的同性恋者，就像不信犹太教的犹太人看不起小犹太人一样，但彼此又不可分离，就像秘密帮会一样，秘密帮会比犹太帮团结面广，似无止境，因为人们能看到的只是极小的一部分，但你们又比真正帮会团结得更加强固有力，因为你们的团结建筑在共同天性、爱好一致、需求与共的基础上，也就是建立在同样的知识和关系之上，既可以搭上一个要他的小流氓，有时也可以搭上自己的女儿的未婚夫，这是极其痛苦的事，有时还可以搭上给他治疗恶疾的医生，这不免又带有讽刺意味，或是搭上一个上流社会人士，听忏悔的神父，审讯他的民政官员或军政官员；也可以搭上高高在上的统治者，统治者就让他在那里纠缠不清，满意(或发怒)时还颠三倒四说个不停，说大加图①也是同性恋者，这就好比犹太人说耶稣基督也是犹太人一样，他不知道在那个时代本无所谓同性恋，在那个时代，习俗和教养要求你同一个男性青年在一起生活，就像我们今天供养一个舞女一样，苏格拉底在那个时代在道德上可说是最负盛名的人物，但他可以自自然然同两个少年坐在一起调笑嬉戏，一如当今表哥表妹彼此爱悦，这一事实比之于特定社会状态属于个人的学说更能说明一种社会状态，同样，在耶稣基督钉上十字架之前，本来也无所谓犹太人，以致作为先于名誉观念出现的违反惯例行为：原罪，也是有它的历史根源的，但由于对说教、典范、社会蔑视、法律惩罚的抗拒，确实有一种做法已经存在，有一部分人知道这种行为做法是无法抵制的，因为这是与生俱来的，因此，对于这种行为比危害道德的犯罪行为更加憎恶，因为犯罪行为可能是暂时的，对一个贼、一个杀人犯的行为也是人所共知的，但对于一个同性恋者的行为却无从得知；所以他们成了人类中受到排斥的一部分，但他又是人类大家庭中不可少、不可

---

① Marcus Porcius Cato(前234—前149)，古罗马政治家。

见、不可胜数的成员，因为不知其所在，所以受到怀疑，在人所不知的地方他们又是肆无忌惮、耀武扬威、逍遥法外的，在群众中，在军队、寺庙里，他们无所不在；在剧院、繁重劳动场所、在王位左右这类场合，他们互相争夺，相互支持，他们不愿暴露自己的真面目，但他们又是一见便知，他们猜测一个不愿坦白的同类——还不为人所知的同类——发现他原来就是一个同类，他们生活在这些人的关系中犯下罪行，一经发现就会引起公愤，就像猛兽嗅到血腥气味关系立刻变得十分残酷，但他竟可以像驯兽人让他们与他和平相处，同他们一起游戏，谈论同性之爱，逗得他们像猪那样呜呜呻叫，这已经是司空见惯的了，所以，只有和同性恋者才这样大谈同性相爱，直到他连皮带骨全部被吞噬净尽，这就像是一位诗人受到伦敦所有的沙龙接待，他本人和作品被紧追不舍，纠缠不休，甚至得到一张床略事休息、作品拿到一家剧院上演也不可能，赎罪祭礼之后，便是死亡，于是，在他的墓地上立起他的雕像，他的感情必须装扮一番，全部词藻调整改换，语句改成女性化的，对自己的友情、愤怒表示歉意，请求原谅，他对这种恶癖的内在需要和紧迫要求比之于他这种嗜欲在社会上不许被人看到更让他感到惶恐不安；这样一个族类，它的自尊心要求自己不要成其为一个族类，不要从人类中分化出去，为了它的欲求在人类中不被看作是一种恶疾，它的自尊与欲望的实现不致成为不可能，它的快乐也不致成为虚空无有，它的种种特征不致都成为污点，我可以说，自从有了这样一些人，并已写出有关他们的最初的一些篇章，对它在精神与智力上的价值已采取公正态度加以肯定，不是像人们所说的那样，对它加以丑化，而是对它与生俱来的厄运和受到不公正待遇的不幸表示同情，对于这样一些篇章，这一族类可能是怀着极大的愤怒倾听的，也是以难以承受的心情去阅读的，因为，几乎所有的犹太人内心深处都有一个反犹主义者，尽管承认他是基督徒，人们还是要在他身上找出所有的缺点，同样，在同性恋者内心深处也有一个反同性恋者，对他最为严重的污辱伤害莫过于承认他的才能、品德、智慧、心灵，总之人的特性，自然所允许设想的那种爱的权力，如果不想违背真理，就不能不承认：这种爱的方式是怪异的，这样的人确是与众不同的。

有时，在火车站，在剧院中，你会看到有一些意态柔美的人物，他们面带愁容，穿着奇装异服，作出炫耀的姿态，眼睛总是在人群中扫来扫去，人们对他们大多是不加注意的，实际上，他们的眼睛正在频频搜索，看是否能遇到一个正在苦苦寻求异常乐趣的爱好者，他们是可能提供这种乐趣的，他们作出一派若即若离闲散无聊的模样掩饰这种无声的寻索，对那种爱好者来说这可能就是一个联络的暗号。大自然，由于它使某些动物、某些花卉的爱的器官部位布置不当，以致它们几乎从不曾得到那种欢爱，不过在爱的关系中对它们也没有造成损害。相爱一事对任何动物无疑都不是轻而易举的，它要求它们沿着不同的通道彼此遇合。但是对于这样一个人大自然对他竟是如此……①所以更是百倍地困难了。他所从属的族类在这个世界上为数稀少，以致终其一生没有机会遇到他可能钟爱的同类。他需要一个有女人特征的同类以求满足他的欲望，一个有可能引动那种欲望的外观的男人。他的气质既是由这种方式形成，不免十分褊狭，十分脆弱，又是处在这样一些条件下，再加上社会各种力量群起而攻之，在这样的威胁下，甚至心存疑虑，还有犯罪意念的折磨，爱情也就成了赢不了的赌注了。他们毕竟还是有所得。这往往是从粗陋的外观上获得满足，因为男作女的人不难找到，而他们需要的是若女真男，却是无法找到的。因此他们只有从一个男人那里换取某种女人所要的欢爱，或借助幻想，借幻想中取得的乐趣来美化他的这种欢爱，借以获得一些男性的妩媚。

有这样一些人，沉默寡言，俊美惊人，就像是美丽的安德洛墨达②被锁在单一性属中独身自守，在她们的眼睛上，折射着不能进入极乐境界的那种深沉痛苦，正是为了他们，她们在那极乐境界的辉煌大火中自焚而死；可恨的是你们这些人，他们到处在寻找你们，寻求你们的爱情，你们竟不能满足被你们的美引动的那个人。还有一些人，在他们身上女人半遮半掩已经呼之欲出。那女人的胸部已经袒露出来了，

---

① 法洛瓦注：原稿此处缺文。
② 希腊神话中埃塞俄比亚公主，因其母自夸貌美，获罪于海神，海神骚扰全国，动乱不安，安德洛墨达为挽救国家，自愿献身，作为牺牲，囚锁在巨石之上永不得解脱。后为帕修斯救出，并娶她为妻。

他们正在等待时机乔装打扮一番以展示于人，他们喜欢跳舞，喜欢打扮，像少女那样涂脂抹粉，在严肃的聚会上发疯似的笑闹欢唱[1]。

我记得在凯尔克维尔曾见到一个青年人，他的兄弟、朋友都嘲笑他、看不起他，他总是独自一人在海滨散步，他姿容秀美迷人，面带愁容，总是沉思的样子，黑黑的长发暗中敷有蓝粉，显得光艳耀目。他还在口唇上染着淡淡的胭脂，本意是希望让嘴唇显出天然的色泽。他一连几个小时一个人在海滩上游荡，坐在海边岩石上，心绪不安，但又流连不去，目光忧郁地探望着大海，是在问这里的海洋蓝天美景是不是和马拉松[2]、萨拉米纳[3]同样明媚同样灿烂，会不会看到昂蒂努斯[4]从一艘快船上走下来把他带走，昂蒂努斯是他在小别墅窗前日思夜想的人物，夜中迟归的行人在月光下曾见他在那里对着黑夜殷殷探望，一发现有人在看他，他就急忙缩回躲入室内。在他心中浮动着的欲念未免过于纯洁、过于虚幻，只有在书中才能找到，在其他地方是不会有的，猜测他也会有什么放荡行为，如盗窃和杀人之类，作这样的类比那是不可想象的，但他总是坐在他的岩石上，眺望着海洋、天空，至于水手在港口上为得到报酬无所不为这样的事他是

---

① 据法洛瓦注，手稿中在这一部分文字中有一段普鲁斯特写有标题：《唐特族》。

② Marathon，雅典附近的小镇。

③ Salamine，希腊萨罗尼克湾中岛屿。

④ Antinoüs，哈德良大帝宠爱的希腊美少年，公元一二二年溺水死于尼罗河，哈德良为之建有寺庙，奉为神明。古代希腊有昂蒂努斯雕像，俊美无比。

根本不知道的。他总是躲避着他的同伴，或是和他们在一起，他的言谈行事又异乎寻常，深深埋藏在他心里不愿说出的欲念这就无形中表露出来了。他的胭脂口红也被他的同伴查验出来了，头发上的蓝粉成了他们取笑的对象，他那郁郁寡欢的神情更成了他们嘲笑的目标。于是他换上蓝色的长裤，戴上水手帽，一个人阴郁地走着，沉陷在沮丧和怨恨中不能自拔。

在他①年轻的时候，他的同伴和他谈到同女人相处的那种快乐，他就紧紧抱住他们，以为只要这样就能和他们共同感受那种欲望的满足。后来，他知道事情并非如此，他感到那种快感但又不愿承认，对自己更不敢坦率承认。在普瓦图他常常在没有月光的夜晚走出城堡，沿着通向他表弟居伊·德·格雷萨克城堡的大路走去。他在两条大路交叉的十字路口与他相会，就在那里的山坡上，他们又重复玩起他们童年时代的游戏。见面一句话也不说，然后各自分手而去，白天他们见面、谈话，夜间的事绝口不提，这时，他们二人宁可说保持有一种敌意，可是两人在暗中仍然不时相会，相会时依然默不出声，就像他们童年的鬼魂彼此相见一样。他的表弟已成为德·盖尔芒特亲王，有着几个情妇，难得想起那种怪异的往事。可是德·凯尔西侯爵却常常无比悲伤地在山坡上空等几小时。后来他的表弟结婚了，只见他像一般男人那

① 法洛瓦注：指德·凯尔西侯爵，亦即下文于贝尔·德·凯尔西。

样谈笑自若，对他还有点冷淡，像鬼魂那样的搂抱早已忘怀不再提起。

于是，于贝尔·德·凯尔西独自居住在城堡中，比中世纪城堡领主夫人更加孤独了。当他到火车站去乘火车，尽管他从来没有说起，对于奇怪的法律不准许同车站站长结婚深感惋惜：尽管他十分留恋贵族阶级，与社会地位低下的人联姻对他来说也在所不计；当他发现中校因军事调防调到另一驻地，他也很想换一个住所。有时，他的乐趣就是从城堡塔楼上下来，在城堡塔楼里就像格里泽莉迪斯①那样感到无比厌倦，他一再踌躇，吞吞吐吐地走到厨房去对肉店老板说最近买的羊腿肉都不够鲜嫩，或者下楼亲自找邮差索取信件。然后又回到塔楼上去研究他的祖先的谱系。一天夜里，他甚至在路上照料过一个醉汉，还有一次是在另一条路上，帮助一个盲人把罩衫给他穿好。

他到了巴黎。那时他是二十五岁，丰姿韶秀，成为上流社会中卓有才智富有风趣的人物，其意趣爱好的怪异独特那时还没有在他四周形成后来使他出名的那种暧昧不明的光晕。安德洛墨达所属的性别，当然非其所属，但是他的一对眼睛流露着那种怀念惆怅之情却使女人大为倾倒，而他本人却成了他所钟情的人的厌恶的对象，所以他不可能完全分享他所激起的狂情。他也有几个情妇。一个女人为他自杀而死。他与几个贵族青年有着密切关系，他们和他一样也有相

---

① 薄伽丘《十日谈》中人物，一个对丈夫既顺从又忠实的女人。

同的爱好。

谁会怀疑这些女人特别喜爱的青年人专注于这种其他人所不理解的欢情乐趣？他们讨厌、痛斥他们同一类的人，与他们不相往来。他们也有他们的雅趣，他们仅仅和喜欢男人的男人交往。他们只喜欢两三个和他同样高雅有教养的人开开玩笑，觉得他们才是同一类人。有时，当他们单独在一起的时候，一个共同认可意味深长的词句、一个规定好的手势在故意做出的嘲弄动作中无意之间透露出来，但这也都是出自无意中的和衷共济要求与内心深处的快慰。他们这些人在咖啡馆里最怕被留胡子的教士看到，这一类人只愿和他们的同类人交往，因为他们担心会被人看不起，也就是说只愿和也有他那种恶习的下层公务员这些人交往，这些人惟恐受到惩罚，不打好黑领带是不敢出门的，他们常常以一种冷漠态度盯着看那些漂亮的青年，可是对这些青年他们又无法断定是不是他们的同类，因为，认为自己所欲求的对象获取到手易如反掌，那么对其所期求的对象也不能信以为真。这些人中有的人出于羞耻之心对一个年轻人的问候不敢作出回应，只是结结巴巴含糊其词，很没有礼貌，就像外省少女以为微笑和伸出手去握手都是不道德行为一样。可是一个年轻男人的友好表示却能在他们心里播下那永恒的爱情种子，因为一次微笑包含的好意可以使希望之花盛开，继之他们意识到自己是那么有罪那么可耻以致不能设想那就是作为同谋共犯的证据的殷勤体贴。十年过去了，未被怀疑的美丽年轻人和留胡子的教士他们又见面了，互相又认出来了，因为他们共同的秘密思想在他们身上发出那样的光晕是不会认不出的，人们在其中一定能认出那梦寐以求的美少年；他们身上那种治不好的疾病内在的发展扭曲了他们行走时的步态；在小巷深处与他们相遇，只见他们女人似的髋部摆出好斗的姿态，粗鲁地提防着想象中对自己的鄙视，装出一种无精打采的样子用来掩饰——并且加重了——因找不到目标而出现的极度烦躁激动，他们假装不去注意那个目标，只是慢慢地靠近他，他看到的必是中学生的制服或军人的一头长发；他们彼此都是一样，都带着好奇的目光，装出漠不关心的样子，像间谍那样在兵营四周转来转去。他们在咖啡馆彼此互不相认，一见到他们族类中的败类就匆匆避去，这就是那个戴手镯的小帮口，这些人在公共场所不怕当众搂抱一个男人，不停地将起衣袖让人看他们手腕上戴着的一串珍珠，他们百般挑逗装模作样，然后扬长而去，简直像一团令人无法忍受的臭气，他们的眼波又是挑逗又是狂暴不停地逼着青年人看，还用女性化的笑声和暧昧的、恶狠狠的手势向着教士和漂亮男人指指点点，咖啡馆的伙计对此十分恼怒，不过还是豁达的，他有生活经验，尽管心里有气可还是彬彬有礼，很好地服侍他们，心里想是不是需要去叫警察，可是小费还是照收不误。

对某种不正常的乐趣出现强烈欲望有时在一个正常人身上也可能发生，这就是渴望把有着像孟加拉玫瑰那样的乳房的女人肉体紧紧抱在怀中，还有其他更为神秘的特殊嗜欲也会经常来骚扰。后来，他看中一位出身高贵的女子，就和她结婚了，他的欲望专注于这个女子长达十五年之久，就像一泓深水被限制在蓝蓝的游泳池里一样。这就像是一个长期患消化不良症的病人只许喝一些牛奶，现在竟可以天天都到英国咖啡馆去午餐、晚餐，又像是一个懒汉变成了勤劳的工作者，酒鬼戒了酒，他真是高兴极了。后来夫人去世，治那种病用什么药他知道，旧病复发也无需发愁。后来，他渐渐又变得和他们所憎恶的那一类人一样了。他的地位处境对他倒是有些防护作用。他常常在去俱乐部途中，在贡多塞中学①门前停下来逗留不去，然后自我安慰一番，心想德·巴马公爵和热那亚大公也是乘他的船去 C……的，法国没有一位贵人具备像他这样的地位和气派，也许英格兰国王因此而光临，并与他共进午餐。

---

① 巴黎贵族子弟集中的一所中学。普鲁斯特本人也曾在此就读。

一四 人的名姓

　　如果把习惯束缚人的绷带一层层小心地解开，盖尔芒特这个姓氏让它恢复原有的鲜洁光新，重新再看一看，我的梦就会给它附上一层色彩，对比之下，我所认识的德·盖尔芒特夫人，她的姓名就以我对她的认知所形成的意象呈现在我面前，就是说，我对她的认识摧毁了她原有的形象，蓬塔韦讷①当然不是以它的名称的音色引起的想象作为构件建造而成，同样，德·盖尔芒特夫人也不是由我读出她的名字、眼中看到的色彩和耳朵听到的传说这种材料所构成。她过去就已经是她今天这样一个人，可是她的名字却使我既看到她的今天，同时也看到十三世纪时的她，我看见她住在一座府邸之中，就像是在大玻璃橱里一样，同时我又看到她生活在幽僻古堡塔楼上，塔楼上只能看到夕阳最后余晖，由于她所处的地位不允许她和任何人交谈。在巴黎，在她那布满玻璃窗的大公馆里，我想她一定常常和十三世纪的人交谈，同时也和我们现在的人对话，这些人都各有自己孤寂的城堡，这样也就不可能和别人进行对话闲谈了。这些神秘的贵族一定有他们自己的我不曾听到说起的姓名，贵族阶层最著名的姓氏如拉罗什富科、拉特雷穆瓦勒，现在已成为普通街道的名称、建筑物的名称，这些姓氏我觉得是太平民化了，因此成为普通名词的姓氏也就多得不可数计。

盖尔芒特这个姓氏各个分支几乎成为贵族社会难得一见的稀有之物，在贵族社会中不同的地方还可以看到他们。有如某种极罕见的含黄金物质矿脉其中孕育着一块碧玉。这种矿物有着像马鬃那么微细的金黄线纹纠结在矿石之中，就像乱发夹缠在人造玛瑙梳子上一样，人们顺着矿石内部纹路能把它辨析出来。我的生活也一样，在生活的外表或深层之中，有许多地方也曾被他们发光的细线照耀穿透或者触及。我的老保姆曾经给我唱过许多歌谣，其中有一首《德·盖尔芒特夫人赞》我确实已经记不起，忘记了，我的母亲倒还记得。一年一年过去，盖尔芒特家的人出于偶然，或在我生活崎岖道路上在这一方面或另一方面又行出现，就像在火车上常常一时在左侧一时在右侧总是看到那座古堡一样。

正是因为这个缘故，在我生活这些特有的转折点上，我有机会和他们相遇，只是遇到他们的方式各有不同，所以，在所有这些各不相同的场下，我也许一直没有想到盖尔芒特家族，只有一次，我的外婆介绍我认识一位老夫人，想到有必要先去她的住处问候表示敬意，并且让我和德·坎佩尔莱小姐同去，也可能是德·坎佩尔莱小姐想到这件事亦未可知，等等。我认识盖尔芒特家族的人是机遇所致，都是出于

---

① Pont-Aven，法国菲尼斯太尔省坎佩尔附近城市。

偶然，他们每一个人都是实实在在在亲自和我相见，我也是亲眼所见亲耳所闻面对着他们本体原形，包括那位老夫人带酒糟鼻子的脸色，还有她说"晚饭前来见我"这样一句话，与这样一个神秘的家族接触一次，还不可能获得较深的印象，这就好比血管里流着神与兽的血液的族类，古人也可能辨认不清。就因为这个原因，每当我想到那一切，大概总能给我们的生活带来某种极富有诗意的东西，不知有多少次只要遇到这样的机缘在不同的场合就能使我的生活真正接近我童年时心驰神往的那种境界。有一次在凯尔克维尔，我们谈到德·圣艾蒂安纳小姐，蒙塔尔纪告诉我说："啊！这是一位真正盖尔芒特家族的小姐，和我的姨母塞普蒂米一样，都是萨克森①出身，都是萨克森小瓷人儿。"这话一经进入我的耳中，那形象就永远不会消失，结果是我感到人家对我说的那些话必须认真看待，甚至弄到比那种发傻的天真有过之而无不及。从这一天开始，我总是不停地想着德·圣艾蒂安纳小姐的姐妹和塞普蒂米姨母，她们就像是陈列在玻璃橱里的萨克森瓷人儿一样，玻璃橱里摆的都是珍奇物品，而且每当人们谈到盖尔芒特家在巴黎或在普瓦提埃的一处府邸，我总觉得那无异是一块巨大易碎、纯净无比的矩形水晶坐落在许多房屋的中间，就像在鳞次栉比的瓦顶之间矗立起一座哥特式尖塔，德·盖尔芒特家族的贵妇们就生活在那些玻璃门窗内部，任何人都无权潜行接近，就是说，不属这个世界的人

---

① Saxe, 在今德国东部, 历史上属萨克森王国统治地区, 所产瓷器十分著名。

都不得接近，她们就像是萨克森小瓷人儿一样在那里闪耀着柔美的光彩。

　　我见到德·盖尔芒特夫人的时候，我看她面颊丰满，穿着套装，在我的想象中她本来应该像萨克森的雕像一样，我感到有点失望，就像看到圣马可教堂正面我也感到失望一样，因为圣马可教堂本应像罗斯金说的那样，上面点缀有珍珠、蓝宝石、红宝石。还有，我想象他家那座公馆应该是一座大玻璃房子，实际看到的虽然也有一些相像，但事实上不过是那么一个起保护作用的巨型包装罢了。她居住的地方本应与众不同，是不许人进去的，就像水晶玻璃板不许用脚践踏一样。现实中的盖尔芒特家，尽管与我梦想中的情景不相一致，但是，只要你承认他们是人，是男人和女人，他们就也有他们的特殊方面。究竟是怎样一个神话式的家族，一位女神的后裔，一个飞鸟的后代，我不知道，不过可以肯定，盖尔芒特家族确实就是这样。

　　盖尔芒特家族的人身材高大，可惜一般都不够谐调匀称，好像为形成一种均衡状态，一种理想的和谐线条，就像两肩伸开拉提琴需要进行不懈的锻炼，所以他们的颈部都长得过长，人显得像是陷入两个肩膀中间，他们脸上两撇眉毛也高低不等，好像有谁齐着一侧耳部去拥抱他，他们的腿往往也是一长一短，这是因为打猎受过伤，他们总是不停地站起来，扭动着，总是让人看他们的侧面，身体也不是挺直的，手抓着单片眼镜举到眉棱上，还用他们的右手去扭动左腿膝部。

　　他们都是鹰钩鼻子，显得十分触目，至少所有保持家庭特征的人都是如此（与犹太人那种鹰钩鼻没有任何关系），而且鼻子长得比较长，在生来很美的女性方面也是如此，德·盖尔芒特夫人尤其显著，这就像是第一次遇到不愉快的事深深印入记忆之中不会忘记一样，又像那种酸性物质蚀刻留下深痕不会消失；在这样的尖鼻子下面，是两片薄薄的嘴唇，嘴也显得干枯，说话声音沙哑刺耳，像是鸟叫，有点尖刻，可是听起来又令人入迷。眼睛是一种深蓝色，远远看去闪闪有光，总是死盯着你看，冷酷无情的样子，好像一块不会磨损的蓝宝石锋刃强压在你身上，那神态与其说是强制不如说是幽深，说是企图控制你，不如说是探察你搜索你。这个家族中比较愚笨的人是母系遗传所致，这种心理状态通过教育有可能得到改善，对于这种心理状态本是不可抵制的，它还有一种支配人的心理要求，不过他们的愚蠢或他们的弱点往往又使上述那种心理状态带有几分喜剧性，如果说那种眼神不是带有一种不可言喻的美的话。盖尔芒特家族的人头发一般都是接近橙红色的金发，不过也有不同，是一种特殊的类型，是一种金丝掺有一半真丝那样的发丝一半猫皮那样的绒毛。他们的肤色在十世纪已经声名远扬，是一种浅红带淡紫的色调，某类仙客来花那种淡淡的紫红色；而且在左眼下近鼻梁处常有一个干巴巴的小痣，一律都长在那个部位，人累了、不舒服了，小痣有时也会胀大起来。这个家族某些分支由于姑表之间婚嫁，那个痣变得发暗变紫。盖尔芒特家族有些人很少到巴黎来，他们和所有盖尔芒特家族的人一样，在紫斑面颊和紫水晶似的颧骨中间，都翘着一个鸟嘴似的鼻子，走起路来一扭一扭的，很像饰有紫色羽毛神气活现的天鹅，恶狠狠地在鸢尾丛或天芥菜丛中东窜西窜啄来啄去。

　　盖尔芒特家族的人很有上流社会那种风度，这种风度与其说反映着惟国王马首是瞻那种贵族自主精神，不如说是虚荣，认为其他贵族人士固然同样身份高贵，而他们却是出类拔萃的，而且在谈吐中就有表现。比如别人彼此谈话喜欢说"德·夏特勒公爵夫人家我是去过的"，盖尔芒特家的人却对仆人这样说："去把夏特勒公爵夫人的马车叫来。"①总之，他们的精神状态包括有两方面的特征。从道义的观点看，他们认为人的良好天性至关重要。从德·韦尔巴黎齐夫人到盖尔芒特家族最小的一辈，他们谈到曾经有一次给他们驾车的车夫都异口同声用这种语调说："我觉得这人天性善良，品格正、素质好。"不过盖尔芒特家族的人，和人类任何家族一样，也有讨厌的人、说谎的人、窃贼、凶残的人、放荡的人、伪造者、杀人犯，但也无妨，——这些人与其他的人相比其实更富有魅力，显然也更加聪明，更可爱，在体态上，连同那种窥伺看人的蓝眼睛，像尖利蓝宝石那种眼神，他们和其他同族人一样，都有这种共同特征，这就是

---

① 此处夏特勒公爵夫人为 la duchesse de Chartres，前面一句是 Mme la duchesse de Chartres，口气显得更为尊敬。

说，他们的根基一经显示于外，不变的本质呈现，本性和盘托出，就会说出这样的话来："我觉得他天性善良，品格是正派的，心地好，都有了！"

盖尔芒特家族精神状态上这两种特征确实很不一般。作为知识分子，他们在盖尔芒特家族中都是富于才智的人，就是说，他们自信是这样，在观念上，总认为自己是超群的，家族对这些人也很是洋洋自得。在这样的特征中，还有一条，即深信才智以及善良、虔诚都是属于外在方面的东西，属于知性。一本书讲到某些已知的事物，他们认为无足取。"这位作者只能对我们讲讲农村生活、某些城堡。可是人们都在农村生活过，对这一切是清楚的。我们偏爱的是那些能告诉我一些别的什么的书。人生短促，不值得浪费时间去读那本《场边榆树》①，阿纳托尔·法朗士在这本书里讲的是外省的事情，可是我们知道得比他清楚得多。"

盖尔芒特家族这种非一般可比的特征，是现实生活作为报偿给予我的一种乐趣，我一经认识盖尔芒特家族的人，这种古怪特性我就不觉其怪，因此也就不成其为独特，而且相反，这种古怪特性反而赋予他们一种诗意，就像他们的姓氏一样，变得金光灿灿的，他们因此也就成了传奇式的人物，变得扑朔迷离有如神灯放出的光，就像他们的城堡一样似乎可望而不可即，成了一座光亮透明的巨宅的一个玻璃房间，

---

① *L'orme du mail*（一八九六），是阿纳托尔·法朗士（Anatole France, 1844—1924）四卷小说《现代史话》第一卷。

五色缤纷射人眼目，他们就像是一个个萨克森瓷制的雕像那样。不知有多少贵族姓氏因为冠以城堡名称于是就散发出这种神奇的魔力，有些铁路车站的名称，在阅读铁路旅行指南时也会使人为之心驰神往，让你梦想在某个车站下车，而那时正当盛夏，日午将尽，北方千金榆树篱笆已经变得萧索幽僻，车站就隐没在两排千金榆树篱之间，树木在潮湿和冷风中现出一派橙黄色调，有些地方的初冬景象就像这样，这些车站的名称于是也有着那种吸引人的魅力。

贵族人家似乎都居住在特殊地域的某一个角落，他们的姓氏永远都是某一个地方的地名，或者是他们的城堡的名号（有时两者同一），给人的直接印象涉及府邸的所在地，兼有旅行的意念在内，并令人浮想联翩，贵族世家至今仍保有巨大魅力原因就在这里。每一个贵族姓氏，在这个姓氏音节的富于色彩的空间都有一座古堡，在冬日一个可喜的黄昏，经过一天跋涉，来到这里的古堡，那是令人愉快的，环绕城堡的池水也带有诗意，还有它的教堂，教堂也以城堡名称为名，在教堂嵌着纹章的圆玻璃窗内，在墓碑上，在祖先彩绘的雕像脚下，还摆设着各种兵器。你对我说：这个家族居住在他们离贝叶①不远的城堡已有两个世纪之久，城堡给人的印象是寒冬午后被强烈海浪泡沫冲击着，封锁在迷雾之中，

---

① Bayeux，在法国北部濒临英吉利海峡的卡尔瓦多斯省沿海处，属诺曼底地区。

而城堡内部却满覆壁毯和花边，城堡的名号其实与普罗旺斯地区也十分相像。尽管是这样，也无碍于我们所想的是诺曼底，就像有许多树木来自印度和开普敦，引进我国后长得很好，以致这些树木的花叶在我们印象中既不会认为它们不是外来品种，又觉它们也是本国所产。如果一个意大利家族姓氏在诺曼底一处谷地傲然挺立有三百年，如果从那个地方下来，土地逐渐倾斜下降，那么，就能看到一座古堡红色片岩和灰色岩石砌成建筑的正面，与矗立在圣皮埃尔-絮尔-迪弗教堂红色钟楼在同一高度上，古堡确实是诺曼底的古堡，就像苹果树……是从开普敦……[1]如果说，来自普罗旺斯的家族在法莱兹[2]城内大广场上一角有自己的一处公馆已经有两百年时间，客人们前来参加晚间聚会，十点钟离去会吵醒法莱兹城中布尔乔亚居民，在夜间听到他们脚步声一直到城中主塔楼，就像巴尔贝·多尔维利在小说中所描写的那样，他们的公馆屋顶在教堂两座尖塔中间还可以看到，屋顶在两塔之间很像诺曼底海滩两个空螺壳、两只寄居蟹纽带拉紧的浅红色小塔形螺壳中间放着的一块卵石，而客人提前来到距晚餐时间还早，可以不到大客厅，大客厅里摆满珍奇的中国器物摆设，这是诺曼底航海者兴起远东贸易时代带回来的，还可以和居住在库汤斯与冈城[3]一带、从蒂里-阿尔库尔[4]到法

---

① 法洛瓦注：手稿此处空缺不全。
② Falaise，也在卡尔瓦多斯省。
③ 库汤斯在芒什省与冈城相去不远。冈城是卡尔瓦多斯省省府。卡尔瓦多斯省与芒什省比邻，濒临英吉利海峡。
④ Thury-Harcourt，九世纪以来诺曼底著名大世族所在地。

莱兹一带各不相同的贵族人家成员一起到花园去散步，花园建在坡地上，沿着本城防御堡垒建筑一直通到一条湍急的河流，人们在这里等待晚餐还有时间可以钓鱼，而且就在自己的领地之内，巴尔扎克在一篇小说中曾经写到这样的情景，所以，这个贵族世家是否从普罗旺斯迁来安顿于此，它的姓氏是否属于普罗旺斯，那又有什么关系呢？他已经是诺曼底人了，就像美丽的红绣球花从翁弗勒①到瓦洛涅②、从蓬莱韦克③到圣瓦④到处可见，就像是外地带来的美容用品一样，美化了田野，给它加上了个性，给诺曼底领主的庄园染上了悦人的色彩，这就像从北京带回来的中国彩陶一样，既古老又新奇颖异，大概是雅克·卡蒂埃⑤带回法国的吧。

另一些人家的城堡，深深隐没在森林中，要到他们那里去，需要走很长一段路程。在中世纪，在他们周围，不是听到号角声，就是听到猎犬的吠叫。在今天，一位旅人在傍晚去拜访他们，听到的是汽车喇叭声，汽车喇叭声已经代替了号角和狗叫的声音，和这种声音一样，与这里潮湿多雨的气氛十分谐调。这声音在树叶下面穿行流动，接着又和正门迎客平台上花坛中玫瑰芳香交相渗透，汽车喇叭声和号角、犬吠声一样有着浓郁的人间情味，汽车喇叭声告知楼上窗前城

---

① Honfleur，在卡尔瓦多斯省。
② Valognes，在芒什省，近瑟堡。
③ Pont-L'Evêque，在卡尔瓦多斯省。
④ Saint-Vaast，全称圣·瓦·拉·乌格，为芒什省瑟堡附近一海港。
⑤ Jacques Cartier（1494—1554），法国航海家，曾到过加拿大，似不曾来到中国。

堡女主人今晚她不会独自一人用餐，餐后她还要给伯爵奏琴。只要对我讲到普洛埃尔梅尔[①]附近那座雄伟的哥特式古堡，我就会想到那里隐修院院长的回廊和林阴通道，在那里人们是从染料木和玫瑰丛中走过去的，这些花木都生长在隐修院院长的墓地上，他们长期生活在那里的回廊之下，自八世纪以来，他们看到的就是那一带的山谷，那时，查理曼大帝已不在人世，夏特勒大教堂[②]的塔楼、韦泽莱[③]山岗上俯临深而多鱼的库赞河的修道院还没有建成，如果说那个时代诗的语言不免过于精确，用词过于冗长呆滞，表现出来的都是熟知的形象，以致未能扰动这神秘的水流：即"名词"，这先于知觉之物，使之活活流动的流水，与我们今天所认知的东西已没有任何相似之处，有时就像是在我们的梦中，真的，有一个人，在大门前石阶上拉动门铃，看到仆人出现，他戚戚然又跃跃欲试，弯弯的鼻子，发出嘎哑的异常的叫声，让人想到此人也许是池塘上天鹅的化身，有人给他把身上的水擦干，另一方面在那涂满泥水的脸上，十分惊恐的眼睛，人们还以为是一只机警、发僵的鼹鼠呢，于是我们在宽阔的门厅找到和所有地方都一样的衣帽架，同样的大衣外套，在这个与其他地方没有什么不同的客厅里也放着同样的《巴黎评论》和《滑稽》杂志，以致这里的一切都让人感到和十三世纪一样，主人颖透多智，尤其富于情识才

---

① Ploërmel，在莫尔比昂省，属诺曼底地区，遍布森林，多古迹。
② 十二世纪建成的宏伟哥特式大教堂。
③ Vézelay，在荣纳省，古迹众多。

思，谈论起来无不是有关这个时代富于思想情趣的事物（也许他们未必是有才智的人，也许他们的言谈仅仅涉及地方上的事情，譬如他们谈的是这一类描述，其中多是具体确切形象化而不是抽象的说明，听来仍然是发人深思的）。

外国的贵族阶级，情况也是这样。德国领主的某一姓氏往往就像某种内蕴的芳香含有诗情的灵风徐徐吹拂暗暗透出，可是前几个音阶中那种市民式的仿效复制，可能让人想到德国古老市场上一家小食品杂货店里吃到的那种着色的糖果，至于后面的音阶发出多彩的音调让对面古老哥特式教堂阿尔德格雷伏①彩绘玻璃窗也为之黯然失色。另一个姓氏，发源于古老的瓦尔特堡脚下黑森林中一条河流的名称②，这条河流以其名称穿越所有有守护地下金银财宝的地精经常出没的山谷，沿途满布古老领主统治的城堡，这里就是后来路德沉思默想的地方；所有这一切都为领主所拥有，也是他的姓氏的出处。不过，我在昨天还和他在一起吃晚饭，他的面目已变为今天的模样，他身上穿的服装是当今的服装；他的言谈和他的思想也是今天的言语和思想。因为精神在今天已达到一个新的高度和广度，如果有人和他谈起贵族阶级或者谈到瓦尔特堡，他就说："啊！在今天，国王是没有了。"

---

① Heinrich Aldgrever（1502—1558），德国雕刻家、画家。
② 瓦尔特堡，德国东部埃森纳赫附近十一世纪建成的古城堡，一五二一年路德曾隐居于此。而黑森林在德国西部巴登-符腾堡州，两地相距甚远，未见有一条河流贯通其间。疑误。

国王确实已不复存在。但在想象的意义上，他还可能存在，只有在今天，那遥远的过去已把许多姓氏人名注满在梦中（克莱蒙-托内尔，拉图尔，以及 P……德·C·T 公爵等等）。有一位公爵夫人，她的建于十三世纪的古堡在苏格兰，古堡的名称在莎士比亚和瓦尔特·司各特的作品中都可以找到。在她的领地上，有一处令人惊叹的修道院，透纳[1]曾多次画过，她的祖先的坟墓顺序排列在大教堂之内，大教堂已成废墟，在毁弃的拱形建筑砖石之间成了牛群出入之地，还长出了树莓正在开花，这一切都给我们留下了深深的印象，让我们想到这里仍然存在着一座大教堂，因为我们不能不以此赋予某些事物一种内在的观念，否则这些事物将不是这些事物而成为另一番景象，如教堂大殿中的铺石地面，现在就不得不叫它草地，这祭坛人口处也不得不说它是这里的一片树丛了。这座大教堂是她先祖修建的，至今仍然归属于她，是在她的土地上，这神奇湍急的流水，两侧屋顶下一派清新鲜洁的气氛，难测的神秘，邈远的平原，沉落的太阳，在两处果树园围住圈出像日晷那样一片蓝天上，向下倾斜照射过来的光线就照在果树园上方，这是午后为时尚早令人欣喜欢快的时刻，远处是层层叠叠的城市一览无遗，垂钓的人多么幸福，这一切我们在透纳的画上都见到过，我曾经走遍这个地方，到处寻求那种美，那自然的魅力，生活的幸福，时间与地点呈现出非凡的美，我在领会它们的存在，但是我竟没

---

① Joseph Mallord William Turner（1775—1851），英国画家。

有想到透纳——以及透纳之后的斯蒂文森①——他们的做法仅仅是让某一选定的地点以其自身在我们面前显示出它的特性和令人神往的特点，同样，对其他任何地点，他们的智力也能让它带有令人神往的美和独特性。公爵夫人邀请我和马塞尔·普雷沃一起前去参加晚宴，梅尔芭②也要去演唱，不过，还要横渡海峡，那我就不去了。

即使她邀请我前去参加中世纪领主的聚会，我也会感到失望，因为一个姓氏，也就是说，一个不可知的古瓷壶，其中究竟可能容有什么未知的诗情，这种诗情与我们经验中的事物，与词语与已知事物相对应的事物，在这两者之间，不可能有同一性。我们与我们只知其名的事物相遇合会引起失望，那是不可避免的，例如与一位具有历史性领土名称的持有者相遇，或者在旅途中与他相遇，据此，人们可以得出这样的结论，即意想中的那种魅力与现实并不相符，这恰恰就是公认的那种诗情之所在。对此我不仅认为事实并非如此，我还要按照一般现实主义观点证实相反的情况，因为这种心理现实主义，这种对我们的梦幻的准确描绘所要求的是另一种现实主义，这种现实主义是以现实为对象，而这种现实比之于其他现实更有生命力，永远复现在我们心中，它可以离开我们曾经亲自看过的地方在任何其他地方再度出现，使我

---

① Robert Louis Balfour Stevenson（1850—1894），苏格兰诗人、小说家、散文家。
② Nelly Melba（1861—1931），澳大利亚著名歌唱家，曾在巴黎歌剧院演出。

们曾经亲见并有所忘却的地方重现原貌，我们见过并已忘却的地方对我们来说已转化成为一些"名词"了，既然这种现实在我们梦想中萦绕不去，在梦中它就赋予我们童年所见到的地方、教堂、我们梦中出现的古堡以等同于"名词"的"自然"外观，这种外观是我们清醒时无法重行找到、由想象和志欲所形成的，或者是发生在这样的时刻，我们发现并意识到它，可是我们已恍惚进入睡梦之中；这种现实引起欣悦之情极大地超过那种让我们感到烦厌、失望的另一种现实，所以它是行为的本原，永远促使旅人继续前进，这位怀有热烈爱心的人愈是失望就愈是精神百倍地继续向前，永远都是如此；因为这是我们所能看到的仅有的篇章，给我留下难忘的印象，这就是天才为我们留下的印迹。

不仅贵族阶层人士以他们的姓氏使我们魂牵梦绕，而且有不少数量的家庭，父辈的姓名、祖辈的名姓等等，同样也是美好的名姓，以致任何毫无诗意的成分都无法在富有色彩的姓名强固的嫁接中加以阻断，而且这些姓名清明通透（因为任何卑劣的成分都不可能介入其中），可以让我们从这一枝芽一直上溯到描绘在彩色水晶上的芽孢，直至大教堂彩绘玻璃窗上的耶西之树①。许多人以其姓氏之纯正深深根植在我们的思想中，他们的姓氏引起人们无限遐想。左侧是一株

---

① 据《圣经·撒母耳记》上卷，耶西为大卫之父。教堂彩绘大玻璃窗上常见嵌镶成一株大树的图形表示从耶西到耶稣神圣家族的族系。

红花石竹，大树向上生长，右侧是多花蔷薇，大树继续生长，左侧又是一株百合，枝干继续生长，右侧是蓝花黑种草，他的父亲娶了蒙莫朗西家族的姑娘，是法国玫瑰，他的父亲的母亲是蒙莫朗西–卢森堡家族的姑娘，是杂色石竹花，重瓣玫瑰，而她的父亲曾经娶舒瓦瑟尔家族姑娘为妻，是蓝色黑种草，后来又娶了夏罗斯特家族的女子，这是红石竹花。有时一个地方性的或来源古老的姓氏，就像珍奇罕见的花卉一样，只有在凡·赫伊絮姆的画幅中才能看到，因此色调不免显得有些阴暗，那是因为我们很少看到的缘故。但是，我们观赏玩味教堂其他彩绘玻璃窗上嵌镶出满树繁花的耶西之树时，在这彩绘大玻璃窗的两侧，描述的则是人物行传，这些人物最初本来也是黑种草与百合花。正因为是出自古代历史，而且是画在玻璃上的，所以一切都显得那么和谐完美。"符腾堡大公，他的母亲出身于玛丽·德·法兰西家族[①]，而她的母亲却出生在双西西里王国[②]。"他的母亲不就是路易–菲力浦与玛丽–阿梅莉[③]的女儿，后来嫁给符腾堡大公的吗？还有，右侧那扇小小的彩绘玻璃窗，记得我们也是看到的。上面画着公主穿着游园时穿的衣裙前去参加她的长

① Marie de France，十二世纪后半叶大世族，同时她又是法国第一位女诗人，有诗作传世。
② 前称那不勒斯王国，包括意大利半岛南部及西西里岛。十一世纪时与法国诺曼底人、日耳曼人多有纷争，同时又相互联姻。
③ 即玛丽–阿梅莉·德·波旁（Marie-Amélie de Bourbon，1782—1866），法国王后，双西西里王国王费迪南四世之女，一八〇九年嫁奥尔良公爵，即路易–菲力浦，一八三〇至一八四八年七月王朝时期的法国国王。

兄奥尔良公爵的婚礼，她亲眼看到叙拉古①国王派来向她求婚的专使被赶走了，为此她参加婚礼表示她心情恶劣、愤愤不平。后来来了一位风流俊美的青年，符腾堡公爵，亲自前来向她求婚，她终于幸福地与他相随而去，她在门前含笑与泪流满面的父母告别，而在背景深处是侍从们站在那里对此有着严厉的判断；不久，她感到不适，又回到故乡，生下一个男孩（正是这位符腾堡公爵，黄金盏花，让我们沿着耶西之树延伸看到他的母亲，白玫瑰，由此一跃跳到左侧的彩绘玻璃窗上），甚至连她丈夫仅有的名叫"奇幻"的城堡她也没有看到，促使她决定嫁给他正是因为"奇幻"这样的名目。紧接着，在彩绘玻璃窗的下部，画的是四项事迹，即可怜的公主在意大利将要死去，她的弟弟内穆尔前来守护在她身旁，这时法兰西王后下令调遣舰队前去护卫她的女儿，这些我们都未及细看，我们注意看的是"奇幻"城堡，这就是她的女儿安顿她的放荡生活的地方，在与之相近富有奇思异想的彩绘玻璃窗上，是在"奇幻"城堡，我们看到另一位王子，也是一个怪人，因为地点就和家族一样也有它们的历史，这位王子有一段奇特的爱情故事，年纪很轻就死去了，这就是巴伐利亚的路易二世；事实上，在第一面彩绘玻璃窗的下部，我们已经看到但没有注意上面还有关于法兰西王后的几个字："城堡位置在巴朗附近"，必须再看一看耶西之树，符腾堡大公是黄金盏花，是路易丝·德·法兰西生下的

---

① Syracuse，即今意大利西西里岛的锡腊库扎。

儿子，路易丝·德·法兰西是蓝花黑种草。怎么！他还活在人世，她的儿子，她竟认不出了？她曾经问过她的兄弟，问她的近况如何，他对她说："病得不太重，不过医生对此十分不安。"她回答说："内穆尔，我理解你。"自此以后，她的态度有了变化，对所有的人都变得和蔼亲切，但她不愿再见她的孩子，惟恐她的眼泪会把真情泄露。怎么！这个孩子还活着，符腾堡王储，他还活着？他也许生来与她相像，也许从她那里继承了对绘画、梦想、奇思异想的趣味偏好，她以为那一切都能很好地保留在她的"奇幻"城堡之中。由于我们对路易丝·德·法兰西的儿子有所了解，因此她在彩绘玻璃窗上呈现的面貌就赋有一种新的含义。因为这些贵族的美好的姓氏，或是像一座大森林，既无历史而又阴暗隐约，或是带有历史意义，永远有着我们熟知的母亲的目光闪耀在儿子的面容之上。一个在人世生活的儿子的面容，就是已逝去的崇高的母亲呈示她的信仰的圣体显供台，而面容形之于外的一切好比是对这神圣的记忆的亵渎。因为，恰恰是这样的面容，祈求着的眼睛正在向它倾诉诀别之情，告诉他时刻都不要忘记。因为他的鼻子正是以他母亲的鼻子的秀美曲线生成的，他恰恰也是以他母亲的微笑来激起少女们的纵情放荡，以他母亲的眉眼动作形成最柔媚的目光来说谎骗人，因为这种平静的表情正是他母亲用来讲述与他不相关的事情的，也就是说讲述所有不属于他的事情，现在他也用这种神态表情来讲述她，以一种漠不相关的冷漠方式讲述"我的可怜的母亲"。

排列在这些彩绘大玻璃窗两旁的是许多附属彩绘玻璃窗，我在上面意外地发现一个在当时名不见经传的姓氏，这就是救过亲王的卫队队长的姓名，还有船主的姓名，是他把船驶向大海供公主出逃，姓氏是属于贵族的姓氏，但声名不显，后来才为人所知，就像地上砖石空隙中长出的花朵，这个姓氏也是在悲剧性境遇的夹缝中诞生的，这样的姓氏因此一直映现着忠诚的光彩，使这个姓氏至今仍享有盛誉，有着迷人的力量。这些姓氏我总觉得它们有感人的一面，这些高贵的姓氏，我真想深入到这类回忆光照下的古代的灵魂之中，这种灵光借助所有的事物体现为荒诞、形变的幻象，幻象也是悲剧性光芒闪现投射于诸种事物才形成的。我记得我曾经嘲笑这样一位头发花白的人，他不许他的孩子和犹太人谈话，须在餐前祈祷，多么守礼遵法，又是何等的吝啬，是多么可笑，和平民百姓又是多么不相协调。可是，对我来说，他的姓氏现在竟使他一变而神采奕奕了，我再见到他的时候，正好是在一艘船上，德·贝里公爵夫人说出他父亲的姓氏，我们看见激越的生命发出的光辉在公爵夫人扶着他准备扬帆远去的那一刻，竟将河水也映红了，这就是那种灵光，火炬燃烧放射出来的光芒，也是排除推理的那种忠诚的光辉，这就是教堂彩绘大玻璃窗上呈现出来的灵魂。也许这就是我在这些名姓之下发现的与我如此相异的某种事物，甚至这几乎当真就是那种与"名"完全同一的物质。大自然多么喜欢戏弄人！你看，我认识一个青年，极其聪慧，必将是一个伟大的人物，他在今天不仅接触、理解而且超越甚至更新了社会主义、尼采主义，等等。我知道，他就是我在旅馆餐厅里见到的那个人的公子，旅馆餐厅英国式装饰十分简朴，就像《圣乌尔苏拉之梦》①中的房间一样，或者像前述彩绘玻璃窗上所画王后在她动身出海之前接待前来请求她速速逃走的使节所在的那个房间，就在这个地方，对我来说，悲剧性的光芒映出她的侧影，无异是从她思想内在深处肯定是为她已把人世都照得通透明亮了。

---

① 威尼斯画派画家卡尔帕乔（Vittore Carpaccio，约 1460—1526）代表作。

一五 重返盖尔芒特

　　他们已不再是一个姓氏了；他们带给我们的必然少于我们过去梦想他们时所见所得的一切，这是无可避免的。少吗？也许是更多。一座建筑物的情况也和一个人一样。它之于我们，必须借助某一标志才真正能为我们所拥有，可是标志往往又从人们提供给我们的描述中消失不见了。这就像他笑的时候脸上出现的皱纹，嘴、大鼻子表现出来的那种呆相，或者像谁告诉我们的一位名人，看到他那塌陷的双肩初见之下不禁为之一惊，同样，我们第一次看到威尼斯圣马可大教堂也有这样的感觉，只觉这座建筑物又低又矮，四周还竖着一些节日张挂旗帜用的旗杆，简直像是展览馆，还有朱米埃热[①]大教堂的大塔楼，竟矗立在鲁昂附近一处小田庄守门人的庭院里，圣旺德里尔修道院[②]珍藏一部洛可可式精装本罗曼语祈祷书，居然和拉摩[③]歌剧一幕古戏那种风雅外表相差无几。事物总不如我们梦想中那么美，与我们那些抽象概念相比，事物是更为独特，是有特殊性的。我从盖尔芒特寄给你的明信片你非常喜欢你还记得吗？后来你总是问我："讲讲你在那里的那些开心事。"[④]但是小孩一向不愿在爸爸妈妈面前表现出很开心的样子，因为怕爸爸妈妈因此而不再怜爱他们。

我可以肯定地告诉你： 小孩也不愿意表露他们的痛苦，因为担心他们父母又会对他们爱怜过甚。所以关于盖尔芒特的事我没有告诉你。你问这是为什么，因为，我看到的一切你总希望我都喜欢，都叫我高兴，可是我看到的又总是让我失望，不过盖尔芒特也不全是这样。是的，我在盖尔芒特想找的东西并没有找到。我找到的是别的东西。那就是盖尔芒特的美，那就是： 已经逝去、已经不存的多少世纪在那里仿佛还在，因为，在那里，时间凝聚在空间形式上分明可见。当人们从左侧走进那里的教堂，可以看到那里有三四座与其他尖形拱顶不同的圆形拱顶，只是这种圆形拱顶后来在修建时把它砌入墙内嵌在石壁中不见了。在十一世纪，宽腰圆背的人还可以从那种拱门中间悄悄穿行过去，所以后来就把门砌死，到了十三世纪和十五世纪，再回过头去面对十一世纪，不免让人感到奇怪，因此又把那种粗犷的大家伙嵌入墙内藏起来了，后来，那个地方就像现在这样对着我们显得好像是在笑面相迎。不过十一世纪那种圆形拱门还是躲到教堂阴暗地下室以低矮的形态又自由地出现了，就在这地下室，在两块巨石之间，古人谋杀事件的遗迹依然还在，那肯

---

① Jumièges，在塞纳滨海省鲁昂附近。
② Saint-Wandrille，建于七世纪，亦在鲁昂附近。
③ Jean-Philippe Rameau（1683—1764），法国音乐家、作曲家。
④ 这是在和母亲谈话，下同。

定是国王对克洛泰尔的孩子犯下的罪行……这就是希尔佩里克[①]时代留下的两座沉重粗犷的拱形门。人们在这里可以感受到时间经过的历程，仿佛往古的记忆在我们思想上又行复现。这不是对我们生活往事的怀念，而是对过去许多世纪的回忆。人们走进面对古堡入口处的修道院大厅，必须走过修道院院长的墓地，这些修道院院长从八世纪以来一直统治着这里的修道院，如今他们长眠在我们的脚下，躺在刻有铭文的石板之下；他们生前，手持权杖，经常也是脚踩着铭文走在墓石之上的，他们终于也倒下了。

想象中的事物一旦成为现实一般都让人感到怅惘失望，如果说盖尔芒特不会让人感到失望，那就可以肯定：它从来就不是现实的，因为，人们亲自到那里去走一走，就会感到那里存在的种种不过是另一些事物的外壳，其实并不在那里，而是在遥远的远方，直接可触及的事物不过是"时间"的外形，是想象在曾经见到的盖尔芒特之上进行加工制作的结果，因为所有这一类事物只能是些词语，是充满着形象、意指着另一些事物的词语。这里是修道院的大厅，盖尔芒特的十名甚至二十以至五十名修道院院长的墓石满满地铺在大厅地面上，都是按照他们原形再现他们埋葬在地下的躯体的。就像把十世纪一处大墓园翻掘开来用石块改作铺地石板。在古堡下方，在山坡上，还有一片森林，这森林也不是

---

① Chilpéric，法国五世纪法兰克墨洛温王族的后代，北方纳斯特里国王，克洛泰尔之子（克洛泰尔是克洛维之子）。

一般城堡四周行猎的森林，现在看来倒像是林木在那里自行繁殖生长形成的。古代的盖尔芒特森林是希尔德贝尔①的狩猎之地，这的确很像是经我的神灯召唤显现出来的，与莎士比亚或梅特林克戏剧中出现的景象十分相像；"在左侧，是一片森林"，森林出现在盖尔芒特山岗上，森林两侧布满凄切愁惨像天鹅绒那样的绿色，无异是墨洛温王朝史册上的彩色插图。从这个角度看去，森林幽美动人，深邃邈远，一望无际。这的确是戏剧中舞台"左侧"出现的森林。在另一侧，在低处，是一条长河，朱米埃热河，神经质的居民就被安置在这里居住。古堡的塔楼依然还在，我不说"至今"还在，我是说"今天"还在。这样看才能见出它们动人之所在。人们常说古老事物历尽沧桑，它们引动感情的秘密就在这里。决无虚假，一切都是真实的。试看盖尔芒特的那些塔楼：塔楼还在看着玛蒂尔德王后巡行马队出行，坏人查理在举行祝圣仪式。自此以后，在这里，就什么也看不到了。事物存在的瞬间是反映事物的思想给以固定的。事物一时被思及被想到，因此取得它们的形式。事物的形式以永远不变的方式使时间在其他事物之间延绵承续。试想盖尔芒特的那些塔楼，十三世纪就耸立在那里，一直不可摧毁地耸立着，在那个时代，不论远眺可以看到多远，毕竟不能看到当时还不存在的夏特勒大教堂塔楼、亚眠大教堂塔楼、巴黎的塔楼，

---

① Childebert，中世纪法兰克墨洛温王朝克洛维之子，巴黎国王。他与前文提到的克洛泰尔是兄弟。克洛维死后，其子辈、孙辈为争夺领土权位，纷争不已，成为法国中世纪历史主要内容。

也不可能向它们致意，向它们送去微笑。试想比那些塔楼更古老的非物质性的事物，还有盖尔芒特修道院，它比这些建筑更为古老，留存的时间更加久远，那时纪尧姆出征英格兰，博韦①和布尔日②大教堂的塔楼还不曾出现，那时旅人在傍晚动身出行，也不会看到映现在天空下矗立在山岗上的塔楼，在那个时代，拉罗什富科、德·诺阿耶、德·于泽斯这些巨族在法国土地上刚刚开始建立他们的威权，威权的建立也像教堂塔楼一样需要经过一个个世纪一点点升向高空，那时，雄踞一世、具有黄色光辉的姓氏阿尔库尔③，如同盛产油脂的诺曼底奶油之塔，也还没有上升像公爵七角形花饰王冠形的花岗岩高塔的顶端，这时法国最大城堡改建成为意大利式的棱堡，就是在吕伊纳④也还未能使这种领主权正式出现在我们的土地上，国王所有的城堡和武装城寨，儒万维尔⑤的王权，夏托登⑥和蒙福尔⑦城堡的雉堞围墙，舍弗勒兹⑧的大森林，以及其中的白鼬和牝鹿，所有这些财富在阳光照耀之下以一种神秘的方式四下扩展横贯法兰西终于连结成为一体，南方的城堡，西部的大森林，北方的城市，通过联姻各处卫墙又相互连通，在阳光普照之下，一切财富聚合

---

① Beauvais，瓦兹省首府，有圣皮埃尔大教堂，建于十三至十四世纪。
② Bourges，歇尔省首府，有圣艾蒂安大教堂，十二世纪开始修建。
③ Harcourt，诺曼底大贵族世家，祖籍丹麦，九世纪移居法国。
④ Luynes，在安德尔-卢瓦尔省。
⑤ Joinville，在上马恩省。
⑥ Châteaudun，在厄尔-卢瓦尔省。
⑦ Montfort，在伊尔-维兰省。
⑧ Chevreuse，在伊夫林省，近巴黎。

统一在它的权力之下，就像是凝聚在纹章的一个徽志上，就像是一座金城堡，一座银塔楼，就像纹章上的黑星，经过多少世纪的征战与联姻，终于铭刻在纹章天蓝色盾面相关部位各得其所。

"既然是那么好，为什么你还要回来？"

是啊。按照习惯，我们白天是不出门的，可是有一天，我们破例出门散步去了。我们到了一个地方，那是从前去过的一个地方，我们看到的是一大片麦田，还有树林，小村庄，再看看天空，在天上左侧，我们突然看到一块天空变得黑黑的，很暗，一直在持续着，在那一片暗处像是充满着生机活力，闪闪有光，但又不是云层辐射出来的那种光，最后，仿佛是按照某种建筑的方式，在天空暗处渐渐凝结出一座小小的蓝色的城市，上面还有两个钟楼。那变动不定的形体我立刻就认出来了，我不会忘记，那是非常熟悉的，不过，也让人感到惊异，那是夏特勒！这个城市怎么会出现在天上，真像是古代英雄人物出征前夕，有重大象征意义的形象显示，像埃涅阿斯……看见迦太基①……？

这云雾形成的几何形建筑显现在一片氤氲之中，在微风吹拂下，有着灵异显示的特点，可是也让人感到亲切，它把我们童年热爱的城市放到天上去了，就像鲁伊斯达尔②的风

---

① 法洛瓦注：原稿此处空缺不全。

　维吉尔《埃涅阿斯纪》写埃涅阿斯在海上遇到大风暴，在迦太基登陆，受到迦太基女王狄多接待。

② Jacob Van Ruysdael（1628—1682），荷兰风景画家。

景画，鲁伊斯达尔总是在远远灰蓝天空上让人看到他亲爱的故乡哈勒姆……

那时，我们总是和外祖母一起去贡布雷，途中还要在夏特勒停留。也不知为什么，外祖母觉得它们①未经人工雕饰，不失自然本色，不带一点俗气，不鄙琐，她觉得有些书写得不庸俗、不矫饰，具备这两个条件，她认为让小孩读读也是无害的，有了这两个条件，对一个人来说，也不会庸俗可鄙、褊狭讨厌。我想她一定是觉得那两个钟楼"自然"，"卓越不凡"，总之，她喜欢那两座钟楼，让我们去看看她认为大有益处。对于建筑她并无所知，不理会它们是否美，她只是说："我的孩子，它们是不同的，按'规矩'说，也许它们并不美，但是它们不规则的古老的形状我看了喜欢。它们那种粗犷总是有点什么叫我觉得非常可爱。凭感觉，我觉得它们像是在弹琴，奏出的东西一点也不枯燥。"她一面凝神会意观赏那座钟楼，一面向着钟楼昂起头来，目光笔直地向它们投去，可以说这是意想自身一跃而起飞向它们和它们站在一起，同时她还对着建筑物上磨损的古老岩石多情地笑着。

我想：她本是没有"信仰"的，但有着涵融在内的坚信，她在某些建筑物上发现类似的美质，在不知不觉中把它提到另一个层次的高度，一个比我们实际生活更高的真实高

---

① 法洛瓦注：这是指夏特勒大教堂的两座钟楼。

度，她是这样感受的。在她病死的那一年，她知道她重病在身，她知道大限已经迫近，她第一次去威尼斯，她想亲眼去看看威尼斯，她的确专一地爱上了威尼斯总督府①。每当她外出游览回来，在环礁湖上远远看见总督府建筑，就感到异常幸福，对着建筑物上灰色、浅红色砖石，她微笑着，心向往之情表明她正在将自身与那庄严恍惚的梦境相连在一起。她多次说过，在死去之前能看到它，真是太幸福了，她也想到，她也许不会再看到它了。我认为，在一定的时间，愉快仅仅是愉快，是无谓的，因为愉快只有相对于人的存在才成其为愉快，愉快仅仅是愉快，人也就不存在了，我认为两项中缺少一项另一项也就没有了，如果她没有感到欢欣中有一种欢欣在人死后依然长存，她也许不会对这种欢欣如此重视，其中的道理我们并不十分明白，至于我们，这种欢欣想必是指向某种不处于其威力支配下的事物的。诗人将他的一生投入作品，作品只有在他死后才能得到认可欢迎，那么他是不是还要受到非他所能知的那种追求荣誉的欲望支配，真是这样吗？诗人被安置在从事一件永恒性作品的工作之中（尽管作品只能在这短暂的存身处制作完成），正在从事劳作的诗人不也是永恒的一部分吗？如果说在我们所理解的生理学与灵魂不朽学说两者之间存在着矛盾，那么在我们某些本能和必死性原理之间，不是也存在着矛盾吗？也许上述两种说法都不正确，真理是不相同的，例如两个人在五十年前有

_____

① 十二世纪建成的著名古建筑。

人和他们谈到电话，其中一个人认为那是欺骗，另一个人则认为是一种声学现象，声音可以无限存储在导管中，可见，这两个人都错了。

恰恰相反，每次我看到夏特勒的钟楼每次我都感到伤心难过，因为我们一直是陪着妈妈去夏特勒的，可是她总是在我们之前先行动身离开贡布雷。两个钟楼那种不可抗拒的姿态我总觉就像火车站那样怕人。向钟楼走去，就像必须和妈妈告别一样，只觉心在胸口怦怦直跳，像是要跳出来去追她，然后又独自一个人回来！我记得那一天，尤其让我难受悲伤……

德·Z夫人邀请我们到她家做客小住数日，她和我的弟弟同行，随后我和父亲同去和他们会合，这是已经决定了的。决定的事并没有告诉我，为的是不要让我事先过于不快。有什么事瞒着我们，我真不懂，秘密不论怎么保密无意间还是让我们觉察到了，我们很是气愤，觉得是受到伤害了，像疯了一样一定要查明真相。小孩在一定的年龄对一代一代人成长的规律还不理解，他们感到有人欺骗他们，总是希图查明实情。我不知道我的脑髓上究竟积累了怎样一些模糊的印迹。动身的那天早晨，妈妈高高兴兴来到我的房间，我相信她也是很不好受的，但不表露出来，她笑着对我说，居然还引用普卢塔克①："莱奥尼达斯面临灾祸也能

---

① Chéronée Plutarque（约 50—125），希腊传记作家、哲学家。

表现……面貌……①我希望我的宝贝也和莱奥尼达斯一样",我说:"你走吧",我说话的口气的确是失望到了极点,显然她有点着慌了,我相信我是感觉到也许有可能拖住她或者是让她带我和她一起动身;我相信这一点她会和父亲去说一说的,我父亲一定不会同意,她对我说她需要准备一下,这之前还有一点时间,是特意来看我的。

她肯定是要走了,我对弟弟也说了,因为他也要离开,所以我舅舅带他到埃夫勒②去拍照。有人还给他卷了头发,就像看门人的孩子一样,照相的时候,都要卷头发,他的大大的脸盘一圈膨胀起的黑发围着像是戴了一顶头盔,上面还竖着一个绸结,和委拉斯凯兹③画上王子头上的蝴蝶结一样。我以一个大哥哥爱他的小弟弟那样一种孩子的微笑认真地看了看他,这种微笑也弄不清究竟主要是赞许呢还是带有嘲弄意味的优越感或是温存亲切。后来,妈妈和我,我们去找他,我去找他是和他告别,可是没有找到。别人送给他的小山羊他不能带走他已经知道了,这个小山羊还有它一直拖着的那个好看的小两轮车都是他无比珍爱的,只有几次那还是出于好意"借给"我父亲一下。在德·Z夫人家逗留几天,这就要回巴黎去了,所以小山羊不得不送给邻近的农家不能带走。我的弟弟在难以忍受的痛苦下,想和他的小山羊在一

---

① 法洛瓦注:手稿此处空缺。
② Evreux,厄尔省首府。
③ Diego Rodríguez de Silva y Velázquez(1599—1660),西班牙画家。

起度过最后一天，我看这是故意躲起来让妈妈赶不上火车借此进行报复亦未可知。我们沿着小树林到处寻找，小树林里有一块圆形空地，这本来是人们赶马车来运水的地方，一向是没有人来的，我们当然没有怀疑弟弟会到这里来，可是我们听到叽叽咕咕谈话声。是我弟弟的声音，立刻我就看到他了，他看不到我们；他坐在地上，抱着他的小山羊，亲切地抚弄着小山羊的头，亲着小山羊很干净的鼻子，有点发红自鸣得意的酒糟鼻子，这一对儿，看似无谓却又离奇，让人想到英国画家常画小孩爱抚小兽的那种情景。我弟弟穿的是做客时穿的小袍子和镶花边的罩衫，一手拉着那个永不分离的小车，还拿着一个缎子做的小口袋，里面放着他的点心，旅行必备之物和玻璃镜子，他那个样子很像和小动物在一起的英国小孩，可是他的脸大不相同，在这华丽打扮的衬托下，满脸是委屈失望，两个眼睛哭得红红的，装扮得连喉咙也透不过气来，简直成了一出难以承受的大悲剧里的公主了。他一只手拉着小车又拿着花缎小口袋，这是决不肯放下的，另一只手又不停地搂抱抚摸着小山羊，他不时扬一扬头，甩开头发，那不耐烦的样子真像是费德尔：

　　　　是谁讨厌的手打出这许多死结，
　　　　把我的长发着意盘在我的额顶？

他在哭，对着小山羊倾诉他独自一人难以排遣的满腹忧伤："我的小山羊，你的小主人走了，你可要受苦了，你再也见不到我，永远见不到了，"他的眼泪让他说话也说不清，"没有人会好好待你，没有人抚摸你了！你要好好的；我的小宝贝，我的孩子，"我觉得他哭得话也说不出了，好像是为了达到绝望的最高点，突然想到要唱一唱，唱他听到妈妈唱过的曲调，这曲调和他现在的处境十分相配，反让他哭得更加厉害了。"永别了，有离奇的声音在呼唤，叫我远远离开你，天使的安详温柔的姐妹。"

我的弟弟只有五岁半，可是性格暴躁，先是对自己和小山羊的不幸悲伤同情，接着变成对迫害者的愤怒，他稍稍犹豫了一下，就狠力地把玻璃镜子摔碎在地上，还踏上脚去踩那个缎子做的小口袋，不是抓自己的头发，而是扯下那些结在头发上的小花结，都丢掉不要了，他那件亚细亚式的好看的袍子也撕破了，尖声号叫着："见不到你，还要什么好看？"他哭着叫着。妈妈看他把袍子上花边撕坏，对这一幕不可能无动于衷，在此之前，看到那一切已经非常不安，这时，她急忙向他走去，我的弟弟听到声音，立刻不再出声，看见她来了，他还不知道自己是否被她看到，神态显得非常专注，向后退了退，躲到小山羊身后。妈妈一直走到他身边。他当然是跟我们一起回来了，不过他提出一个条件，要小山羊一直陪他到车站。时间紧迫，我的父亲在下边奇怪为什么还不见我们来，妈妈要我去告诉他我们在铁路那里和他会合，说我们从花园后面一条近路穿过去，不然我们就要误车了，我的弟弟一路走着，一手牵着小山羊像是牵去献祭，另一只手提着小口袋，这是刚才给他从地上收拾起来的，还有镜子的碎片、旅行用品，还有地上拖着走的两轮小车。他不敢正眼看妈妈，不时抚弄小山羊对它说话，那意思妈妈不会不明白："我可怜的小山羊，不是你，不是你要我伤心难受，让我和我爱的人分开。你，你并不是一个人，你不是坏人，那些坏人，你一点也不像他们，"他说着，眼睛往妈妈那边瞟着看，好像要看看他说的话有什么效果，看是不是说过头，超出想要达到的目的，"你，你从来没有让我伤心过，"接着又哭了。到了铁路边上，要我替他牵着小山羊，他对妈妈还是满腹怒气，猛地跑到铁轨上，往下一坐，一副挑战的样子，看着我，坐在那里不动了。这个地方没有栏栅路障。火车马上就要通过。妈妈吓坏了，忙向他扑去，可是怎么拉也拉不起来，他屁股坐在地上异常着力，平时天气好的时候他惯于在花园里蹲坐在地上到处滚爬，他好像牢牢附着在铁轨上休想拉得起来。妈妈吓得脸煞白。幸好我的父亲这时带着两个仆人赶来，他是来看看我们是否还需要什么。他一步跳过去，拉起我的弟弟，给了他两巴掌，命人把小山羊牵走。我的弟弟吓坏了，不能不走了，但是满腔怒火，紧紧盯着父亲看，叫喊着："我的小车再也不借给你。"后来想想讲到这个地步再也超不过这一点，也就不再说下去了。妈妈把我叫在一旁对我说："你长大了，是大哥哥，要知理，我求你，走的时候不要伤心难过、愁眉苦脸的样子，我走了，你爸爸已经很烦心了，好好的，不要让他觉得我们两个让他无法忍受。"后来，我没有说过一句抱怨的话，表示我是可信任的，她可以为我作证，交付给我的任务我是完成了。那难以抑制的怒气，对她、对我父亲的气愤，还有让她误车、破坏那个针对我要我和她分开的计划强烈的愿望，仍然不时地扰动我。怕给他们带来痛苦，对比之下那怒气和那种想法也就消解了，我带着微笑留下来，心也碎了，像是在悲哀中冻结了。

我们那次回到家中，正好赶上吃午饭。因为都是"出门回来的旅行者"，竟做出一桌晚餐当作午餐，一道正菜，家禽，冷盘，甜食。我的弟弟仍然怒气未消，吃饭时一言不发，坐在他高高的椅子上一动不动悲痛不满。大家随意谈着，最后甜食上来了，这时，发出一声刺耳的叫声，这是弟弟在喊叫："马塞尔的巧克力奶油比我多。"对于这样的不公正，应当承认他的不满是合理的，以便让他忘记和小山羊分离的苦恼。后来我的母亲对我说：他后来也没有再提起他的这个朋友，巴黎一套住宅的形式也让他不得不把它留在乡下，我们认为，他后来也没有再想到那件事。

我们动身去车站。妈妈本来不要我陪她去车站，但是我要求去，她让步了。最后一晚，看来她开始觉得我的忧伤是合理的，也是理解的，只是要我对这种情绪应加以鄙视。在路上，有一两次气愤不平又涌上心头，我觉得我是她和父亲的受害者，不许我和她一起走，我真想报复，让她误车，放火烧房子；只要说出一句生硬的话就会吓坏我的母亲，很快我就会变得心软下来，温和热情地和她相处，如果说我没有尽情拥抱她，那是为了不要让她为难，让她感到不快。我们走到教堂前面了，我们加快步伐，按着这样的步伐朝向那心有所惧的对象走去，脚步是在前进，可是心在逃遁……接着又转了一个弯。我父亲说："我们提前五分钟到达。"车站到了。妈妈轻轻按一按我的手，表示要我坚定。我们走上月台，她走进车厢，我们在下面和她谈话。妈妈笑着对我说："雷古卢斯在痛苦的环境中他的坚定令人震惊。"[①]她这样的笑容是她认为卖弄学问引用古典时有意做出的，要是引用古典不对，也是对嘲笑的预先防范。这种笑还含有这样的意思：即我认为是苦恼其实也未必就是苦恼。不论怎么说，她觉得我确实很痛苦，当她和我们大家告别时，让我父亲走开一下，她对我说："我的宝贝，我们两个人是知心的，是不是？如果他很乖，明天他将得到妈妈一句话。Sursum corda[②]。"她又加上这样一句，引用拉丁文时她喜欢这种寓意含混不清，看起来好像是引错了似的。火车开走了。我伫立在那里，仿佛我身上也有什么随之而去。

　　我从盖尔芒特那边散步回来，你总要到我床边和我说一声晚安。这就像我过去亲眼看到的那样[③]，我们这一次送你上火车，我觉得我不得不在一个你不在的城市里生活，我看到那个钟楼，也还是那一番情景。所以我觉得我需要和我的妈妈在一起，谁都不许听你、靠近你、抱吻你，必须这样。大人不如小孩勇敢，相比之下，他们的生活也不是那么冷酷

---

　　① 这是在念拉辛的诗句。
　　② 拉丁文（弥撒序言前用语），以心对天国。激励之意。
　　③ 法洛瓦注：指看到夏特勒的钟楼。

无情，如果我敢于去做，要做的事我就一定去做，你离开贡布雷没有几天，我就坐火车回来了。动身的一切可能性在我的脑袋里不停地在打架，晚上还有一班车，要是有人反对，我也许会反抗，因为我的意志坚定他们是不会理解的，他们更不理解我需要你就像快要闷死的人需要空气一样。德·韦尔巴黎齐夫人也不理解，不过她觉得那是因为贡布雷的景象让我不能安心，所以她什么也没有说。我不知道对她我该说什么。我只想知道有哪几趟车，如何去订车厢座位，又让别人无法加以阻止。我在她身边走着，谈着第二天去拜访什么人，我知道我是不会去的。最后，我们到了车站，村镇、古堡对于我所要生活于其中的生活也不再起什么作用了，那只能是一种没有我在的生活依然继续下去，就像有些人乘车离去与我们不在一起，后来他们又到村里，可我们不在，已经走了，就像这些人的生活一样。我找出一封蒙塔尔纪发来没有什么要事的电报，说是你给我拍来的，有事要我回去。德·韦尔巴黎齐夫人深感遗憾，又很亲切，亲自送我到火车站，讲了许多客气话，作为女主人，她那感人的殷勤和待客的传统使她讲的这些话都充满着感情和友好情谊。后来，她在巴黎见到我，对我说，且不说是真是假："那时你的电报根本不需要看。这我对我丈夫也说了。我们回家往回走的时候，你那时早已变成另一个人了，我当时心里明白：我想，这个孩子，心是不定的。他安排计划第二天和我一起去拜客，可是到晚上，他已经走在回巴黎的路上了。"

"我可怜的宝贝，这让我很难过呵，"妈妈对我说，说话的声音是惶恐不安的，"这让我想到过去我离开贡布雷的时候，我的孩子是那么痛苦。可是，宝贝，我们应该心肠更硬一些！如果你妈妈出门旅行，你怎么办？"

"日子会变得长得不得了。"

"如果我离开几个月、几年，……"

说到这里，我们都说不下去了。在我们之间根本无需表白我们相爱超过世上的一切：对此我们从来不曾有过怀疑。重要的是我们必须坚信：我们相爱永远不变，谁孤独一人留下也一定能活下去。我不想让这样的沉默再继续下去，因为母亲的焦虑痛苦已到了极点，她平时总是那么痛苦不安，甚至恰恰因为这一点才使我变得更有力量，在她死的时候，她的痛苦我是决不会忘记的。我拉起她的手吻着，心情几乎是平静的，我对她说：

"你知道，你一定还记得，在我们分开以后最初那一段时间，我是多么不幸。后来，你知道，我的生活重新作了安排，我并没有忘记我所爱的人，不过我已经不再需要非和她在一起不可，不和她在一起也行。在最初一个星期，我真像是疯了一样。过后，一个人也可以，几个月，几年，永远。"

我是说：永远。就在那天晚上，在谈到别的事情的时候，我还对她说：和我平时一直深信的一切相反，科学上的最新发现和哲学上最高层次的探索已经摧毁了唯物主义，人死之后仍然还有什么在显示，灵魂是不会死灭的，灵魂终有一天要相互遇合在一起……

一六　结语①

　　阅读一位作者的书，我在词语背后很快就能分辨出其中隐含的曲调，每一位作者的曲调和所有其他作者的曲调都不同，我读着，无意中我也随着吟唱，那调子我可以加快，放慢，或停顿，形成音调的节拍和回环往复，就像人们吟唱时所做的那样，在唱出最后一个字词之前，按照曲调的节拍，作出较长时间的等待②。

　　我知道，尽管我未能很好地工作，我不会写作，但我有灵敏的耳朵可以去听，而且比别人听得更准确，正是这一点可允许我仿作试写，因为对一位作家来说，掌握了曲调，歌词很快也就有了。这样的天赋，我没有加以运用，但在我生活的不同时期它却常使我在两种观念、两种感觉之间发现有一种潜在关联，我在我自己身上一直强烈感觉到它，但没有给以强化，因此很快变弱以至消失。这当然是可痛惜的，因为经常在我病重的时候，头脑空空，没有思想，也没有力量，有时我依然能发现使两种观念联接相通的那个"我"又行出现，我又认出他来，这就像秋天经常见到的景象一样，没有花也没有绿叶，在景物中反而更能看到那最为深沉的完美和谐。在我身上，就像是有那么一个小童，在废墟上玩耍，他不需要食物，只要欢心喜悦他就像是吃饱了一样，他发现的观念他能亲眼看到，这就给他带来欢心喜悦，他创造了那样的观念，观念也创造了他，即使他死去，观念也会使他重新活过来，好比种子，种子在过于干燥的环境下不会萌发，死了；可是，只要有一点点潮润，有一点热量，就能让种子又活起来。

我想这个在我心中嬉戏的小童一定和那个有灵敏耳朵的人一样，只有他能在两种印象、两种观念中感受到别人所感受不到的那种精美微妙的和谐。这究竟是怎样一种存在，我并不清楚。但是它创造了这样的和谐，它借着这种和谐得以存活，一经有所动，它就借着和谐给予它的生命，发芽、生长，随后又死去，因为它不可能仅仅借此存活。但是，不论后来它沉睡多久（就像贝克勒尔先生③的种子那样），它是不会死的，或者说，它是为了再生而死去，如果有另一种和谐出现，它就会活过来，甚至，在同一画家的两幅画上仅仅看到相同的曲线、同样的织物、同样的椅子，两幅画上显示有某种相同的东西：即画家精神上的偏爱和实质，它就在那里

---

① 七星文库版此处标题写作《文学与批评札记》，并注明散见各笔记本有关《驳圣伯夫》涉及一般美学问题的片段均集中于此。七星文库版与法洛瓦本此处所辑材料、编排顺序基本一致。此处译文如法洛瓦本则，则据七星文库版酌情补入，并予注明。

② 据七星文库版注，此处可参阅《追寻失去的时间》卷三，第一一八页。

③ 可能指亨利·贝克勒尔（Henri Becquerel, 1852—1908），法国物理学家（其父亦是物理学家，以研究光、光化学、磷光等著称），一八九六年发现铀盐放射性，与居里夫人同获一九〇三年诺贝尔物理学奖。

又活起来。一位画家在一幅画中所有的，还不能养育它让它活下去，一位作家的一本书也是一样，画家的第二幅画，作家的第二本书，也不能供养它让它活下去。但是，它在第二幅画或第二本书中，看到的如不是第一种或第二种所有的什么，而是介于两者之间的什么，如理想的画幅中的某种事物，是在画幅之外由精神性材料构成的什么，那么它就可以从中获得营养再度开始存在，并且完满幸福地活下去。因为，对它来说，存在与完满幸福地活着本是同一件事情。一幅理想的绘画与一本理想的书，其中之一可以使它取得幸福完满，那么它就能找到更高一层相互关联的关系，它的欢欣快乐就会有增无已[①]。因为它在特殊性中暂时死去，很快又在普遍性中浮动，并活起来。它只能活在普遍性之中，普遍性给它以活力，使它活跃，养育它，然后又暂时在特殊性中死去。它存活的时间，它的生命，就是一次出神入化，一种至福。只要有它在，它就可以把书写出来，写出我的书来，而且是最美的书。……[②]

为了这一切，你的才干也无能为力白白耗失，就让人家这么去说吧。我们所从事的，就是追寻生命，就是竭尽全力

---

① 法洛瓦注：原稿此处还写有："如果它在两幅弗美尔的画之间发现……"七星文库版自上文"一位画家在一幅画中所有的……"一语开始至此，作为脚注处理。
弗美尔（Johannes Vermeer, 1632—1675），荷兰风俗画家，以善用色彩表现空间感及光的效果著称。
② 七星文库版此处加注，认为手稿匆匆写到此处意似未尽。法洛瓦本在句末标有"？"。

打破习惯和推理的坚冰①。习惯和推理遇到真实立即凝结成冰，习惯和推理让我们看不到真实，我们所做的就是重新回到自由的海洋。为什么两种印象的叠合能够给予我们真实？这也许是因为它所忽略的东西一起复活了，如果我们进行推理思考，如果我们竭力加以回忆，那仅仅是我们对它有所增益或裁减。

美好的书是用某种奇异的语言写成的。我们不论是谁在每一个词语之下都设置有它的意义，至少是它的形象，形象常常是一个误解②。但是在美好的书中，所有写出的误解也是美好的。当我读到《着魔的姑娘》③中的牧人，我看那是一个曼特尼亚画上画出的男人，有着波提切利笔下的 T 的色彩④。也许巴尔贝所见还不止于此。但在他的描写中具有各种关系的整体性协调，其中各种关系对我们的误解提供了一个虚设的起点，对其描写又提供了美的循序展开⑤。

看来，天才人物的独创性就像是一朵鲜花，是叠加在自

---

① 打破习惯的坚冰，原为柏格森用语。

② un contresens（一个误解）与前文 sens（意义）相对，似可意会为"反意义"。

③ 巴尔贝·多尔维利的小说（一八五四）。

④ Botticelli（1445—1510），意大利画家、雕刻家。据七星文库版注，T 是指波提切利所画 Tornabuoni 的妻子像。

⑤ 法洛瓦有注指出，普鲁斯特手稿有边注："种种变文、修改、好的版本，都无关紧要。魏尔伦的十四行诗《蒂特与贝雷尼斯》不同版本亦无妨。"七星文库版也有此注，并增有如下一些文字："圣西蒙，圣伯夫写的序言。法国大作家并不十分精通法文；如魏尔伦写的 défaille，人们每每引维尼、雨果、拉马丁、博尼埃的书信都不能不注明'原文如此'字样。福楼拜，以及他的一丝不苟（其实也不是语法上的一丝不苟）。"七星文库版指出上文魏尔伦十四行诗标题应为《贝雷尼斯公主》，诗中用动词虚拟式 défaille 不妥。

我之上更高的顶点，这个自我与他同一世代人中中等才能的人的自我原本并无二致；不过，这样的自我，这中等才能，原本就存在在他们身上。我们认为缪塞、洛蒂、雷涅埃是例外。缪塞仓促从事艺术批评时，我们看他笔下写出维尔曼那种平庸词句十分反感，在雷涅埃的作品中我们发现有布里松[①]，不禁为之愕然；洛蒂在法兰西学院发表演说，缪塞为一份不甚重要的刊物写一篇有关手工艺品的文章，由于无暇深入开掘，促使另一自我出现叠加在他那平庸的自我之上，这时，我们发现他的思想和语言仍然是饱满的……[②]

当我们动笔写作，在创作进行过程中，当同一代人中属于相同类型、相同派别、相同文化、相同影响、相同环境、相同条件的人拿起笔来几乎也以相同方法描写相同的对象，他们当中每一个人无不是运用属于自己的特殊描摹方式下笔的，这种特殊描摹方式就使同一事物成了一种全新的事物了，其中种种异质成分的比重也发生变化，这种在我们身上发挥重大作用的动因，完全是个人性的、独特的。独创性类型的作家按这样的方式进行创作，他们中每一个人都让人听到一种基本音调，这种基本音调在不易察觉的细微处与先在与后继出现的音调都有着绝对的区别。我们所有的作家就像这样排列在一起：独创性作家，同样还有大作家，大作家也

---

① 即阿道尔夫·布里松，此人是当时很有名气的剧评家弗朗西斯·德·萨尔赛的女婿。
② 法洛瓦注：手稿至此中断。

是独创性作家，因此，在这里，是没有必要将他们加以区别的。你看①，他们彼此近似但又各不相同。他们依次排列，就像精心编成的花环，由无数花朵编成，每一朵花又各不相同，法朗士，亨利·德·雷涅埃，布瓦莱弗，弗朗西斯·雅姆，他们属于同一行列，巴雷斯则排在另一个行列，洛蒂又排在另一个不同的行列。

雷涅埃和法朗士开始写作时，无疑文化教养相同，艺术观相同，他们以同样的方式探索描绘。他们试图描绘的图画，正是他们以几乎相同的观点去看他们所面临的客观现实。对法朗士来说，生活是一个梦的梦，对雷涅埃来说，各种事物都带有我们梦想中的面貌。但是对于我们的思想与某些事物的这种相似性，擅长深细钻研的雷涅埃惟恐有所疏忽未能证实这种相似性，揭示出这种重合，在他的作品中他处处都要写明他的思想，文句写得很长，力求精确，委婉曲折，像楼斗菜那样色调深沉而且琐细，法朗士的文句则显得光芒四射，有如鲜花开放，光泽圆润，就像是一朵法兰西玫瑰。

因为②真正的真实性是内在性质的，它可以借助人所熟悉的印象展开自身，这类印象即使是无谓的或世俗的也无

---

① 这是在对母亲说话。

② 七星文库版这一部分文字有标题：《罗曼·罗兰》，并指明普鲁斯特在此并非评论罗曼·罗兰，而是表明他不同意罗兰提出的实用的、"大众"的艺术，涉及一般美学问题，并与《驳圣伯夫》相关。

妨，只要这种真实性达到某种深度并超越这种外在的表象，根据这样的理由，在我看来，专注于爱、高尚思想的高级艺术与不道德或无聊的艺术之间并没有什么区别，所有这些艺术无论对一位学者或圣徒甚至上流社会人士来说，都可以形成为他们的心理状态。其实任何属于性格或情感的东西，都是反应，并无区别可言；性格对于两个人来说同样都是性格，就像肺与骨骼一样，生理学家为了证明有重要意义的血液循环从一位艺术家或一位小店主身体中提取脏腑进行检验并不在意。艺术家割断与表象的联系，深入到真正生命的深处，我们和这样一位真正的艺术家发生关系，正因为有艺术作品在，我们就可以更加专注于一部牵涉问题极其广泛的作品①。但首先必须具有深度，触及精神生活领域，艺术作品只有在精神领域才可能被创造出来。因此，当我们在每一页书、人物出现的每一种情境，看到作家没有对之加以深化，没有在他自身对之进行思考，而是运用现成的表现手段，从别人——而且是一些最差的人那里取得的东西作为提示，如果我们没有深潜到那静谧的深处，只有在这样的深度下思想才能选择全面反映思想的词语，一位作家看不到自己的思想，思想对于他就是不可见的，这时他准备讲述某一事物，他就只能满足于粗陋的表象，这种粗陋的表象在我们的生活中时时都把我们每一个人的思想给遮蔽起来，庸俗的人只能

---

① 法洛瓦注：普鲁斯特在此以加括弧方式写有"不可用那种可怕的文笔写"字样。七星文库版直接列入正文。

永远处于无知之中，满足于这种粗陋的表象，而作家必须摈弃这种粗陋表象，探求深在的一切；如果通过选择，或者完全放弃词语、语句的选择，听任形象一再重复的那种平庸化，完全放弃情境的深化，那么，我们就会感到这样写成的书尽管在每一页上尽量削减矫揉造作的艺术、不道德的艺术、唯物主义的艺术，书本身也仍然是唯物主义的，因为它没有深入到精神领域，这样写出的篇章只能描绘物质的东西，尽管表现于其中的才能是无可否认的，这证明物质性的东西依然是来自人的精神。说另一种艺术不是大众艺术，是为少数人的艺术，这种说法是毫无意义的，至于我们，我们认为这种艺术才是真正的艺术，因为，对所有的人来说，只有一种写作方法，这就是写作而不想及任何人，写人所具备的本质和深在的一切。至于有人想及某些人才动笔去写，即想着那些所谓精雕细琢的艺术家，而不是努力察明他们从何入手、深入发掘印象、对之加工以探索那永恒性的东西，永恒性的东西就包含在这种印象之中，英国山楂树中吹拂的轻风就含有永恒性的东西，任何事物人们如深潜其中同样也会发现这种永恒的东西；在这里，在任何地方都一样，既不知自身内在深处的情况，又满足于常见的套语公式和恶劣情绪，拒不向内省视，如："小教堂空气沉闷腐臭，要走出去。你的想法要叫我怎么样，哼！当上教士，有什么办法可想。你们简直令人作呕，你们这些女人该打屁股。所以，在法国，见不到阳光。轻松的音乐你写不出来。这一切都被人弄得污秽不堪。"如此等等。对这样的人来说，在一定的情况下，不陷入浅薄与谎骗也是不可能的，因为他选择了一个难以相处的天才作为作品的主人公，他说的极其平庸的俏皮话竟出自一个天才人物之口听来实在令人气愤不平。我说的就是约翰·克利斯朵夫，不幸，约翰·克利斯朵夫说话刚刚停止，罗曼·罗兰先生接下去又在一大堆平庸言谈之上加上一大堆平庸的思想，他着力刻画一个较精确的形象，写出来的却是一部既精致又矫饰的作品，但不是独特的发现，在这方面他比当代作家未免略逊一等。他构筑教堂上的钟楼就像是一个巨大的手臂，与列那尔先生①、阿达姆先生②，也许还有勒布隆先生③相比，也不免显得逊色了。

这种艺术愈是浅薄，不真诚，庸俗(尽管他的"主题"是精神，但精神不能成为一部书的"主题"，而是精神形成为"主题"，因为这是使一本书具有精神内涵的惟一方法。巴尔扎克的《图尔的本堂神父》的精神性要比他对画家斯坦卜克的性格描写更富于精神性)，这种艺术也就愈加是世俗性的。因为，只有不知什么是深刻性，举目所见无不是平庸、虚伪的推理、丑恶，又对之视若无睹，还醉心于对深刻性的赞颂，只有这样的人才说什么"这是深刻的艺术"！还有人不停地说什么"啊！我是坦率的，我怎么想就怎么说，我们这些漂亮的先生都是一些谄媚者，我可是一个粗人"，

---

① Jules Renard（1864—1910），法国作家。

② Paul Adam（1862—1920），曾是印象派、象征派作家，并写有社会小说。

③ Maurice Le Blond（1877—1944），法国作家，其创作的殖民地小说充满了生活气息和地方色彩。

他这是对不明真相的人制造假象，一个细心的人看得很清楚：这一类宣言在艺术上决无真诚可言。这就和道德一样：意图不能看作是事实。实际上，我的哲学和任何真正的哲学一样，是要证实、重建存在的一切（在道德方面，在艺术上，人们判断一幅绘画并不仅仅看它是否具有伟大绘画的意图，也不仅仅根据一个人讲话来判断他的道德价值）。艺术家的良知，一部作品精神性的惟一标准，是才能。

才能是独创性的标准，独创性又是真诚的标准，欣悦快感（对写作的人而言）也许是真正才能的标准。

谈到一本书，说"它写得很有才智"，这完全是蠢话，正像说"他很爱他的母亲"一样。对于前面关于书的一句话仍然没有给以说明。

书是孤独的产物，是"沉默的孩子"。沉默的孩子不应与多言的孩子相同，思想是由想说一点什么、有所指摘、有看法这种欲望产生的，这就是说，思想是由一种隐约不明的意念产生的。

我们的书的内容，我们写出的句子的内涵应该是非物质性的，不是取自现实中的任何东西，我们的句子本身，一些情节，都应以我们最美好的时刻的澄明通透的材料来形成，在这样的时刻我们是处于现实与现时之外。一本书的风格和寓言就是以凝结的光的滴状物形成的。①

---

① 以上四段文字，据七星文库版，每一段之首均有"不要忘记："字样。法洛瓦本不录。

此外，专为大众、为儿童写作，也是无谓的。对儿童丰富有益的并不是一本写得孩子气的书。为什么认为要一个电气工人理解你，你就必须写得很坏，还要大谈法国大革命？情况恰恰相反。巴黎人喜欢阅读大洋洲游记，有钱的人也喜欢阅读描写俄国矿工生活的书，人民大众同样喜欢阅读书写与他们生活无关的事情的书。再说，为什么要设置这种障碍呢？一个工人很可能喜爱波德莱尔式的作品（参见阿莱维[①]）。

这种反常情绪不愿反视自我内部（自我在美学上是一个人的对应者，他一心想认识一个人，却遭到蔑视，他说："这位先生，我要他干什么？我有什么必要去认识他，我讨厌他"），我对圣伯夫的责难大体也是如此（尽管这位作者除了"观念"之外什么也不谈，等等），这仍然是一种物质性的批评理论，是词句上的批评，是为了嘴巴快活，嘴角舒服，眉峰耸起，耸耸肩膀，在这样的冲击下，精神简直没有勇气直冲上去看看那究竟是什么，但无论如何，对圣伯夫来说，技巧愈多证明思想也愈是丰富。

拟古主义是由种种不真诚形成的[②]，其中有一种不真诚

---

① Daniel Halévy（1872—1962），法国历史学家，诗人贝玑的好友。据七星文库版注，此处指阿莱维《论法国工人运动》（一九〇一）一书。
② 七星文库版此处按照普鲁斯特手稿写有标题《莫雷亚斯》。法国象征派诗人让·莫雷亚斯（Jean Moréas，1856—1910）认为诗即在于形式，拟古主义是其特征。普鲁斯特有意将罗曼·罗兰与莫雷亚斯两人进行对比，借以说明他自己的美学主张。

专事摄取古人外在特征的天才表现作为可效仿的对象，以此作为仿作中可引起联想兴趣的东西，但古人并不曾意识到这一点，因为他们的风格在当时也未必就代表那种古人的风格。在今天，有一位诗人认为维吉尔和龙萨①的优美音韵在他心中回荡，因为他召唤维吉尔就像第二个"曼图亚博学的人"②所做的那样。他的《埃里菲尔》③写得优美动人，作为前人的继承者之一，他感到希腊依然生机勃勃存在着，他让国王的女儿像一个小妇人那样说话口齿不清咬字不准，说"我的丈夫，是一个英雄，但胡子长得太多"，她气愤地摇着头，像是一匹小牝马（也许只注意到文艺复兴时期和十七世纪提供的生活现实，无意中发生时代错误）；她的情人竟对她说"高贵的夫人"（希腊的基督教，伯罗奔尼撒半岛的绅士④）。

---

① Pierre de Ronsard（1524—1585），法国诗人。

② 拉丁诗人维吉尔出生于曼图亚农村，有"曼图亚博学的人"之称。

③ 上文"有一位诗人"，即指莫雷亚斯。莫雷亚斯《埃里菲尔》一八九四年出版。埃里菲尔，古代希腊阿尔戈斯国王塔拉奥斯的女儿，许配老人昂菲阿拉奥斯为妻；埃里菲尔为取悦情人波里尼斯，迫使其丈夫远征致死；后埃里菲尔在地狱中承认自己犯有错误。诗中写道："我的丈夫，是一个英雄……／他的胡子在下巴上／又白又硬……"莫雷亚斯为表现诗中女主人公心腹之言，仿效维吉尔的写法，让埃里菲尔也下到地狱，诗中写道："遵循博学之人的足迹／著名的曼图亚人，他曾以其优美诗情培育我／在地狱之河可憎的斯蒂克斯和悭吝的阿谢龙之上，／埃里菲尔，来到黑暗地狱的最底层……"

④ "希腊的基督教"，法洛瓦本原文写作 église chercheuse du Grèce，语义不明，七星文库版为 église chrétienne de Grèce，并指出"巴雷斯在他的《斯巴达之旅》（一九〇六）中宣称忆及十三世纪法国骑士曾创建雅典公国，对这样的希腊尤其使他深受感动"。莫雷亚斯原为雅典出生的希腊人，具有雅典精神，他讲述传说中希腊英雄人物一如描述法国绅士一般，似有所本。所以在诗中写到情人波里尼斯见到埃里菲尔竟以法国骑士或贵人的语言对她说"众神保佑你，高贵的夫人"。

他是接近(布朗热？①)——和巴雷斯一派的——对此他用一个词语已经给以指明，暗示派(l'école du sous-entendu)。这正好与罗曼·罗兰相互对立。这是一个优点，不过与内容空洞和缺乏独创性相比亦不相上下。他的著名的《诗章》②因为是未完成之作得以保全，其中某种平庸与缺乏灵感是有意而为的，否则诗章就成了无谓之作了，所以诗人的缺陷与诗人的目的不谋而合。但是，当他忘记自己的意图，欲有所言，这时他就写出像这样的好诗了③：

> 不要说生活是赏心乐事大排宴饮；
> 那是愚蠢的思想或卑下的灵魂。
> 更不要说生活是无穷无尽的灾难；
> 那是情绪消沉自己也立刻厌弃。
>
> 笑要笑得像绿叶枝条迎春摇摆。
> 哭要哭得像寒风或滩上的流水。
> 品味种种欢欣喜悦忍受一切痛苦灾难。
> 你说已经足够，因为这是一个梦的幽影。

---

① 据七星文库版，此处指马塞尔·布朗热，新古典主义文论家。普鲁斯特在此仅限于指出莫雷亚斯属于什么流派，因巴雷斯在当时声望更高，故又写出巴雷斯一派，但未作进一步的讨论。
② *Stances*，一八九九至一九〇一年发表，计六卷，第七卷在莫雷亚斯死后发表。
③ 据法洛瓦本注：普鲁斯特手稿上仅写有"引'愚蠢的思想和极卑下的灵魂'一节诗，诗的结尾是继勒贡特·德·利尔之后说过一百遍的平庸的东西：一个梦的幽影"。法洛瓦本将原诗引出附入正文。

我们所赞赏的作家并不能充任我们的向导，因为我们有辨认方向的感官，我们有我们自己的指南针或信鸽。我们在这内在的本能指引下，沿着我们的行程向前飞行，我们不时向左右两侧投下视线，我们看到弗朗西斯·雅姆或梅特林克的新作品，我们还看到我们不认识的儒贝尔[①]或爱默生，在这些作品中我们找到与我们此时要表达的思想、感受、艺术功力完全相同的先已存在的回忆，这让我们感到喜悦，就像是一处处路途指点我们不会迷失方向，或者，我们在林中停留一时稍事休息，一路都听到亲切的鸽群从我们近处飞过，让我们确信我们的路途无误。说它们没有必要，你若愿意也可以这么说，但决不是完全无用。它们向我们指明：带主观性的自我，就是正在工作着的自我，对于这带有主观性的自我呈现为珍稀可贵、真实的东西，它本身就是那珍稀可贵的真实的东西，对于类似的自我，对于较为客观性的自我，对于我们阅读时作为所有有文化教养的人中任何一个人，它具有更为普遍的价值，它不仅对于我们作为个别的单一[②]，而且对于我们作为普遍的单一，都是珍稀可贵、真实的东西。

　　对于以下涉及的一切，有必要指明：如我是世俗的，那么对世俗性的危险我必须百倍重视，如我的记忆力衰退，那

① Joseph Joubert（1754—1824），法国伦理学家。
② 七星文库版写作 monade（单子、单一）；法洛瓦本写作 monde（世界）。此处这一部分文字据七星文库版译出。

么对于重建行为①，也须百倍重视：醉心于理想的本性永远认为最美的事物对它来说也是最为困难的事物，这就是可供抵消我们种种恶习与弱点的发自本能的道德感。②

　　对于在梅泽格利兹那边、对于贝尔戈特、对全书的结尾，这可能是至关重要的。③

　　如果我们真有才能，那么，我们准备去写的美好事物，本来就存在在我们心中，只是一时还模糊不清，就像记忆中依稀记得的曲调一样，它是那么令人迷醉，但一时又不能清晰地加以把握，还唱不出口，既不能从量的方面加以描摹，又说不清那音符如何连续休止，心中经常出现这种认识不清的真实，可是又在记忆中纠缠不去，这样的人真是得天独厚的人。如果他们仅仅是说他们听到了那奇妙的乐曲，但不能向他人确切指明，那么他就是没有才能的人。才能也像是记忆力，最后总有可能设法让人听到那模糊不清的音乐，而且清晰地听清，并记录下来，给以再现，唱出来。不过才能也和记忆力一样，也有衰退的年龄，到了这样的年龄，接近内

---

① 据七星文库版注："行为"（l'acte）一词，也可能是"艺术"（l'art）。原手稿书写字体可能不清楚。

② 这一段文字法洛瓦本无。现据七星文库版补入。

③ 以上一段文字，法洛瓦本无。七星文库版认为普鲁斯特这一说明极可重视，表明普鲁斯特在一九○九年前后通过讨论圣伯夫、罗曼·罗兰、莫雷亚斯，阐明自己的艺术观，但是否纳入小说（其中提到《在梅泽格利兹那边》，即后来的《在斯旺家那边》），是否将上述观点赋予某一小说人物（如提到小说中写的文学家贝尔戈特），或以贝尔戈特的艺术思想作为作品的收尾，在他思想中一时尚未最后确定。

在记忆与外在记忆的心智的肌力也会松弛无力。有时，由于缺乏锻炼，由于自满过早出现，那样一段乐曲，一直以其无法捕捉的迷人节奏追随着你的曲调，也就无人可知，他本人也无从得知，渐渐消失了。

附　录

译者附言

　　马塞尔·普鲁斯特准备写有关圣伯夫问题的文字，与他惟一一部小说创作列在同一计划之中，出于同一创意，原是一个整体，时间是在一九〇八年，当时普鲁斯特三十七岁。这一事实已经得到确认，他死后留下的数十册笔记本以及记事本可以为证[①]。小说《追寻失去的时间》（一译《追忆逝水年华》）第一卷在下一年即一九〇九年开始正式动笔，一九一三年写成出版。由此开始，在普鲁斯特生前，小说七大卷的前四卷先后发表，另三卷在他一九二二年逝世后至一九二七年陆续出齐。至一九五四年，距他逝世三十二年，皮埃尔·克拉拉克与安德烈·费雷校订增补的《追寻失去的时间》全本出版，同一年贝尔纳·德·法洛瓦编订的《驳圣伯夫》也以单一作品的形式发表。数十册笔记本中所写的一切，包括普鲁斯特最初写有关圣伯夫问题的计划，只有小说是作家亲笔定稿完成的，而关于圣伯夫问题的文字却是身后按照遗存手迹由他人整理成书。到一九七一年，值普鲁斯特诞辰一百周年之际，又出了皮埃尔·克拉拉克编订的七星文库版《驳圣伯夫》（内附《仿作与杂文》《散文与论文》，编订者还有伊夫·桑德尔，而《驳圣伯夫》则为克拉拉克编订注释，并附有说明文字）。

《驳圣伯夫》中译本主要是以一九五四年贝尔纳·德·法洛瓦编订本为依据，并参照七星文库版本及皮埃尔·克拉拉克有关注释。两个版本编订者所写的序言与说明也分别译出附于正文之后以供参考。《驳圣伯夫》一书形成经过，在上述两个版本的序言与说明中都有详尽的叙述，所据事实材料以及所述成书过程基本一致，但对于原书体制性质两个版本的编者看法显然不同，因此材料取舍、编辑原则也大有出入。

贝尔纳·德·法洛瓦本列有十六章，每章标题除普鲁斯特原已拟定的以外，由编者酌情另加标题，各章按照原笔记本各相关部分或段落，并将其他笔记本中相关片段加以组合，各片段从行文组织上看似不相连贯，但在内容上可以合并形成一个中心，每章内容既有观点、归纳，更有大量叙述和经验描述性文字，有关艺术和艺术创造的精神过程的各段叙述尤其引人注目，充分显示了作家特有的那种叙事与情景交融、思想与印象互相呼应的笔法，从整体看写得回荡多姿；普鲁斯特陈述自己的美学观点和文学思想时大多不是采用理论思辨方式，往往是按小说笔法加以表述的。看来这个整理本在形式上和组成上显得更为完满充盈，但也不难看

---

① 菲利普·科尔布编订并加说明的《一九〇八年记事本》一书已由法国伽里玛出版社出版。

出，两个难以统一的不同部分在一本书中交错并列确实相当触目。皮埃尔·克拉拉克七星文库版《驳圣伯夫》，把原有的《序言》改名〔序言提要〕，编入的文字与法洛瓦本相同，但将法洛瓦本列于序言之后的几章中与母亲谈话部分涉及圣伯夫的文字摘要编入序言部分；继序言之后，便是《圣伯夫的方法》，《热拉尔·德·奈瓦尔》，《圣伯夫与波德莱尔》，〔圣伯夫与巴尔扎克〕，这里的方括号均为克拉拉克所加，表示不是普鲁斯特原定标题，并将法洛瓦本列为《德·盖尔芒特先生的巴尔扎克》有关巴尔扎克的文字也归并在这一章；此外《结语》部分，所取材料两者相同，克拉拉克的标题是〔关于文学与批评的札记〕，其中还附入两节文字，小标题为《罗曼·罗兰》《莫雷亚斯》，法洛瓦对此不作插入段落处理，一律列为正文，七星文库版《驳圣伯夫》在结语之前另行增收一章篇幅较为短小的文字与以前各章并列，采用普鲁斯特原有的标题：A ajouter à Flaubert，大意是"补入福楼拜处"，克拉拉克加注指明这一章文字是普鲁斯特一九一〇年匆忙写出的札记，是否准备纳入有关圣伯夫的论著无法确定，所拟标题亦不易索解。普鲁斯特除一九二〇年一月在《新法兰西评论》上发表有关福楼拜风格一文外，未见写有专论福楼拜的文字，据克拉拉克推测，在一九一〇年初普鲁斯特可能仍然有意继续按原计划写有关圣伯夫的问题，但也有迹象表明至一九〇九年末普鲁斯特即已停止《驳圣伯夫》的写作。因此，这一节有关福楼拜的札记写得相当简要，似未充分展开。有鉴于此，中译本未予收入。

《驳圣伯夫》两个版本的差异表明这一作品作为一个统一整体、一个完整的文本似乎还是一个有待继续探讨的问题，对此两位编者各有自己的看法和理由。普鲁斯特一九〇八年拟定计划撰写圣伯夫问题，对法国十九世纪文学传统进行一次全面回顾，这是肯定的，但在具体写作中发生变化，也是不难理解的，作家的意图与精神趋向主要是写小说，而且已经实现，甚至观念上与圣伯夫的对立于小说中不仅在艺术上有充分的展示，而且在理论上也得到充分体现（如小说《追寻失去的时间》的最后一卷）。再加天不假年，即使作家有写出一部讨论圣伯夫问题的理论著作的意图，也只能付诸东流。

　　普鲁斯特对圣伯夫的批评理论的注意，由来已久，并不限于拟定计划这一时期。按照法洛瓦的看法，普鲁斯特在病床上手持笔记本一本本继续写下去逐渐转向某种带自传性的虚构作品，与《追寻失去的时间》的开端日渐接近，转而写成小说的第一部，所以他认为他所编订的《驳圣伯夫》一书就是那部大作品的雏形或胚胎，这种说法是可以成立的；法洛瓦断言，《驳圣伯夫》既不是小说，也不是论著，而是"作品"，这一说法表明他并不否认这一作品由两个明显不同的部分组成这一事实。但是，皮埃尔·克拉拉克则认为这是一部未完成的理论著作的一部分，看来他的着眼点似落在文类或文体方面。作家已经逝去，预期完成的一部论著已无迹可寻，可以验证的只有小说七大卷和大量遗稿；即使按照克拉拉克选定的《圣伯夫的方法》《奈瓦尔》《波德莱尔》《巴尔扎克》几章看，其中虽不乏论辩文字，似也难以确定普鲁斯特生前当真准备全面展开理论论述。不同的观点，引出不同的编辑原则。相对而言，贝尔纳·德·法洛瓦本显得内容丰富，普鲁斯特在书中《圣伯夫的方法》一章对于全书涉及的主要方面已有明确交代，法洛瓦本是注意到这一点的，书中所收各章含有大量经验描述性段落，其中所展示的思想内容不容忽视，对于了解这位开创一代文风的作家的美学思想和创作方法很有参考价值，对于考察本世纪西方现代文学发展趋向亦可从中获得大量信息。这就是中译本以贝尔纳·德·法洛瓦本作为主要依据的理由。至于两个版本不同之处，译文中择其重要者酌情取舍增补或加注说明，对于一些次要的或属于技术性、文字方面以及编排顺序等问题，一般从略或酌情处理不另出注。

有人说普鲁斯特《追寻失去的时间》既是一部艺术作品，同时也是阐明艺术作品的理论，小说本身就是关于小说的小说。那么法洛瓦编订的《驳圣伯夫》是否也可以同样看待？《追寻失去的时间》作为一部作品，规模宏大，而《驳圣伯夫》对于探索这位一生只写一部大作品的作家的精神世界却不失为一本易于掌握的袖珍本，至少可作为参考材料看待。

前面说到书中《圣伯夫的方法》一章已对准备讨论的问题各个方面有明确说明，归结起来大体也就是艺术创造活动中的主观方面与客观方面，即作家和读者与客观现实世界和作品。如关于艺术创造主体——作家，普鲁斯特说作家只能是一个诗人，而且"世界只有一位诗人，从开天辟地之始他的生命……与人类生命一样长久，随着历史的发展，每个时代的诗经历不同时间过程表现在各不相同的真正的诗人身上，他们的诗就是人的生命唱出的歌……"这是他在《波德莱尔》一章中明确提出的。他对诗人波德莱尔倾慕敬爱以及对圣伯夫对待诗人的态度的愤愤不平，两者都充满于字里行间。他认为进行艺术创造的不是社会实践中的人，而是人的"第二自我"或所谓深在的自我，因此他否定圣伯夫的理论出发点：作家的生平是作品形成的内在依据，实际上也是彻底否定法国十九世纪实证主义的批评原则，为此后兴起的法国新批评开辟了道路。普鲁斯特认为艺术作品只有在精神领域才可能被创造出来，他反对艺术创造中的唯物主义，摈弃粗陋的表面，割断与表象的联系，"深入到生命的深处"；强调"写人所具备的本质和深在的一切"，真正达到"内在的真实"，以求艺术作品中含有艺术应有的"永恒的东西"，为此他在书中写有大量经验描述性的段落，提出一系列观点和方法，如关于感觉、印象、回忆以及情感、欲望等等，时间与空间变化、转换过程的处理手法等；他不否认智力或理性在艺术创造中的作用，但艺术创造的基础主要是感受力或感知方面以至本能，"我们不能用智力同时又通过感觉去看那些对象"；他认为圣伯夫数十卷批评作品就整体而言是机智的"谈话"，是"谎言"，没有什么意义，他责备这位批评家对于艺术中非理性方面不加注意。在普鲁斯特看来，艺术的生成全在艺术家的主观方面，现实世界甚至人们所熟知的任何事物只能是艺术家所采用的物质材料，为实现其既定的艺术目的而将其纳入艺术形式，并不是起决定作用的因素。普鲁斯特评述热拉尔·德·奈瓦尔时论及现实与梦幻的关系，说形成为对象的物质材料（风景）其中有令人激动不安的东西，是超出于物质材料的某种"无法确定、难以表达的东西"；他认为人们不可能凭借才智和趣味"凭空制造风景"，需要有一位真正的诗人作为主体凭借某种景物制造一个梦，"这是一种自为的本质，潜存于这一类天才的构成体之中……只有在某种梦幻的点化下才可能存在"，这自为的本质是什么呢？据说"像记忆一样；混沌一团在心头萦绕不去……那是一种气氛"，连语言文字也难以表达，这就是说现实与梦的混同融合，这里所说的梦，或在其他场合说的记忆或感悟，都是相类似的概念，普鲁斯特明确指明说这是一种"神秘的思想规律"，他说热拉尔·德·奈瓦尔在作品中所表现的那种感受是主观的，"如果我们说是客观事物引出那些主观感受，那我们就是不尊重自己的眼睛"。在讨论热拉尔·德·奈瓦尔这一部分中，讲到诗人与德国浪漫主义的关系，在这里恰恰表明普鲁斯特的文学思想与德国浪漫主义的血缘关系。有人说，普鲁斯特是第一位成功地将现代小说引向诗化的境界的小说家。可以认为，在《驳圣伯夫》中，当然更是在他的小说作品中，法国十九世纪象征主义诗向叙事性作品中延伸的轨迹，历历可见。普鲁斯特的确是在他的小说中创造出一种散文以适应叙事作品向诗的方向过渡。

普鲁斯特对巴尔扎克极为重视，这在《驳圣伯夫》书中显然占有重要地位。他从巴尔扎克的所谓"庸俗"一面谈起，对巴尔扎克小说的历史文献价值持肯定态度；对于巴尔扎克以自己的生活、感情、愿望，以"完全相同的方式写成的小说"，也就是说作家的深在的自我在形象体系中得到充分体现，这是普鲁斯特对巴尔扎克小说特别给以注意、着重加以描述的方面，也是他对这位现实主义作家独辟蹊径的分析和见解，很值得注意。曾有人将普鲁斯特与巴尔扎克进行对比，也是有根据的。普鲁斯特在讨论巴尔扎克小说时讲到"形象之美，其中是有思想的"，还谈到巴尔扎克作品中蕴涵有绘画观念，绘画性的真实，肯定巴尔扎克（还有福楼拜）像画家那样反复描绘现实对象，取得完美效果，称许巴尔扎克笔下表现的精微深细的真实性，认为巴尔扎克从上流社会采集而来的真实的东西"具备概括面相当大的普遍性品位"等等。在叙述中普鲁斯特反复强调真实性问题，但他所说的真实性看来主要侧重在主观或内在的真实；他说巴尔扎克小说中写的"戏剧表层情节下，都是由肉欲与情感的法则在运转"。巴尔扎克作为一位大作家其精神构成不是单一的，对其中复杂的组成部分，不同精神倾向的作家可以由此撷取不同质的内容在不同的方向上加以突出或发展，得出不同的结论。文学传统是由多重异质的内涵融汇而成，不同历史条件下，可以有不同分支取得重大发展，甚至成为一个时期的文学主流。普鲁斯特对巴尔扎克，以及奈瓦尔、波德莱尔的专题阐述表明普鲁斯特的现代小说与法国文学传统不可分割的承继关系与血肉联系，但又是有所侧重、有所选择的，巴尔扎克—奈瓦尔—波德莱尔在法国文学传统中可以自成体系，其中闪耀着浪漫主义的幽光，对此，普鲁斯特称之为心理现实主义。

　　普鲁斯特的心理现实主义对现实对象无疑是从主观方面加以突出强调的，他对于感性活动有极为深细的体验与感受，但也仅仅限于从人的感性活动方面去理解，而不是真正从人的社会实践历史地加以认识，因此不免片面而且抽象；所谓永恒、真实、美等等似乎也是明其无可奈何，识其不由智力，最后只有求助于直觉感悟，这是需要注意分析的。

王道乾

一九九一年二月

原编者序言

　　普鲁斯特未发表的作品是不存在的。他在他的书最后一行写上"终结"二字，那才是事实上的终结。为他的作品作准备，他写有数千页稿纸，依然还是准备工作。即使是最早的作品，即使是《欢乐与时日》，也没有让我们感到一位年轻作家梦想写出够格的作品那种踌躇、摸索前进的情况，我们看到的是成熟的思想、非同一般的专注，对自己的艺术的本质真实的深知洞悉，并开始用之于描绘那种真实，虽然有时还不是得心应手。与大多数前人相比，他们的作品已写出多种却永远是一个模样还不自知，普鲁斯特是自觉的，要写就写出一种，这就是他超过前人的优势所在。这也就是为什么他可以采纳多种文学样式为己所用，而不是去做文学样式的奴隶。是诗人，除非是自娱，他无意去写诗。是小说家，但和其他小说家不同，他决不是一株产出小说果实的小说之树。最后，他还是批评家，不过他从不将主要创作活动用于批评。总之，普鲁斯特是一个只写一部书的人。

　　在他留给我们的遗稿中，企图找出新异之作，那是徒劳的，甚至他的天才也反对这种所谓新异之作。人们可能发现巴尔扎克一个短篇，马拉美一首诗，代表着未被发现的巴尔扎克、马拉美。在普鲁斯特那里，可与《追寻失去的时间》相等同、相接近的作品，是找不到的。我们今天介绍的《驳圣伯夫》，它在文学上的重要意义，与孟德斯鸠的《札记》①相比，大概性质并不相同，同样，《让·桑特伊》与《吕西安·勒万》②相比，也决找不到相似之处。这是一部未完成的作品的草稿与素材，有待于作品完成将之汇总集中并超越，如果你愿意的话，目前还仅仅是一些资料。这些资料如不比作品完成后能告诉我们更多一些东西，那么，就资料本身而言，对我们来说也是内涵丰富的，因为它告诉我们的是：我们的文学最完整最复杂的创造过程的一个方面。我们可以依此逆水上溯，可是我们直到现在一直是顺流而下的。现在，在人们对这些支流流向尚无所知的情况下，能读到普鲁斯特自己写的解说文字，至少应该给我们提供一份有关他较为外在的生活或思想图像的记述：一个时间表或一个方案。一位作家的真正历史同上述那种时间表或方案当然有区别。历史不是凝固的。历史是由种种机遇、休止、意外情事、计划放弃十年过后又行拾起、裂解或再度重合的人物、种种发生神秘变化的思想所构成的：一部小说的历史本身就是一部小说。

这部小说的主人公不是别人，正是作者自己。关于《追

---

① 孟德斯鸠(Montesquieu, 1689—1755)的《札记》在一九四一年出版。
② 司汤达死后手稿经整理发表的一部长篇小说。

寻失去的时间》，我们发现的最初文本与之相隔有几个月、几年时间。但在文采上，文笔的精确上，其丰富、完美，并无二致。主题与原型一点也没有改变：只是观察它们的眼光不同了。这正是普鲁斯特式的心理状态变化规律之一，正像我们面对一个人以其先在印象来认知他的新印象，我们就认识他一样，因为认识是由"两个时间"构成的，这正是诗意之所在。普鲁斯特未曾发表的作品就属于先在的时间，未发表的作品无疑并不希图自身的存在，与他已完成的作品自有区别，但它们也不是草稿。它们像是艺术家的第一套、第二套"方法"，艺术家的愿望是向我们提供他的最后成品。正像普鲁斯特把他所有的经验移置于他笔下的音乐家和画家身上，我们也可以把这一情况还诸其身，就像小说中司旺面对萨克里班女士画像看到"二十年前"他所爱的女人一样，或者像一个人听到万特伊的七重奏从一片琶音弹奏中突然听出奏鸣曲中那个乐句。这样，我们就登堂入室进入马塞尔·普鲁斯特的工作室了。

在这个工作室中有什么遗留呢？这个问题长时间以来都没有找到答案。所有的研究者认为像这样一座宏伟建筑总应具备比一卷青年时代薄薄作品、两部译作和六篇文章更为坚实的基础。这样的基础是否有可能重行找到？普鲁斯特是否有意无意把他的劳作成果全部遗失了？他的小说手稿中一部分已由他本人分赠给几位预约者，这是一个令人不安的迹象。对于他的生活和性格，不为人知的兴趣爱好，他经常公开表示对评注本、不同变文的无所谓态度，他的极不稳定的健康状况，他的三次迁居，人所共知的放荡，健忘，这在他的书信中写有大量事例，所有这一切人们本来是能够知道的，但也很可能从此湮没无闻，十分可虑。不过事实并不是这样。如果说有所失，似乎也是微不足道的。从《女囚》的校样上，可看到他青年时代写的几首诗，如果按照他死后发现的大量手稿，看来全部文稿普鲁斯特都完好地保存下来了：笔记本五十余册，几百页稿纸，罗贝尔·普鲁斯特医生，继后是作家的侄女热拉尔·芒特-普鲁斯特夫人都已收集齐全，这是人所共知的。应该感谢热拉尔·芒特-普鲁斯特夫人，我们今天得以读到这些遗稿，她以她的才智、她的献身精神和一丝不苟的严肃态度对这些手稿进行了精心的整理和誊清，这确实是所有普鲁斯特研究者感激不尽的，对于这一点我们比其他人士更为珍视，所以，在这里，我们尤其要对他们表示深切的敬意。

遗稿的发现所取得的第一个效果是破除一项由来已久的传闻。批评家如果对《追寻失去的时间》之前种种事实不加细察，势必会将普鲁斯特与小说叙述者混为一谈。这一误解是普鲁斯特本人促成的，因为他表现他的生活就像表现一种分割成两重的生活一样，如帕斯卡尔、托尔斯泰、梅特林克的生活。只要看看手稿就可以证明情况并不是这样，他辛勤工作从来没有停止过，也许一项前所未见的创造活动就像他这样持之以恒从不间断地进行着。但是这项持续不断的工作是不可能让人看到的，其中有几个时期直至今日仍然真相不明。在《欢乐与时日》出版的一八九六年到他着手写《追寻失去的时间》的一九一〇年，除去翻译罗斯金两本书、发表几篇文章之外，没有发现有别的作品。数量是很少的。在客观上足以令人推想他生活闲散，专注于艺术、社交、爱情并沉溺于其中。但是这十五年极其重要的工作人们并不知道：一八九六至一九〇四年的工作，写出小说《让·桑特伊》；一九〇八至一九一〇年的工作，这就是我们这里出版的论著《驳圣伯夫》，对此我们应该作出必要的说明。

这部书出版在客观上遇到最大的困难在于这部著作的性质，原稿的分散，和内容的多样性。实际上它并不是写了一个开头就中断的未完成的叙事作品，普鲁斯特从来不是按线性方式写作的，在这个时期尤其不是。他的手稿是一步一步续写的，逐步扩展，增殖，分解开又聚合在一起。就像是一个梦，梦的各种形态是不固定的。这种块状集合状态在《让·桑特伊》中已经存在，但读起来并不感到困难：这部作品由一些短小章节组成，情节线索实际上并不重要，作者显然也是不加注意的。《驳圣伯夫》的情况不同，普鲁斯特始终注意要写出一部条理清晰的作品。只是发展方向是相反的。《让·桑特伊》一开始充分利用丰富的插叙展开，写到后来，让人感到某种松懈出现，于是小说陷入停滞状态。《驳圣伯夫》不是这样，开始是一线细流，一点点扩大：记录一些要点，写成一页页初稿，笔记本一本本增加，最后形成为《追寻失去的时间》的长河。

为整理手稿，我们有一位最为难得的向导：这就是窄窄长长一个小记事本。普鲁斯特这一时期在记事本上记着一些引文或参考性的附注。这些札记大多勉强可以辨认，有一些写得十分简略，不易理解，但很有价值，值得注意，因为普鲁斯特在思考的时候随手把他的思想记录在小记事本上，这就是他的创作的航海日志。根据这些记录，我们有可能将手稿理出一个顺序，追踪这一创作历程各个主要阶段。

第一组手稿由大开张纸张七十五页组成，包括六个插曲，这在后来的《追寻失去的时间》中都收纳进去了，这就是：对威尼斯的描述，在巴尔贝克的居留，与少女们相遇，在贡布雷睡眠的情形，关于人名的诗意以及在两处人家《那边》。这在记事本上有一段札记写得十分清楚①。这是在写出《让·桑特伊》之后，《追寻失去的时间》最早的形态。盖尔芒特在这里叫作维尔邦。司旺这时还不存在：司旺这一角色由两个人物分担，一是叙述者的叔父，一是在贡布雷举行的一些晚会上经常出现的某一位名叫德·布雷特维尔先生的人。如花的少女的雏形，是两个小女孩。巴尔贝克此时还没有命名。在这些情节中，圣伯夫的问题是不存在的，上述这些情节包括三个重要情况：首先是向我们证明普鲁斯特在写《驳圣伯夫》之前企图在此以专属于他个人的形式来处

---

① 札记写的是："已写成的篇章——罗贝尔和小山羊——妈妈动身出行——在维尔邦家那边和在梅泽格利兹家那边——封印与开始——占有即失望——吻脸——我的外祖母在花园里：德·布雷特维尔先生的晚餐——我上楼去：在我梦中妈妈的脸当时的情况和以后的情况，我不能入睡，让步——卡斯特兰地方的花卉、诸葛底绣球花、英国大丽菊、德国大丽菊——路易-菲利浦的小女孩——幻想——放荡孙男眼中的母亲的脸——维尔邦家与梅泽格利兹家告诉我的事情。"

理他的小说，其次，因为这些情节已经构成一个基础，可以继续开掘，扩展其探索范围，最后，因为我们在相同大小的纸页上，发现以相同的笔迹写有二十多页一篇研究性的文字，这才是关于圣伯夫的论文，若不是这样，我们在这里对这些情节也就无需提起了。

接着是第二个阶段。这一研究性的材料把记事本上大部分的札记都用上了，在此之前，已经有一系列札记，如关于计划推展的一些说明。此外，这一研究还包括有写两篇序言的计划：其一，很短，仅占半页篇幅；另一篇序言，较为展开，其中写到一杯茶、铺路石板高低不平的事例，也就是说，涉及《追寻失去的时间》的开端与结尾。但有关这一方面并没有写完。这是因为普鲁斯特很快就放弃写一篇客观研究性作品的想法，按新的写法另行开头，采取和母亲谈话的形式。

第三组手稿，数量最大，是由上述想法的第二稿草稿组成。以此为始，普鲁斯特的手稿都是写在学生用的笔记本上，笔记本大部分是黑色单面仿皮漆布封面。所有这些笔记本都是写的《追寻失去的时间》的草稿，其中有七本包括和母亲谈话相关的片段，这本来是准备用于圣伯夫的。这一部分手稿确定前后顺序并不困难：第一、第二两本是写一天上午谈话的故事①。接下去三本，其中有几段最重要的文字，

---

① 在这两个笔记本上还有两篇仿作的初稿，即关于亨利·德·雷涅埃和梅特林克。

即关于巴尔扎克、奈瓦尔、波德莱尔的，同时还出现盖尔芒特家族的人、弗朗索瓦兹、于利奥（后改为于翩），威尼斯和贡布雷。在最后两个笔记本中全部由《追寻失去的时间》的题材所占有，在写谈话的许多片段的旁边，写有越来越多勾画科塔尔、谢尔巴托夫公主、司旺、圣卢（在这里写作蒙塔尔纪）、夏尔吕（在这里写作德·凯尔西先生）的"草图"。

这些片段写成时间无法确定。普鲁斯特写作时间表几乎只能根据他写的信件来确定，人们知道，他的信件也是写得不明确的，必须进行过仔细的核对工作，即使这样也难免留有错失的可能性。不过在这里我们也有有利的条件。《驳圣伯夫》是仅有的几个写作计划中之一，关于《驳圣伯夫》写作计划普鲁斯特定期和他的通信者乔治·德·洛里斯保持联系。在一九〇八年十一月，普鲁斯特将他准备写有关圣伯夫研究的意图告诉了洛里斯，说写这样的文章有两种模式，究竟怎么写他还委决不下："一篇是古典式的论文，类似泰纳那样的论文吧；另一篇开头写一天清晨的故事，妈妈来到我的床边，我向她讲述我想写关于圣伯夫的文章的事，并把文章内容向她详细说明。你觉得哪一种方法好？"在记事本上开始记下的一些札记并没有关于第二个计划的暗示，这大概是在几个星期之前记在记事本上的。事实上，在十月，普鲁斯特从凡尔赛写给斯特罗斯夫人的信中说："在我不太难受的时间，我已经开始工作（写两次，每次二十分钟）。想到那么多的事情，感觉那些事情在精神上一直激荡不已，精神也快要崩溃了，而人们对躁动于其中的事物竟无所知，多么令人苦恼。"

在这里，可以看到他在序言中写的句子，如写给洛里斯的一封信中写到圣约翰的箴言："趁你身上有光，务需勤修。"普鲁斯特大概是在一九〇八年夏末从卡堡回来开始动笔的。四个月后，作品已写出不少："极大的幸运一朝降临，那就是《驳圣伯夫》一书写成（不是第二本仿作，而是研究性的作品），因为这个装得满满的行李箱在精神上把我折磨得好苦，该下决心动身了，否则就把它抛开。"到一九〇九年春，普鲁斯特找人征询有关盖尔芒特的姓氏和爵位封号的问题。写盖尔芒特家族第二稿的三册笔记本就是在这个时期写成的。最后，在秋季，书已经写有相当的规模："瓦莱特拒绝接受《驳圣伯夫》，它肯定是不能出版了……写得太长了，有四五百页之多。"

这就是我们所了解的事实进程的一些标志。显然我们不能局限在这样的限度之内——即一九〇八年十月，一九〇九年九月——如果我们想了解这一写作计划真正起因还须向前追踪。普鲁斯特早在一九〇八年向乔治·德·洛里斯作过解释，说在上一年他就构思想写这样一篇论文，并在思想中有四次反复。在一九〇七年十月他在写给罗贝尔·德雷菲斯信中曾引用圣伯夫《夏多布里昂及其文学集团》一书的序言。自一九〇五年始，他还同斯特罗斯夫人谈到圣伯夫。可见，写有关圣伯夫的书的想法可能多年前就有了，同样，长时期以来，这一想法几经放弃，因为在一九一二年，也就是说

《在司旺家那边》已经完成之时，他在给斯特罗斯夫人信中仍然还有这样的话："写《驳圣伯夫》的愿望——就是说一方面写有关你的家族作为一株耶西之树，你就是树上一朵名花，另一方面还要写《驳圣伯夫》——这一宿愿由来已久，因为我现在还记得，我相信我的小说出版已有三年，我曾经通知也准备写《驳圣伯夫》的博尼埃（Beaunier）说我要侵犯他的权益。"可以说，圣伯夫大体在一九〇五年前后即已出现在普鲁斯特的文学视野之中，一直摇摆不定，即一九〇八年上升到中心地位，随后又逐渐下降，一直延续到一九一二年。

我们不应因这种进展缓慢情况就对这一作品的涌现视而不见，这是一部在几个月时间内诞生的作品，形成速度之快也是惊人的，仿佛力量积蓄已久，在熔器中一举熔铸成型。在笔记本上所写的字迹也可以证明这样的印象。关于手稿有必要再讲几句，作为对普鲁斯特手迹的简要描述。《驳圣伯夫》的手稿，与《让·桑特伊》手迹的雄浑、流畅自如不同，它写得紧密繁复，在作家亲笔写的初稿上枝蔓丛生。人们在原稿上可以看到有大量涂改，在一行行文字之间就像挂满串串的花朵，又像是从蛹里爬出密密麻麻的幼虫，看一看也让人为之感动。笔迹与《追寻失去的时间》手稿的笔迹是相同的。从纸上的笔迹，涂改的情况，在我们看来，这是整整一部书的规模。当观念在他的心目中浮现，以某种面貌表现出来，同时另一些观念还处在模糊状态下，于是观念又行消退，由思想所形成的面貌来取代，在这样的时刻，这种处于纵深状态的空间，就是创造精神在启动。

这样的现象应如何理解呢？与《让·桑特伊》进行比较，要求我们回溯过去，估量这十年的历程，以便发现在普鲁斯特文学创作进程中一部重要作品一般借以产生的思想闪光、内心呼唤、心灵震动。但是，事实并不是这样。在这期间，除了日益加深的沉默，我们什么也没有找到。如果说他的一生中有一个忍从与败退的时期，也许就是写《驳圣伯夫》前这个时期。译罗斯金的著作，对他来说已经是处于退守时期，这是学术性工作，使他暂时脱离创作活动。至少，这仍然是一种真正的工作。接着，普鲁斯特仅有的若干篇文章发表：是写社交界沙龙或文学沙龙的记述文字，书评，悼辞之类。当然还有其他一些原因。就像这样，精神上一种麻痹状态逐渐形成。

他在生活方面这时也是阴暗的。他母亲去世，这时他与其说是活在人世，不如说是幸存于人世。他有从事文学工作的勇气，也是因为他的母亲，母亲对他来说既代表他所迫切需要的爱，也代表着他的努力，他道义上的目的与意义。他的许多最亲密的朋友如贝尔特朗·德·费纳隆①都离他而去，同时他的健康状况继续恶化。从一九〇六年开始，人们知道，普鲁斯特迁到奥斯曼大街，住在那个不能见客的房间，进行呼吸道烟熏疗法，服用麻醉剂，过着一个重病病人

---

① Bertrand de Fénelon，死于一九一四年第一次世界大战中。

的生活，在这样的情况下，勉强可允许他写作。另一方面，这是更为严重的问题，他酝酿要写的作品这时又进入了死胡同。《让·桑特伊》因难以克服的困难成为失败之作，但至少还有无可否认的丰富创造，尽管收获是如此之菲薄，毕竟具备一种形式。甚至连这样脆弱的基础也消失了。普鲁斯特对自己作为小说家也把握不定了。所以他转而成为翻译家，批评家，专栏作家。对他来说，这的确是一次失败，是灵感衰退、想象力枯竭的征兆。

恰恰是在他力量衰竭走下坡路的时刻，普鲁斯特的创作终于真正起步了，这是很值得注意的。同样值得注意的是：前面谈到的那些偶然事件都具有两重性。病患无疑给他带来痛苦，但也给他提供了静止少动、孤独，不是这样他也不会有所成就。他母亲的死对他是一大打击，但也让他得到解脱：这不仅给过去的时间赋以全部内在价值，而且开辟了未来，他母亲生时他所不理解的经验现在他真正理解了，真正成为他自己的经验。至于文学上一时无能为力，这也许是不可避免的。因为病苦的痊愈对他来说原本是在心灵上。任何文学样式品类看来对他都不适用了，因为各种样式他希图全部拥有。这种踌躇不决状态他用心设法希望从其他作家那里找到解决办法，如奈瓦尔或波德莱尔，但他看到的仍然是不足的方面，不免为之扼腕叹息。等到他克服这种犹豫不决之后，一时的徘徊踌躇在他恰恰是天才得以表现的特征，也正是天才的充沛力量和新颖之所在。这时，他给莫里斯·巴雷斯写了一封信，对这封信知者甚少，信中几乎每一句话实际上都是说明他自己的新发现："文学样式之于你，就是感受或真实可能体现的形式，而这种感受与真实出以何种形式，你还犹豫不决，形式比之于文学样式更应给以重视。我想象你手中掌握着丰富的珍奇，只是你还没有想出用什么方法使之实现。像这样一句话，读起来令人心情激荡，恰好证实了你的这样一个观点：我感觉我在一个陌生女人手中发现一本书，从书中我可能把我的音乐完美地唱出来。"

这个问题是普鲁斯特长期全神贯注的中心。他的许多琐细的试笔练习由此扩展开来。他的译文不仅仅是译作，他写出的文章也不仅仅是一些文章。他所从事的一切都超出原有的界限。如他译罗斯金的《芝麻与百合》，除正式译文外，还有序文和评注：这两部分占有很大分量，与罗斯金本文具有同等地位。序文几乎可以说是一篇小说作品，也就是后来的《贡布雷》。评注类似美学讨论：这就是后来的《时间失而复得》[①]。一九〇六年的作品也是一样，我们发现这种三重结构原则这时已经形成，普鲁斯特再次用之于讨论圣伯夫的问题，这就成了后来《在司旺家那边》的结构，最早他本想将之用于《追寻失去的时间》全书（一九一三年曾宣布此书分为三卷出版，即《在司旺家那边》《在盖尔芒特家那边》《时间失而复得》）。

一九〇五至一九〇八年写成的各篇文章，不仅在形式方

[①] 《贡布雷》是《追寻失去的时间》第一部分最初的标题，《时间失而复得》是《追寻失去的时间》的最后部分。

面，而且在内容上都是为写《驳圣伯夫》做准备的，进而越过《驳圣伯夫》直指《追寻失去的时间》。这部书的全部主题在其中几乎都已拟就，论述"阅读"的文章曾用作《芝麻与百合》的序言，《被屠杀的教堂》中一些文章写于一九〇四年，正当白里安①提出政教分离议案之时，这些文章集中起来形成为《贡布雷》写外省儿童生活的序幕。《一个杀父者的为子之情》一文，是受一九〇七年报纸上一件社会新闻启发成的，普鲁斯特发现自己曾经见过这一事件的主人公，文中写的那种为子之情部分地成了后来小说中叙述者对他自己的母亲的感情，同样的感情又在另一篇题为《外祖母》的文章中表现出来，这是在这一年为他朋友罗贝尔·德·弗莱尔的外祖母德·罗齐埃尔夫人去世写的悼念文字。《汽车旅行印象记》一文记述有关诺曼底乡间的回忆，这与此后小说中写的巴尔贝克有关，同样也与以后写的有关盖尔芒特家和梅泽格利兹家《那边》相关，这两个家族在他童年时代是截然分开互不相关的，由于时间的作用，奇迹发生，两者一下接连贯通。有关孟德斯鸠和德·诺阿耶夫人的文章，是与他长篇批评性研究有关的最早的文字，就和他后来写巴尔扎克或波德莱尔一样。他这时所写的这些内容不同的仿作不仅是理论批评的一种先期实验，而且还为普鲁斯特启动了他惊人的模仿天赋、"捕捉"一位作家或某一个人的神

---

① Aristide Briand（1862—1932），法国政治家、律师、记者，社会党人，一九二六年诺贝尔和平奖获得者。一九〇二年后为议员，曾提出政教分离议案获得通过。

韵、笔调的才能，由此他将从中汲取取之不尽的源泉活水。

总之，对这些部分写成或仅仅准备写的文字，应给以重视，否则，我们很可能看不清他创作推进的轨迹。一九〇八年一封写给罗贝尔·德雷菲斯的信中暗示他要写一篇文章，也可能是小说，收信人劝他不要在杂志上公开发表。正当此时，慕尼黑奥伊伦堡事件(L'affaire Eulenbourg)发生，也许由这一事件诱发促成《所多玛与蛾摩拉》的写作，《所多玛与蛾摩拉》就是以写"阴阳人"作为开端而著称的，但"阴阳人"在《驳圣伯夫》中恰恰也写到了。另一些主题，如关于阅读《费加罗报》上一篇文章的深切感受，或乘火车旅行早晨喝牛奶咖啡的插曲，在他的信件中也都是提到的。所以，人们认为他创作枯竭的这几年，我们发现《驳圣伯夫》一书几乎全部组成部分在这一时期都已提前具体地形成了。

未来作品的内容与结构在一九〇五至一九〇八年间写出的文字中已经成形，与此同时，人们还可以看到其中一个将起决定作用的组成要素也许以不易看出的方式显现出来，这就是叙述者这个人物，正如普鲁斯特自己说的那样，"谁来说话：是我。"其实这个说法是用来迷惑人的。与其说是小说中的一个人物，不如说是一种语调。应该说这才是这一时期取得的最主要的收获。普鲁斯特所写的文章、论文、信件、评论，几乎都是在某种力量驱使下采取这种第一人称的写法，以后，第一人称写法将要支配他所有的作品。过去竭尽全力要把他思想中相互对立的片段连接贯通而没有取得结果。现在从批评过渡到小说，从哲学过渡到回忆，就没有什么困难了。因为"谁来说话：是我"作为人物，就像是《一千零一夜》中的魔法师，所有浪漫主义的"我"都集中到这个人物身上，包括米什莱的"我"和圣伯夫的"我"，夏多布里昂的"我"和奈瓦尔的"我"。他是一个人，同时又是很多人。他给风格笔法提供更大的丰富性和多样性，在我们的文学中这也许就是他期待有十五年之久的目标：他的同一性。

就在这样一些条件下，一篇比以前写的文章更为重要的文章的构思将要把先此出现的发展趋势集中起来，朝着新的方向充分展现。这一现象可能具有划时代的意义，我们已经看到了。现在人们已有可能追踪它内部发展的轨迹。开始时，普鲁斯特无疑仅仅想写一篇有一定限度的研究性作品，是他一直迟迟未能落笔写的小说酝酿期间的一种分心消遣。接着，这一研究又变成了宣传美学信念的机会，于是研究的空间扩大。这已经不是一篇文章，简直成了一份遗嘱：他写的是他未能下笔写的书的历史。他想把有关他的感情生活遗嘱同他的文学遗嘱连接在一起，并引进他的母亲的形象。第二稿的切入点，就是原来的起点，这在论文初稿的一段文字中是一目了然的，普鲁斯特在论文初稿谈到报纸专栏作家圣伯夫和他母亲时，也讲到他自己的种种回忆，不过与全文衔接得不够妥帖。

这第二稿像是一篇长序，包括写一天早晨的故事，清晨醒来，谈到报上一篇文章，开始和母亲谈论。接下去，是对圣伯夫及其主要同时代人的正式批评部分。再后，通过写巴尔扎克和巴尔扎克的读者转到写盖尔芒特一家人，对盖尔芒特一家人的描述构成这部作品的第三部分。这就是这部作品形成的情况。作者随着作品的推进，作品结构的两翼越写越扩大，渐渐将原计划中主体部分挤压缩小了。序言变成了《在司旺家那边》，结尾部分成了《在盖尔芒特家那边》。圣伯夫原来用作托辞，由于其他部分扩展，渐渐地就放弃了。

不过也不完全是这样。因为普鲁斯特针对他的主题提出的艺术理论仍然保持原有的地位未变，这就是作品的结束部分，《时间失而复得》。在创作向前推进过程中，某种比例失调使整个建筑受到震撼。作为倾注到作品中的生活后来逐渐把仅仅属于智力的内容排挤出去。因此作为一部批评作品《驳圣伯夫》完成时竟成为小说："失去的时间"的小说在"时间失而复得"的艺术沉思中脱颖而出。这时，《追寻失去的时间》的观念已经掌握在手：正像后来普鲁斯特所说的那样，书的最后篇章恰恰是他先已写好的最前面的篇章。

人们不难看出，这部特殊的作品对他来说意味着什么。这部作品在他全部作品中不过是很小的一部分，却是他一生中一个重要时期。在这一时期，他的思想、计划、工作无不是围绕着阅读、评析圣伯夫进行安排的。这是作家暂时停步进行观察思考的一处平台，以其敏锐的眼光深入探察深广茂密的十九世纪，分辨其中的崇山峻岭，发掘其中的隐秘：他的作品在葱郁幽深森林深处展现着，这就是他将要前去深入探求的地方。任何承续的中断都不能让他与上述一切分离开来。我们已经看到，这部书是没有开端的，既然它在普鲁斯特的生命中根植深远，它也没有终点，司旺在《驳圣伯夫》中已经存在，不过还看不清，隐藏着。圣伯夫在《司旺》初稿中也存在着，他的痕迹将要经过很长时间才会消失。直到一九一一年，普鲁斯特还在和他的朋友谈他准备写《驳圣伯夫》，他指的实际是《追寻失去的时间》：《追寻失去的时间》就是从这一原初作品蜕化出来，就像那有名的日本纸花从外壳中呈现出来一样，留下的不过是作品的题名而已。

上述种种情况可供人们理解本书编订所遵循的原则。一种仅供专家使用具有学术意义的版本需要附有各种异文，应尊重各插叙间互不连贯的情况，不宜改动，另一种改编本则不免武断地另行组合，在这两种情况之间，我们想折衷办法也是存在的。有些段落与《追寻失去的时间》极其相似：这些段落我们决定不加选用。相反，普鲁斯特和他母亲的谈话应予保留，先已写成的部分不得不有所割舍，列入这部作品的也不能不略加改动。我们尽量尊重普鲁斯特原设想的计划，将计划中各不同段落分为短小的章节。这些章节我们都加上标题，手稿中原有标题中有三个标题《圣伯夫与波德莱尔》《露台上的阳光》《德·盖尔芒特先生的巴尔扎克》作为我们立题的依据。手稿的数量是很大的，其中有的片段甚至写有八九稿，必须有所取舍，选取我们认为完整的片段。每见有脱漏需要补全，我们都尽力而为。特别是论述圣伯夫的一章，几乎所有引文仅仅是大体点明而已。我们在卓越的专家、圣伯夫书信集的主编让·博纳罗（Jean Bonnerot）先生的帮助下，上述引文我们已经分别予以补足。在此我们对让·

博纳罗先生给予这项研究极其重要的帮助表示我们最深切的感谢。研究巴尔扎克的部分，除后面续写的以外，同样在边页上或在手稿背面有大量加写的文字，一般在文前注明"补入某处"。这些加写的文字我们列入一章的正文之中，在插入文字起首处也加注注明。普鲁斯特的文稿经常不加标点不换行，我们觉得行文最好安排得条畅清晰、疏朗明爽。最后，有一些字词看来写得十分怪异，我们不像有人所做的那样，如实抄录，加注"原文如此"，而是直接予以改正。

我们这种自作主张的做法应向读者事先作出说明。我们这样做也许会使某些教授以及心境不佳的批评家感到不快。我们承认我们没有接受他们那种拘泥细节的一丝不苟和他们的个人兴趣。在这里，我们关注的是大作家的天才表现，而不是他的笔误或词语拼写问题。最后完成的遗作是罕见的。但属于这类作品的"备制品"也是有的，人们可能对之感到遗憾，如果要使这些作品清晰可读，就必须承认在这一领域根本不存在完美无缺的成品，这是一个不可移易的通则。所以《驳圣伯夫》实质上并不是一本专著：这是关于一部书的梦，是关于一本书的观念。我们无意另行制造什么东西，我们仅仅是还给它"一个观念"，仅此而已。

这样的观念将不可避免地是很不完备的。关于人物的记忆有如涌泉，众多思绪感念要求给以表现，在这一切的推动下，普鲁斯特几乎立刻就偏离了他原初的计划。所以他对圣伯夫的批评是零星片断的。关于奈瓦尔一篇，同样也没有最后完成，文章最后部分表明主要的论述展开还有待于继续写下去，不过并没有往下续写。讨论波德莱尔和巴尔扎克的章节是仅有的完整章节，特别是关于巴尔扎克部分普鲁斯特还有时间加以修改，并按照他的习惯进一步补充充实。按他的记事本所作的札记看，这一作品在规模上应该是十分庞大的。他所作的札记，十分简要，一般仅限于用一个词语或一个难以理解的暗示，不幸这些札记无法一一列入本书。因此，在这里，我们认为选择其中较为重要明确易解的方面加以介绍也许不无助益。它们可以帮助我们了解普鲁斯特的阅读情况，首先可以知道他阅读面涉及范围有多广。大量涉及的是圣伯夫《星期一丛谈》《新星期一丛谈》《当代人物肖像》。普鲁斯特同样还反复阅读了圣伯夫的《夏多布里昂及其文学集团》《维吉尔论》《波尔罗亚尔女隐修院》。于此可见，这是人们所了解的必要工作条件中相当可观的资料工作。还有前不久在罗斯金研究中取得的许多有益的经验。

计划设想也是相当完善的。有三处札记可以让我们将他的计划的主线确立起来。首先是书的序言，有关札记中写道："不要相信智力，即由此开始。"继之是第二稿的提纲："妈妈在早晨对我说要我再睡一睡，把我要看的文章给了我，窗帘上光线更亮了，黎明时有雨，天气温和，肉店老板在街上走过，可知外面天色开始大亮，白昼持续下去，同时也在促使我的身体睡去。田野上汽车排出的气味。梅特林克是错了，还是巴雷斯。"关于圣伯夫研究，是归纳论证的几句话，写在开端的位置上："错误。对待司汤达的错误。有关我们所熟知的诗人。事实上，诗是某种神秘性事物。圣伯夫对此并不理解。开端，各个沙龙：沙龙方法论，路易十四，政治，后继无人，今年最佳诗作，我们的后继者。劣等作家根源在此。再向前推进：智力……"这一类密码是不难破译的。是说：圣伯夫对司汤达的愚蠢的论断表明他方法上的错误，即征询认识作家的人作为见证。因为诗人的自我是隐而不露的，圣伯夫把握的是纯外在的自我。他开始写沙龙的时期那些专写上流社会女人的文章尤其浅薄，距写《星期一丛谈》为时不久，其中有一组作品表现的内容可让我们感受到那个时代，文学中与社会形态密切相关的那种特点。他文笔风格上的致命伤只能作这样的解释，别无其他。

　　普鲁斯特的引文几乎都是围绕这些主导论题安排的。对圣伯夫最为严重、最多的责难是指他仅仅局限于他的时代并专为他的时代写作："圣伯夫对时代很敏感：'一个诗的季节。'（贝朗瑞语）"他的这种局限处处可见。他有一种说法："循潮流而俯仰。"甚至他热爱文学的方式也是如此："关于德夏内尔的文章。人们将很快不再爱文学了。要历史地看待一切。"这就是为什么圣伯夫认为文学最具社会性的那个世纪已告过去为之深感惋惜的原因：他为缺少一个路易十四大为抱憾。圣伯夫说"德普雷奥先生①比我的文学趣味要宽广得多"，对圣伯夫来说，所谓趣味始终是一个有关什么人的问题，趣味是由精英人物的看法所形成的。所以，

---

　　① 即布瓦洛。

他的批评不是阐明内在的方面，而是像某种交谈，最后成为空话："是的，谈到这一切令人感到愉快，门德尔松①对此同你一样十分熟知，还有缪塞，他们都赞赏奥拉斯·韦尔内②。但是这一切就使全部论断毫无意义了。"圣伯夫大量吸收这类言谈中的全部机巧手法，其浅薄与世俗性依然如故，是无法避免的："圣伯夫(《星期一丛谈》卷十三)告诉我们缪塞是被上层社会接受的。当然必须具备才智(半吊子审判官维尔曼)，但因为从不提任何精神生活的理想，所以只能是精神生活的反面。"

圣伯夫名噪一时的方法论就是这样产生的，按照这种方法写出有关司汤达的评论已充分证明其后果是灾难性的。圣伯夫对于只能求诸于己的事却求之于他人。他认为真理从一次调查即可获得，而不是一位作家深在的自我施之于他的共同感受。他为评价夏多布里昂自以为比不曾参与《墓外回忆录》朗读会的雅弗兰处在更为有利的地位。他认为这就是对同时代作家可能有更清楚的认识的原因所在。"论贝朗瑞。在人还活在世上时写关于他的文章，由于感情的原因，有所不便。但在死后又将错误百出：人们不认识他，讲得不全面。瓦兰库尔论拉辛可能没有留下令人遗憾的东西。圣伯夫的喋喋不休——在他的世俗性的文稿中，持久的东西极少。"他的参考资料，他的文化修养以及他不懈的探奇精

---

① Felix Mendelssohn-Bartholdy（1809—1847），德国作曲家。
② Horace Vernet（1789—1863），法国画家，曾任拿破仑三世官方画师。

神，就把这种所谓谈话的智巧掩饰起来，这种漫谈的智巧正是普鲁斯特对另一些作家加以谴责的问题，因为这种智巧将我们真实的思想伪装起来并且偷换我们真实的思想："必须用十八世纪的看法来看待十七世纪的沙龙（《夏多布里昂及其文学集团》）。错误的原因在于不理解天才的独创性与谈话的毫无意义。"如果人们对圣伯夫有关天才的观点加以思考，这种不理解也就迎刃而解了。"德·雷涅埃先生（关于夏多布里昂的文章），圣伯夫在巴黎（蓬马尔坦），谈到这一问题，圣伯夫认为一个人首先是他自己，而不是逐渐形成的。"如果说谈话可以把我们的人格隐蔽起来，那么学问是一个更加严重的问题，因为学问简直可以扼杀我们的人格，我们只能寄希望于外部显示出来的真实： 真实就成了艺术上的偶像崇拜。普鲁斯特对于这种异端邪说，他自己就有实际体验，有一条札记写道："人变得很快。《亚眠圣经》①序言中谈到这种偶像崇拜。现在正好相反，还有关于阅读问题的论文。"

对于圣伯夫方法论上的致命弱点，普鲁斯特试图从圣伯夫本人的性格作出解释。他写有许多条札记，很像是为描绘一幅不会讨好于人的精神肖像，将种种材料集中起来。他是这样写的："本卷的最后一页（《星期一丛谈》第六卷），突出的是心胸狭窄，卑劣低下。——他认为不得不把所有的平庸

---

① 此为普鲁斯特所译罗斯金美学著作，他为此书写过长篇序文，一九〇四年出版。

思想一行行工工整整写下来。——他赞许的时候，说得暧昧（这些可爱的兄弟，从真实情况看），他指摘的时候，倒很坦率（贝朗瑞，出了名的长舌妇，你知道不知道？）。——永远是论辩求证，人死后便置之不理。厌恶批评家的人说：读了论夏多布里昂的文章之后，你再听听大师看他是怎么说的。——行事恶毒：和维尔曼先生一样，我有权这么说。——法瓦尔先生念这些诗句听来令人满意。这种乐趣根本谈不上真诚。"

这种种谬误是人所共知的。普鲁斯特从中引出主要的结论，为我们指明人的性格对于思想有着重大影响。"来自自我的这种平庸在作家所处的地位上不容有立足之地。这种平庸阻碍人们去进行理解。"最后，圣伯夫闻名一时的才智也害人不浅，这是因为，为了树立圣伯夫所珍视的那种定性原则，所谓热爱圣伯夫，那就不是热爱艺术，更不是去理解艺术。"所谓热爱圣伯夫，那就必须揭穿这个世界上一切可笑的东西，拉马丁自命不凡中的愚蠢，库赞利己主义中的粗俗，诗人维尼作品中的可笑。"实质上，圣伯夫对于一位作家，并不是注意去倾听他，而是去审判，他是"一个矫正专家；他对维尼说，这个字用得不对；对拉马丁说，波舒哀①并非如此；对缪塞说，你不够高贵，等等"，普鲁斯特还补充说："这种才智与文学上的体念意度是背道而驰的。"

以上就是圣伯夫积聚在他全部作品中文学品鉴上的错误

---

① Jacques Bénigne Bossuet（1627—1704），法国古典作家，天主教主教。

和所做的蠢事，普鲁斯特给以无情的揭露，感到十分畅快。他特别强调圣伯夫种种自相矛盾的事实："《墓外回忆录》的风格，《新星期一丛谈》和《夏多布里昂及其文学集团》中说'它带有下布列塔尼人那种气味'，'他对他在那里度过的青年时代曾经大加吹嘘'。——他写的读《墓外回忆录》的文章：则是另一种自相矛盾"。有时是美学上的错误，如"《新星期一丛谈》第四四五页与第四四六页，美学上的荒谬愚蠢"。有时是毫无根据的美言称颂："称赞泰纳写比利牛斯山一段，错误。"对所爱重的圣伯夫同时代的作家的判断，普鲁斯特特别注意。他所做的一些比较别有意味，尤其风趣，如："安东尼·德尚与缪塞，这是两个相反的人物。"圣伯夫规定文学批评的基本任务是识别他的时代真正有才华的作家，可是他永远看不见他的时代的天才，把他们与最平庸的作家混为一谈。"福楼拜介乎巴里埃尔与小仲马之间。——巴尔扎克与欧仁·苏和苏利埃混淆不清。——波德莱尔与蒙斯莱相混同。"甚至他对这些大作家根本懵懵无知："热拉尔·德·奈瓦尔像是往来于巴黎、慕尼黑之间的旅行推销商"，或者将这些作家打下地狱："他认为韦尔内甚佳，而福楼拜、司汤达等，拙劣。"不论圣伯夫怎么修补漏洞和一丝不苟，他心目中的理想典范本来都是下乘的："心中总是想着这些人物比他自己高大。他特别推崇泰纳（仍然是从错误的角度）和勒南。是说这就是最好的了，别无其他。"

这一类札记中的主要部分正像我们看到的那样是用于探

索圣伯夫的表现和风格的。普鲁斯特是一位伟大的揭示者，他认为：写作上的习癖、特别偏爱的用语最能揭示一个人的性格，正像后来在《追寻失去的时间》中通过谈话揭示了夏尔或阿尔贝蒂娜的性格一样。普鲁斯特曾写过两篇有关圣伯夫的仿作，对圣伯夫笔法音调细微处都把握得恰到好处，逢到这样的时刻，普鲁斯特总是显得得心应手文思如潮，他特别注意重复用形容词的那种怪癖："他写作的时候，他是自然的，也是出色的。——作为朋友，被异化，伤痕累累。夜晚，组合在一起的，并且是经过思考的。——习惯，是喜爱的和偏爱的。"用词不当（后来德·盖尔芒特公爵也和圣伯夫一样）："他的和善的外形，——一个令人惋惜的社会"；虚假的优雅："贝尔在音乐绘画方面迅即显露出某种新的矿脉"；呼语法的庸俗性："关于戈蒂耶：了不起呀，艺术上的斯多葛派！善良的人们，我要打断你们！关于福楼拜：善良的人们，他动身到迦太基去了。关于鲁瓦耶-科拉尔：看，这就是我们这个交上好运的人！"隐蔽的虚荣心："这位诗人，是我的好友……这位医生，我们的朋友……"；还有那种起保护作用的天真："对此我请求他们宽恕。我准备好了，我已经听清楚了。"

上述一切，并不是说普鲁斯特对圣伯夫的优点也一概否定。相反，对于探索者所开创的工作，不懈的努力，贡献如此之多的思想，为他的读者每周提供一些新的知识，对此普鲁斯特是重视的。"说得很好（关于论狄德罗、德·吕伊纳公爵等的文章）：他是多么动人、精细，他对一切都抱有浓厚兴趣……"普鲁斯特很赏识他对美丽如画的事物的感受力，圣伯夫分析一封信，复述一件轶事的那种细腻，他也是欣赏的（"关于维克多·雨果在卢森堡看到夏多布里昂一事写得很美"）；对于圣伯夫的批评作品可说是十九世纪有文化教养的知识界的常备读物，他作为享乐主义者和诗人另当别论，对此普鲁斯特并没有忽略。但是一个不可能有真正创造力的思想家的局限恰恰也正在这里。"我要说的是：如果你愿意再查阅一下旧版本的话……"

听任圣伯夫的书"去排斥真正的作品"，那将是危险的。因为圣伯夫的天才是一种分类的天才，是搞集团、立宗分派的能手。"阿伊塞悲悯守节团。一直在搞文学集团。在圣伯夫那里，族类不可计数，似乎每一种文学都要求有一个族类。"他是文学批评方面的布封。在圣伯夫看来，一位作家并不是一个不可替代的世界，这个世界是在作品中逐渐呈现出来的，对他来说，热爱莫里哀，不是去爱这个世界和莫里哀的文章辞藻，更不是去喜爱莫里哀其人，而是喜爱某种精神家族、思想派别："热爱莫里哀（见有关韦尔内的一卷）。敌对分子所证实的情况（见有关夏多布里昂一文）。法朗士，法兰西（见论韦尔内一文的结尾）。上述一切表明：作家只是一些不同的标准，不同的代表性的例证。"在圣伯夫那里，不论是视野的广度、思想的丰富性和表达的精致都不可能使他成为一位艺术家。那就像琴上有宽阔的键盘却奏不出任何曲调。他并不缺乏智力，不过他有的却是用于分类的智力，他是一个夏多布里昂杂货店老板，如此而已。

这种低级的批评理论是非常顽强的，在前面普鲁斯特虽然已揭穿了那种原理，对其价值也给以否定，但那种原理却使他的作品不停地繁衍增殖。对圣伯夫来说，文学就是做生意，个人是不予考虑的。这就是为什么我们经常看到他把不相关的道德评价和他的判断相混在一起。在所有这些错误之中还隐藏有一种更为严重的错误：对智力估价过高。"继续深入下去：智力问题……"至此，普鲁斯特这一研究计划完整形成。他拟定的奈瓦尔研究稿也是这样结束的："也许在他的小说中智力还是过多……"他写的本书序言第一句话就明确表示："我愈来愈不相信智力了。"这就是普鲁斯特在这一时期始终关注的问题。艺术的目标并不在于智力。圣伯夫不是因为文章写得不好才是一个坏作家，而是因为他是一个坏作家，对文学的意义和作家应担负的任务完全弄错，所以他才写得不好。普鲁斯特在另一处札记中，也是他最后一次涉及圣伯夫，对于这一点，再次强调指出："在最后一部分，说明富于智力的人与艺术家在观念上的对立：西尔葳，博多舍①。指明上流社会人士对我写的东西必将视为愚昧，因为我一直以非理性作为描写对象。政治上，对瓦尔德克②的热情等等，虚假。圣伯夫是饱学之士，是用心深细明察秋毫的，他也是理解一切的。但是非理性方面他很不注意。"

---

① 疑指圣伯夫小说中的人物。
② Pierre Waldeck-Rousseau（1846—1904），法国政治家。

普鲁斯特选出三位承认有非理性存在的作家来批评圣伯夫，这是并不奇怪的。圣伯夫不能理解这几位作家其原因正在于此。圣伯夫永远恪守一种特定的分寸感，所谓"中庸的法兰西"这一著名的错误的公式，我们也需将之归功于他。在他所处的时代，他看不到的恰恰是借魔狂、感受力或力度达到不受限制的伟大境界的一切。如果说普鲁斯特满怀热情探讨巴尔扎克、奈瓦尔、波德莱尔的作品，实质上并不是从中找出论据来反驳圣伯夫，而是为自己鼓舞信心，仿佛这是他自己的作品提前演示。对圣伯夫的判断是确凿无误的，他的判断力日渐充实丰满，他所特有的洞察力也取得极大的发展。任何批评理论都以一种美学观作为前提，对圣伯夫的批评方法的研究充分证明了这一点。批评要求对于作为对象的艺术家作出某种顺应，要有感受能力，甚至对写作中极细微处或薄弱的方面都能有深切体察，要求具有一种非同寻常的感受力：对圣伯夫风格的仿作、札记已经给我们提供了例证。一位批评家若是不具备这两种品质，也不可能有其他第三种品质，如果批评家在一部有思想内容的作品中拒不运用生活，生活就永远不会呈现在他的思想上，思想也不会冲破生活中的障碍，如果他评价的书不在他心中回响若应，不在容纳于他心里的书中也发出回响，总之如果他不能超越批评家的批评，他就不可能作出创造性的批评。

在这方面波德莱尔的情况最能说明问题。是的，普鲁斯特为了让问题得到更完善的说明，向我们展示了波德莱尔的世界，最准确最完备的形象。他强调的是冷酷与感受力奇异的相互交融，有时竟使波德莱尔的世界与他自己的那个世界如此接近。但他最为关注的是诗人的处境，因为诗人的处境恰恰也是他的处境。波德莱尔的伟大与痛苦，使他与他的母亲彼此对立的那种折磨人的内心冲突，他对于不如他的人所表现的谦卑和尊重，这一切在普鲁斯特看来，使他的生活成了一种真正博爱的生活。再加上威胁着波德莱尔从事创作活动的怠惰、意志薄弱，普鲁斯特本人这时也有这种症状出现，并且正在治疗。在他的记事本上写有一条感想告诉我们："怠惰或疑虑或无能隐藏在对艺术形式的怀疑之中。写一部小说，是否有此必要？写一部研究性的哲学著作如何？我是小说家吗？我感到欣慰的是波德莱尔写了《散文诗》和《恶之花》，热拉尔·德·奈瓦尔在一篇诗作和《西尔薇》中有一段写路易十三的城堡，维吉尔写过爱神木，等等。事实上，这些都是偏好所致。我们一面阅读伟大作家，一面也就是对我们高于他们作品的理想无力实现的认可。"

对于这些问题，奈瓦尔已作出了回答，因此他本人就表现为一种最强烈的鼓舞力量。因为他对这一切都有感受，并进行过试探。《西尔薇》中的瓦卢瓦，于是成了贡布雷乡村，童年时代生活过的地方又找到了，这就成了小说的灵魂与背景。故事一经展开，热拉尔正在前去卢瓦齐的途中，他的童年的场景重现，这也正是《追寻失去的时间》开头部分所写的情境，还有在叙述者眼前展现的各个房间一幕幕场景。同样，普鲁斯特在《西尔薇》中发现欢乐与痛苦交替出现，一种是白天的那种欢乐，一种是夜晚就寝时那种凄切哀伤，这两种状态也就是《追寻失去的时间》中两处在"那边"。对梦的精细描写，其重要性，还有对多次爱情经历的分析和叙述，爱情经历中的风魔，也就是说那种幻想，所占篇幅如此之多，我们应该看到，部分地是受益于奈瓦尔，因为《西尔葳》《奥雷丽亚》，这就是《梦中的生活》，也是普鲁斯特给他的作品暂时预定的题目，无论怎么说，这总可说是心脏跳动的一次间歇。如果说热拉尔在小说中注入"过多的智力"，那么他也没有自始至终实施这样的作法，这样的作法仅限于一个时期和一定的场合。另一些人将会走得更远，他们知道感情上的偶发事件事实上也就是情感的内在规律："'我给奥雷丽亚写了一封信，信后签名是无名氏。我想：这就是留在切面包板上准备将来吃的面包，于是我就动身到德国去了。'在这里，可以说就是他在《西尔葳》结尾所说的话：'将有很多心灵了解我。'让我们追随热拉尔向前再迈出一步。为什么仅仅局限在这样的梦幻之中，为什么这样的时刻仅仅结晶在一个事件之中？留在巴黎，为 J·德·卡斯特兰夫人留一年，为圣欧仁妮再留一年，为此奉献一切。"

如果说奈瓦尔让普鲁斯特懂得幻想的作用，那么巴尔扎克让他懂得真实的重要性。不过这方面的学习是比较简单的，与巴尔扎克的接触既是通过彼此的相异，同样也是通过彼此的相似，对普鲁斯特来说这是十分值得珍视的。巴尔扎克的风格缺乏组织条理，不免带有庸俗气，对题材深入体会显得不足，风格是解释性的，不是描绘性的，和普鲁斯特风格相比完全不同。按照普鲁斯特的看法，标题，人物，都属于半成品，我们寻求的本应是诗，随着故事叙述的推进，我们却无所得，而人物、标题又强把我们带回到现实之中。不错，现实状况是写出来了，显得那么粗野，那么咄咄逼人，面对这样的现实普鲁斯特不禁也为之赞叹，但这种现实性最终也转而成为小说化的了。巴尔扎克正是因为这种现实性才成其为大作家的。《卡迪央王妃的秘密》，《幻灭》中伏特冷的秘密，《金眼姑娘》的秘密，巴尔扎克作品中充满着秘密，这些秘密原本也是普鲁斯特式的秘密。如果说是普鲁斯特发现了巴尔扎克，换句话说，如果不是巴尔扎克在一个世纪前就已猜测到普鲁斯特，已有所为而不自知，因为在他的神奇创造中有许多创造还不为我们所知，其中包括有普鲁斯特的创造，那么，我们应该赞赏什么也就无从说起了。况且，这位小说家当他分析社会典型的时候，为了让他的人物说话，他这时真正成了一位令人赞叹的作家：种种习语、关键词语，这一切后来也构成普鲁斯特笔下人物埃梅或德·盖尔芒特公爵的词汇，这种惊人的摹仿在小说创作中一如在此之前批评中的仿作形式，这就是普鲁斯特在巴尔扎克那里寻获的一大范例。所有这些枝枝节节、神秘的底层、隐蔽的戏剧在生活表层漾起的微不可察的涟漪，如一件衣裙的色彩，一句副歌的灵异奇特，有关人物的词语言已尽而"意无穷"，这就是形成巴尔扎克笔下人物遭际命运的诗意之所在，这也正是后来普鲁斯特注意从中撷取的。特别是圣伯夫所不理解的巴尔扎克的天才思想，即人物反复出现的设想，除了使小说家描写社会前后统一以外，还让人感受到时间的延绵、人的衰老变化，时间使人得以形成又使人改换变化，按照人间喜剧形成某种对时间的探寻，这一次，不是对绝对的探求，而是对逝去的时间的追寻。巴尔扎克的教益在这里与莫奈的教益相互连接起来，莫奈的教益改变了巴尔扎克的教益，使之臻于完善：前者把他的世界无可计数的分支脉络布展在空间，后者把他的色彩和色调变化无限地集中在同一个主题之下。普鲁斯特在上述两种范例中再加入瓦格纳的范例，即瓦格纳将《耶稣受难日奇迹》纳入《帕西法尔》，就像这样，他把本世纪最伟大的三位天才人物联系在一起了。普鲁斯特的创作是在他们止步的地方作为起点的。奈瓦尔部分做过的，巴尔扎克后来做的，瓦格纳又一次做到的，对此他抱有着极为清醒的意识，他把天才的直觉置放在他作品的核心地位上，在他的创作中，对十九世纪艺术大胆创新作出了综合和概括。

巴尔扎克对普鲁斯特的影响其实是逐渐增强的。普鲁斯特年轻时曾在写给一位女友的信中说他读了一部可笑又讨厌的小说，这就是《幻灭》，后来《幻灭》成为他无保留地大加赞赏的作品之一。在他死前，情况又有不同，他采用巴尔扎克那个著名的"这就是为什么"手法，插叙事件头绪纷繁，集中写在《追寻失去的时间》的结束部分，很有写当代历史的巴尔扎克式的风采。普鲁斯特在评论圣伯夫的时期，正处在这一变化过程的中途。这时，他非常注意艺术性、风格的纯净，还不可能完全热爱巴尔扎克，特别是在创新方面捉襟见肘感到困难，他的想象力还带有某种雕饰痕迹。尽管如此，他的小说最早出现的几个人物却是巴尔扎克引发出来的。可以说，他的能力开始可能是最有力最丰富的小说创造之时，其中有一部分力量便得之于巴尔扎克。这里有一条线索可加注意，这就是从圣伯夫到他的母亲，又从他的母亲到盖尔芒特一家人，从盖尔芒特一家人又传到司旺，这样，就把巴尔扎克的读者都连接在一起了。司旺的女儿，即后来的吉尔贝特，她第一次出场是作为一个巴尔扎克崇拜者出现的，司旺的女儿吉尔贝此时名字叫德·卡尔达耶克小姐，因为普鲁斯特此时刚开始写他的作品，未及迎对福舍维尔、圣卢等人物。他设计的开头几个插曲也是沿着巴尔扎克的直线叙述方式推进的：不是戏剧场面，而是一些看似微不足道的细节，是一些匆匆闪过的无声场面，在这当中，他真正发现了巴尔扎克那种惊人的真实性，如伏特冷与吕邦泼雷两人相遇，他把它移植过来写夏尔吕与莫雷尔在东锡埃尔火车站月台上相遇。又如《卡迪央王妃的秘密》中一个来路不明的旅人在乡下大路上匆匆赶路投奔朋友找个落脚点，普鲁斯特也以这种方式写夏尔吕到拉斯珀利埃尔去投亲访友。

正因为向巴尔扎克靠拢，这种巴尔扎克的气氛，给盖尔芒特家族人物最初"草图"染上了一种我们所不曾见过的色调。这些人物显然已不像《让·桑特伊》中写年夜餐那样仅仅是普鲁斯特个人对一些友谊关系或社交关系的回忆。他们已经成了巴尔扎克式的人物，因为他们标志着一个时代，因为他们是"本色"的，因为他们的谈吐一如他们公馆中家具陈设都有过去历史的诗情涵泳其中。到后来，他们不仅是德·盖尔芒特伯爵、侯爵，而且成了德·盖尔芒特公爵、亲王，也就是说，这时已超越巴尔扎克笔下人物而成为圣西门记述中的人物了。在他们四周，简直像是一个亲族关系组成的宫廷，有年老的姨表姐妹，有外交官，有少妇，这种关系还要进一步展开，并且把这些人物孤立出来，形成某种非现实的世界。最早出现的盖尔芒特家族人物具有某种人们非常熟悉的东西。这主要就是吉什家族、拉罗什富科家族、卡斯特兰家族，同时，也是斯特罗斯夫人的沙龙。普鲁斯特自己的经历体验参与其间对种种观点看法加以润饰修正，如写附庸风雅以及写爱情，在真正认知之前，必先是梦寐以求，生出种种幻想。小说的叙述者对那位伯爵夫人发生爱情，虽然他没有写出她的名字，那一定是德·盖尔芒特伯爵夫人。夏尔吕，当时他的名字叫凯尔西或凯尔希，后来就成了她的表哥。尚泽利泽家的小女儿后来成为德·卡尔达耶克侯爵夫人，这就是吉尔贝特。不过后来并没有让她有卡尔达耶克这个姓氏，改为圣卢，也就是说，嫁给德·盖尔芒特家的一个侄男。在所有这些人物的肖像描述中，还存在着正式揭幕前的那种仓促草率与杂乱不整。有一些人物，仅仅勾出线条不见全貌。另一些人物还凝固在框架内尚待进入人群逐步展开。《追寻失去的时间》的世界正在诞生途中。

这个孕育中的世界决不是含混模糊的。全部主题处在发展中，其脉络将在小说中展开，无比明晰地突现出来。因此，圣伯夫成了一部大交响曲的序曲，人们提前听到作品中的各种主题。有一些主题在我们面前正在形成：哪些篇章是关于资产阶级少女的，与之相关联的另一些篇章是关于两个小女孩相遇在海滨，直至"少女们"的主题完成。由于化学家长时期把这些单纯的个体孤立对待，把它从叙事整体分割出来，因此，人们在《阿尔贝蒂娜失踪》中又重新看到威尼斯，由于写到一些"家族姓氏"，揭开了《所多玛与蛾摩拉》的序幕。《追寻失去的时间》最著名的篇章——弗朗索瓦兹的肖像、外祖母的死、在梅泽格利兹家那边——在有关《驳圣伯夫》的草稿中几乎都已初具规模。

与此同时，我们看到普鲁斯特以一种逆向的方法致力于将这些题材相互连接纳入全书网状结构之中。这些极可重视的个别部分"孤立分割"之后，让它们在小说中保持"悬而未决状态"。如有关姓氏的段落在第一稿中类似一篇独立的文章，后来在有关盖尔芒特的一章中重加改写，成了整体建筑的一个构件。关于写一天清晨的故事可以让我们从现实生活角度来研究这一现象。实际上，这个故事是以许多次要题材充实起来的，如乘夜车、在香榭丽舍大街、在威尼斯等，都对小说以后发展的其他部分有影响，而中心主题本身又是如此内涵丰富，后来又分化：如写一间间的房间为《在司旺家那边》提供了一个开端，街上的喧闹声又成了《女囚》的序幕。

《驳圣伯夫》作为普鲁斯特思想的地质剖面图，我们从中可以清楚看到他的创作思想。至于表层，即他的批评思想那个层次，这时已被淹没看不清了。这时这部大书的平衡问题因此突现出来。作为一本书，写得过于紧凑而不自然。作者看到了插叙情节，但未注意这些插叙情节的全部涵义和发展。他以为已进入快速写作过程，可是事情恰恰相反，《追寻失去的时间》将是一部大作品。力不从心的感觉不时出现。普鲁斯特这一形象虽非其全貌，但也是他的忠实写照，与二十五岁信心十足写《让·桑特伊》时的普鲁斯特已经大不相同，那时他渴望生活，谈到一些地方、一些人物，谈到让他入迷的对象，那无异是肉体上的欢快和享受。他写了上千页稿纸，一心要尝试描绘社会，他要努力写出一部真正的小说，可是《让·桑特伊》却写成一部长篇散文诗。《驳圣伯夫》是一位三十五岁的作家对自己的艺术怀着焦灼不安的心情在兴奋状态下写出的，《驳圣伯夫》已超越于一切文学类别，既不是论文也不是小说，而是一部作品。

从这样一次转变人们知道已经获得了什么。是不是从中也失去了什么？创作《追寻失去的时间》的心理学家和作家的诞生，达到了相当的年龄、经历了种种痛苦，但还不够，还须让那火一般的活力，像一阵强烈震撼给予普鲁斯特青年时期全部创作那种发自本性的契合全部展放出来。有关圣伯夫的批评加之于他的就是承受年轻诗人的死亡！这就是写《让·桑特伊》的诗人。这一次死亡给他带来极大的震动，他在小记事本上写有一条札记，记下自己的隐情，后来就用在《时间失而复得》之中，标示出他艺术使命进行中的一个阶段，这样才显示出它真正的含义："大树，你们什么也没有告诉我。我的心听不到你们的声音变冷了。我的眼睛冷冷地看到把你们分为光与影的那条分界线。现在，我关注的是人。我生命的另一部分，我曾经在那里歌唱你们，却一去不复返了。"

这一蜕变是如此艰难，更需注意艺术家不要因此而毁灭。普鲁斯特的一生都在经受着这种蜕变。写《驳圣伯夫》的一年，事实上在他整个生命上划出一条分界线，这一划分比之于以他的母亲之死划线更为正确。因为，他的过去已因母亲的死而被打破，沉重压在他身上的重量并无变化，但一个来日方长的未定的未来开始在招引。几个月前普鲁斯特在卡堡遇到了年轻人阿戈斯蒂内利①，后来成了他笔下主要人物：至于阿尔贝蒂娜，还言之过早。反之，写到他的母亲，也许又过迟了，因为他本意原是准备这样处理的。命运注定他两次丧母：一九〇五年是第一次，第二次是在这部作品里，他本想让她成为书中首要的角色，可是随着他的笔写下去，她总是不停地隐退，终于隐没不见了。他有他的艺术法则，其中有一条就是：任何生活组成成分保留在艺术中必须加以变动隐去原形。他的母亲的面貌为创造外祖母的形象发挥了很大的作用。还有，仍然是通过很有意义的转换，我们在《追寻失去的时间》中发现仅有的一段对话，这就是叙述者和阿尔贝蒂娜最后一次在布洛涅森林中散步时谈到司汤达。

---

① Agostinelli，原为出租汽车司机，一九〇七年普鲁斯特与之相遇，后成为普鲁斯特的秘书；一九一三年离开普鲁斯特，后作为飞机驾驶员于一九一四年在战争中死去。

在这个时期，普鲁斯特立意要把他的母亲置于他的书的中心地位，让这一具有还愿意义的形象照彻全书。还不止是这样，母亲的形象是针对圣伯夫的充满生命力的反命题，她以无限的谦恭和沉默掩盖着她的文化教养、善良和勇气。所以她不可能完全消失。那就像英国童话故事中的女主人公一样，只要有她的微笑在，她的神韵就长存永在，在《追寻失去的时间》中虽然找不到她本人，但神韵宛在，这是一种庄严而纯朴的风致，决不是玩弄文学手法，普鲁斯特的风格特征由此形成。不仅有他母亲的原型，而且圣伯夫作为原型也并没有摈弃。他不过是以两个虚构人物来代替这两个真实、非常真实的人物，将他外祖母对艺术和作家的看法与德·韦尔巴黎齐夫人的观点加以对立，我们在德·韦尔巴黎齐夫人那里可以找到《星期一丛谈》全部思想梗概。实质上，普鲁斯特从圣伯夫方面掌握到的未必少于从罗斯金方面学到的东西。圣伯夫和罗斯金教会他懂得艺术上的两大错误，他称之为"偶像崇拜"，即认为美在客体，真实性在历史中，艺术在于智力，而不是在精神的直觉之中。在罗斯金方面，这种偶像崇拜是崇高的、高贵的，在圣伯夫那里则充满着卑琐与低下，这是他们之间惟一的区别。所以圣伯夫的精神被用来作为德·韦尔巴黎齐夫人的精神写照，而罗斯金，罗斯金的风貌用来创造另一个人物的风貌，这就是夏尔吕的独特风貌。

时过不久，又出现了第三个对立面，普鲁斯特趁此机会以更为有力的方式确立更为严格更加独立的艺术观点。这是在一九〇九年夏季，《辩论报》发表了达尼埃尔·阿莱维关于尼采的论文，在这篇论文中提到与瓦格纳决裂轰动一时的事件。"瓦格纳是一个天才，但是一个制造谎言的天才，"这位哲学家在写给卢·萨洛美的信上这样说。"但是，不胜荣幸，我却与之相反：我是真实的天才。"作为回应，普鲁斯特立刻在他的小记事本上写出他对于友谊问题的最早的文字，后来也写到他的作品中："人们知道我对友谊是怎么看的。我认为友谊是无谓的，我在智力上对之并无苛求，但尼采说友谊中如果缺少智力上的评价，就不予认可，我以为对这位瓦格纳的诽谤者、'制造谎言的天才'来说，这本身就是谎骗。"只要想一想《让·桑特伊》中友谊所处的地位就足以衡量普鲁斯特十年所走过的路程。其实他既没有把严酷性也没有把自私心带进他的批评，他仅仅是为了真实而牺牲那样一种欺骗性的情感。"有人说我是硬心肠。我不相信还有比它更温厚的了。但是作为一个无神论者的品德……不能像别人那样……我享有友谊，但我不相信友谊。他们这些人，我相信他们，但我享受不到他们的友谊。"友谊的那种欺骗性，搞隐秘小圈子的那种兴趣，在写《驳圣伯夫》时就已经使他大为不快，他从这种小圈子获得灵感在小说中写出韦尔迪兰小集团，这种友谊的欺骗性实际上不过是威胁内心生活的谎骗中的一种罢了，而内心生活是艺术的惟一源泉。还有智力，尼采和圣伯夫一样，过于看重智力："思想的深化（如尼采，哲学）不如记忆的深化重要，因为智力并不创造什么，只能进行整理，不仅它要达到的目的不重要，而且它所做的工作也并不重要。"还有谈话问题。还有关于行动的问题："不属我身之事我们能做什么呢？为了表现某种事物，行动又意味着什么（去看，在一个名单上签名，等等）？"后来，在小说中，贝尔戈特这个人物就扮演了代表这种独特的道德风貌的角色，他把他作为艺术家的生命全部贡献于他的艺术的需要。与尼采的决裂，这是普鲁斯特写《欢乐与时日》时期所赞赏的，在这个意义上，现在成了论述圣伯夫的论文合乎逻辑的结论。在这一过程中，全部命题都提出来了，证明今后什么也不能阻挡作家在他的通途大道上前进。最后几座连通世界、友谊和有关这个世界的谎言的桥梁都被摧毁了。与此同时，他在他的船上满载着所有过去的珍宝，出行的旅人卸下一切无用的重载，欣喜满怀，解开缆索，迎着创造的劲风，张帆前进。

贝尔纳·德·法洛瓦

原编者说明

　　自一九○五年始①，普鲁斯特写有这样的看法："圣伯夫对他同时代的大作家都不理解……对作为小说家的司汤达难以置信地加以贬低之后，他又以补偿的方式对司汤达的谦逊、为人处事细致和顺加以称许，除此之外，对司汤达似乎就无话可说了！圣伯夫对他所生活的时代的这种盲目无知，与他对于洞察力和预见性的自负形成极大的反差。"

　　此后几年，准备对一位久负盛名的批评家的错误提出讨论这一想法在普鲁斯特思想中一直萦绕不去。到一九○八年十二月，这样的想法曾向乔治·德·洛里斯（Georges de Lauris）吐露，说："我又一次设法忘去我在头脑里写的那本《驳圣伯夫》，因为不能起床②，所以无法把它写在纸上。如果说在头脑里还要第四次开始（因为去年已经开始了……），未免是太过分了……我相信我的研究如果写出来，你一定会喜欢的。"（见书信编号四十四）

　　事实上，普鲁斯特是想通过批判圣伯夫以提出他自己关于艺术与批评的观点③。在这里，与其说是针对某一个人，不如说是针对某些基本原则。作为鉴赏专家的圣伯夫，一位如此有修养、如此洞察入微的行家为什么对他同时代人的评价连连失误？有人归罪于他的忌妒心，也难以解释清楚他何以犯下极其严重的错误。像司汤达、奈瓦尔或波德莱尔这样一些作家，生前就受到误解，他可能出于怎样的嫉恨之心去反对他们呢？原因是出在他的方法上。一位作者的奥秘何在，他不是到作品的核心中去探索，而是注意与作者有交往的人提供的情况、他写给他们的信件、别人提供的他说过的话，是到这些材料中去寻找。可见，我们搜集到有关其人的外在情况、表现在社会上的趣闻轶事、细枝末节都不可能帮助我们理解他在灵感来临时写下的一切，也不会使我们与他内心深处创造天才有所沟通，因为天才的话语是独一无二的，只有在孤独中才向外倾诉。

　　普鲁斯特就像这样确立了他的美学基本观点之一。这时正是一九〇八年，也就是亨利·博内先生（Henri Bonnet）称之为"仿作年"的那一年。这种模仿之作首先无疑是一种充

---

① 见普鲁斯特《论阅读》一文，一九〇五年六月十五日发表于《拉丁复兴》杂志。次年，收入译著《芝麻与百合》列为序言。一九一九年又收入《仿作与杂文》（一六〇页及其后）。——圣伯夫生于一八〇四年十二月二十三日，一九〇四年末与一九〇五年初，举行圣伯夫诞辰一百周年庆祝活动。费尔南·布尔农（Fernand Bournon）在《万象杂志》（Revue universelle）上撰文肯定说圣伯夫已成为"不朽，对此已无争论余地……"这一类颂扬可能引起普鲁斯特注意，促使他对此提出异议。

② 普鲁斯特自九岁（一八八〇）起即患哮喘病，终其一生无不在这种病患威胁之下。

③ 参见本书《圣伯夫的方法》开头部分："这样，对我来说，谈一谈圣伯夫就很有必要，而且还不止于此，更为重要的是谈谈与他相关的一些重要问题；这就是说，根据我的看法，看看圣伯夫作为作家和批评家究竟在什么地方犯了错误，同时我还要谈到批评应该是怎样的，艺术又当如何，以及其他我经常思考的问题……"

满机智的游戏之作，但也属于批评范围，因为普鲁斯特在仿效某一作家之时，就需致力于寻索出这位作家的节奏①和笔调作风；在他看来，这样做也就是批评所要达到的目标。我们记得他后来在《女囚》②中讲到所谓"万特伊的曲调"，就是指的这种"惟一的曲调"。因此，他信笔写成的这些仿作与他期望写出的这部《驳圣伯夫》两者之间是密切相关的。这在他一九〇八年三月十八日写给罗贝尔·德雷菲斯的信中解释得非常清楚："说到仿作，感谢上帝！仿作只有一种。这就是懒于去搞文学批评，让文学批评处于运行状态借以自娱。不过，这样一来，为了向不理解的人进行解释，也许反而使我搞起批评来了。"你看：为了说明他的仿作就是仿作方式的批评，他不得不从事真正的批评——所以写他的《驳圣伯夫》也是势在必行的了。

　　但是，开始这项工作的时间他总是一再推延。这是因为他思想上还有别的写作计划。自一九〇八年五月开始，他准备写一篇文章在报上公开发表，此事他曾当面征求罗贝尔·德雷菲斯的意见。德雷菲斯认为这件事可能带有风险，劝他打消此念。可能是什么风险呢？十八年以后，德雷菲斯说他记不起来了③。但是普鲁斯特五月十六日写给他的信虽然写得含混不明，仍然可以给我们提供一些线索："我很想问问

---

① 在谈到模仿勒南问题时，他说："我把我内心的节拍器调整到合乎他的节奏。"（见一九〇八年三月二十三日致罗贝尔·德雷菲斯信）
② 见《追寻失去的时间》卷三，第二五六页。
③ "他的写作计划为什么让我觉得不安？我一点也记不得了。"见罗贝尔·德雷菲斯《回忆马塞尔·普鲁斯特》第二三九页。

你，你是否觉得那篇犯禁的①文章在《水星》杂志或别的杂志上刊出，或收在书中同样无伤大雅……在这期间，我的设想已经确定。还是写一部小说为好，可以从容向你请教。我想到艺术的重要性和极度敏感的真实性，是禁止某些轶事类小说的，尽管读来愉快有趣，具备列入你所规定的那个层次的资格（艺术高于生活，而我们是根据智力对生活进行判断、在谈话中对它进行描述，我们只能以这样的方式对它加以模拟仿造），——根据这样的理由，把艺术梦想的实现建立在生活的轶事性、牵强附会的依据上，拒不参与生活的偶然性与非现实性，在我那是不能允许的。"

请注意：那篇文章德雷菲斯并没有看到，因为普鲁斯特根本没有动笔。他担心的是文章的主题。在普鲁斯特方面，讨论这一主题的想法不但没有放弃，而且认为不宜用文章形式去写，而是要用"小说"形式去写。反驳圣伯夫的研究性作品究竟应该如何处理？普鲁斯特思考的显然是一个大题目——牵涉到整个一个时代！它将涉及性虐狂或性倒错。所多玛、蛾摩拉②和性虐狂在《让·桑特伊》③中已给以应有的重视。在《笔记本》手稿中还经常出现德·盖

---

① "犯禁"一词用得很是有趣。因为德雷菲斯曾劝普鲁斯特打消写文章在报上发表的想法，说那将会引起争执愤懑。而收在一本书中，则"无伤大雅"。

② 所多玛、蛾摩拉为两座古城，均因城中居民罪孽深重而遭神谴，并被毁灭，事见《旧约·创世记》。

③ 德·隆珀罗尔子爵代表所多玛（《让·桑特伊》原书第七六六页及其后，六八三、七一八页）；弗朗索瓦兹和夏洛特代表蛾摩拉（第八一〇页及其后）。性虐狂，参见第八四八页。

尔西子爵其人①，这就是后来的德·夏尔吕男爵。总之，在普鲁斯特看来，无需为了守礼合度就止步不前；他也不准备接受谨慎小心见机行事的劝告，在他心目中，艺术是决不屈服于社会世俗的限制的。在这样的过程中，对于罗贝尔·德雷菲斯所赞赏的"轶事类小说"他是嗤之以鼻的，这种小说人们认为是真实的，因为这种小说中最为外在的生活被一板一眼"仿造"出来了。

所以，从一九〇八年五月开始，他有意放弃仿作一类作品，而写他的《驳圣伯夫》又尚未决定，这时，普鲁斯特仍深深保持着他真正的创作意向，即作为小说家的天赋始终保持不变。他留下的"笔记本"有六十二册，其中包含有将成为《追寻失去的时间》内容的提纲和草稿难以数计②。在写《让·桑特伊》时，他是按各自独立的展开部分写的，各部分长短不一，未写完就放下了。这些部分写出来与其说是为了修改，不如说是为了以后删除，他还是坚持不懈地把它们重新誊抄一遍。这些部分协调衔接起来，那将是以后的事了。

---

① 法洛瓦本写作凯尔西（Quercy），克拉拉克认为应是盖尔西（Guercy）。德·夏尔吕男爵是《追寻失去的时间》中主要人物之一。
② 在我看来，普鲁斯特放弃《让·桑特伊》不久（近一九〇〇年），另一部小说开始构思，题材相同，规模扩大。可参见他一九〇二年十二月二十日写给安托万·比贝斯科的信："一百个小说人物、上千种观点在要求我给予他们一个血肉身躯。"他在那六十二册笔记本上已经把草稿写得满满的了。在他的"笔记本"编号第一号上，在一九〇八年七月，对手稿各个部分已标出暂定的标题，将安排在《追寻失去的时间》开头几本的各个片段列出了一个一览表；这个一览表他题作："已写成的篇章"。

《驳圣伯夫》停留在计划状态下有半年时间。普鲁斯特这时甚至不知他应该以什么形式下笔去写。一九〇八年十二月初①，普鲁斯特写信向乔治·德·洛里斯（书信编号四十三）表示说："我即将动手写有关圣伯夫的问题。我大体已经想好写两篇文章（可供杂志发表）：一篇是古典式的论文，类似泰纳那样的论文吧，另一篇开头写一天清晨的故事：妈妈来到我的床边，我向她讲述我想写关于圣伯夫的文章的事，并把文章内容向她详细说明。"②

普鲁斯特在一九〇八年十二月写给洛里斯的其他信件（编号四十四，四十五）告诉我们，在这一年年终，《驳圣伯夫》他还没有动笔。当时他仅仅是进行准备，阅读有关的书籍，一反他的习惯，还作笔记。甚至到了一九〇九年三月，仍然一行也没有写出。有这样的印象：计划中的规模已相当可观，正像他在十二月间所说，"几小时"时间一挥而就势必不可能，需要几个月时间才办得到。"极大的幸运一朝降临，那就是《驳圣伯夫》一书写成（不是第二本仿作，而是研究性的作品），因为这个装得满满的行李箱在精神上把我折磨得好苦，该下决心动身了，否则就把它抛开……我如果还能活到秋季，《驳圣伯夫》还有出版的机会。"③

---

① 这是一个大概的日期，不能确定。
② 《驳圣伯夫》中许多段落就是以普鲁斯特和他母亲对话的形式表现的。——在同一时期普鲁斯特对他的小说应采取什么形式的问题几乎以相同的措辞向安娜·德·诺阿耶征求意见（见科尔布编《书信选》第一六四页及其后）。
③ 见到洛里斯信（编号四十九）。"装得满满的行李箱"，并不是说已经写了大量稿纸。这时《驳圣伯夫》还一字未书。这是指写作计划已满满充斥在他的头脑中。一切具备，只待启程。可是一时还委决不下。

一九〇九年五月二十三日在写给洛里斯的信中，谈到的无疑是关于《驳圣伯夫》的事："你是否知道德·盖尔芒特伯爵或侯爵①的姓氏已经完全湮灭，可否把他看作是一位文学家？"他此时想到的盖尔芒特家族虽然预示着后来《追寻失去的时间》中的盖尔芒特家族，但有很大差距。亨利·德·盖尔芒特伯爵从其先父继承有一处大书房，里面杂乱收藏有正宗精装本巴尔扎克、罗歇·德·博瓦尔、亚历山大·杜瓦尔的小说。他的弟弟，侯爵和他都喜欢翻阅这些小说，因为这些书可以让他们"变换一下生活"，重温昔日的感受。普鲁斯特让否定巴尔扎克才能的德·韦尔巴黎齐侯爵夫人和这些自认是巴尔扎克派绅士进行对比，德·韦尔巴黎齐夫人在年轻时结婚不久曾在某沙龙见到巴尔扎克，在她看来，巴尔扎克为人"太露"，而且缺少分寸感。反之，"圣伯夫，这才是一个有魅力的人物，为人机智，思想细腻，是良好圈子中人；处在他那样的地位是十全十美的"②。上流社会赏识或否定一部作品全看书的作者是怎样一个面目，对圣伯夫评价文学作品的方法他们强调到了可笑的程度。圣伯夫也是以他们的看法为依据作出他的判断的。

普鲁斯特终于在六月中写信给洛里斯，说："乔治，我

---

① 在《驳圣伯夫》中确实有一位德·盖尔芒特"伯爵"和一位德·盖尔芒特"侯爵"，但与《追寻失去的时间》中人们所看到的德·盖尔芒特公爵和德·盖尔芒特亲王并无相同之处。
② 参见《驳圣伯夫》（即本书《德·盖尔芒特先生的巴尔扎克》及其后）。德·韦尔巴黎齐侯爵夫人在《在如花的少女们的身边》中亦有同样的说法（见《追寻失去的时间》第一卷第七一〇页）。

已开始写《驳圣伯夫》，简直写得精疲力竭（我是全力以赴，不过令人非常厌恶），真不知如何对你说才好。"为此作出的努力，也许使他的病情加重，整整一个夏季，他都在病中。到了七月，他给罗贝尔·德雷菲斯写信，信一开头就说："对我这个奄奄待毙的人来说，真是可怕的一天。"又说："有十六个小时我没有合眼，根本说不上是睡眠，电灯是关上的。"直到八月下半月他才动身去卡堡。他在卡堡几乎也无时不是关在旅馆里，门窗紧闭，足不出户。如果对他这时写的几封信加以注意，那么他在六月前一字未写的《驳圣伯夫》，恰恰是在生病期间一本书竟写成了，而且是一本大书——而且更令人惊奇的是，写的竟是一本"猥亵的"书。这究竟是怎么一回事呢？让我们仔细看看他的信，但也需谨慎。普鲁斯特并没有把话全部说出。他同时给他的两个朋友的提示，经常可看出其中的差异，甚至相互矛盾。如他对出版家瓦莱特与亲密的朋友洛里斯或雷纳尔多谈到对某些事的想法就很不一致。他谈他思想中考虑这一类计划竟像是谈下决心要做的事一般。

在八月上半月他在巴黎写信给洛里斯说："乔治，我的体温很高，不允许信写得很长。你问我《驳圣伯夫》是否已经完成。说到哪里去了！如果可能，我将继续写下去……令人烦恼的是不知送到哪里去出版。水星出版社早已拒绝。我没有勇气再写信又一次遭到拒绝。"他想到的是卡尔曼-勒维出版社。洛里斯的《吉奈特·夏特内》就是在这家出版社出版的。"对我来说，如果我的书不是一本猥亵的书的话，我当然很愿意，可是，它确实是，所以不可能出版。"

这封信提出了几个问题，与另一封信对照着看，更让人感到奇怪，不过可以对前一封信作出解释。这封信可能是在两三天后写的。普鲁斯特向洛里斯表示无意再去要求《法兰西水星》主编阿尔弗雷德·瓦莱特接受出版，因为他已经多次拒绝；另一封信是写给瓦莱特的，信上还注有"急件、亲启"字样。其中主要的一段是："我已写成一本书，书名暂定为《驳圣伯夫。一天上午的回忆》，这是一部真正的小说，而且是一部包括有若干极其猥亵的部分的小说。主要人物之一是一个同性恋者。圣伯夫名字在其中并不是偶然提及。全书以一篇讨论圣伯夫和美学问题的长篇谈话作为结束。"①

这就是普鲁斯特在八个月前为他的批评性研究所设想的两种阐述模式，即一天上午与母亲的谈话，这似乎就是他现在所选定的那个模式。这样的研究将附属在他的小说之后作为一个出乎预料的结束语，但有助于对小说的理解，因为它将展示他所设想的美学原则。他对整体暂时设定的标题事实上仅适用于这个结束语。

普鲁斯特所说的猥亵的段落②，即性虐狂场面和性倒错描写，当然是写在小说中而不是写在有关圣伯夫的论述方

---

① 见一九六五年国家图书馆普鲁斯特展览会目录第七十四页。
② 甚至在写给瓦莱特信中对此也洋洋自得地大谈特谈。人们可能问他是否想到这样做是有意让《水星》主编看到的是一位不顾一切的大胆的作者。《水星》在当时是一份先锋派刊物，瓦莱特的妻子拉希尔德的小说《维娜斯先生》在一八八九年发表时曾引起轰动。

面。信中用"我已写成"字样是有意写得含混：事实上还有大量的工作有待进行。小说这时呈现出来的无疑是许多芜杂、不完整、不相连贯的片段，满满地写在"笔记本"上。至于《驳圣伯夫》，为了写得较为完整，如现在所看到的那样，也只是若干未完成的部分，距结构完整的整体还有很大距离。

瓦莱特再次拒绝接受这部作品。普鲁斯特从卡堡写信给洛里斯，告知他这部作品已被拒绝。他还告诉他：他的书计有（或将有）"四百或五百页"之多。六月开始动笔的《驳圣伯夫》在这两个月期间对普鲁斯特来说显然并没有多大的重要性。占据"四百或五百页"主要篇幅的是那部小说。

但是，所有这一切并没有最后确定。普鲁斯特给洛里斯写信的同时，给罗贝尔·德雷菲斯也写了一封信，他在信中表明，那本批评性研究作品与他的小说是两种有明显区别的作品："我在这里见到了卡尔梅特，他非常亲切而且十分坚持要我为《费加罗报》提供一部连载小说，这是我正在写的。在你我之间，我只是对你说：由于种种原因，我认为这部小说不宜给《费加罗报》，也不给其他报纸或刊物，它将以单行本形式出版。——另一方面，我和Z谈到我写了一本有关批评性的研究作品（也不会在报纸上发表）……"在八月末，普鲁斯特又给斯特罗斯夫人写信，说："不久前我开始写——并已完成——一本写得很长的书。其中一部分也许在《费加罗报》上发表，不过，仅仅是一部分，因为全部发表不相宜而且也太长。但我极想结束这项工作，把它完成。如果全部写出来，有很多问题还需推敲修改。"在这里，谈到的仍然是小说，这一次，普鲁斯特没有提到《驳圣伯夫》是否作为小说的结尾。到了九月，他在写给洛里斯信中继续将他的小说称作《驳圣伯夫》：为了完成它，他需要"一个月的安静时间"。十月，回巴黎后，他对洛里斯有更为确切的说明："我请人给我未完成的草稿誊写出《驳圣伯夫》第一章的第一段，这一段抄好之后，你是否愿意前来给我读一读？"这里说的《驳圣伯夫》始终是指用一篇论文来补足的小说。小说的"第一章"，在还没有定型的形态下，应该与后来成为《司旺》的部分相对应，而这"第一章"的"第一段"似乎就是《司旺》的第一部，即后来称作《贡布雷》的部分。一九一三年版的《贡布雷》有二百二十九页，这与"一部书"的篇幅"相差无几"。

十月间写给洛里斯的这封信是普鲁斯特最后一次给他的小说加上《驳圣伯夫》标题。在这一年年终，在写给孟德斯鸠的信中，他只是讲到一部"篇幅很长的作品，小说类的作品"，这一说法用于《追寻失去的时间》是非常适当的。将他的论文纳入这部小说的想法由此开始被放弃。三年之后，他又向斯特罗斯夫人提起他"想写一本关于圣伯夫的书的宿愿"。不过，他又说，现在"我的小说把一切都给堵住了"。两项计划再次变为各自独立的了。

按照我们前面引用的文字，我们可以得出怎样的结论呢？前面引出的文字没有一条可以让我们接受这种似是而非的观点，即一部大小说来源于批评理论，批评理论展开，竟可以发展成为一部大小说。多年以来，普鲁斯特在他的"笔记本"上写得满满的札记、概要，借以准备把《让·桑特伊》的题材在规模更大的构思上写出来。另一方面，通过对圣伯夫公开批评这样的形式展示他自己的美学原则，这一意图可能早在一九〇五年初即已形成；这个意图在他思想中酝酿有四年之久。到了一九〇九年，从夏季开始，按照习惯，他写出与总计划相关可独立成篇的片段。这部大小说已写成的草稿与他主要关注方面和更高的抱负还有很大的距离。这就是说，他知道这部小说可能使他同时代人、布尔热、洛蒂、阿纳托尔·法朗士的读者困惑不满，有这样的风险。因此，有一个时期，他想写出批评性论文以此作为他的小说的结束语对作品进行说明辩护①。由于作品一时还没有标题，他在这期间写出的信件就以这样一个仅适用于他的论文的题目加以指称：《圣伯夫》或《驳圣伯夫》。一九〇九年以后，将两部作品焊接在一起的想法他就放弃不要了。自此以后，他全力转向小说，而且小说还在不停地扩展深化。论文已被束诸高阁，并没有完成。论文后来也就不再提起了。

如果说事情就像这样已成过去，那么，在今天，对《驳圣伯夫》的编辑者来说，应采取何种态度为是？既然普鲁斯

① 他还曾设想将他自己的美学思想赋予他笔下一个人物，在他的小说的第一部分（《在梅泽格利兹那边》）加以阐明。参见正文最后一页。但在普鲁斯特思想中还没有最后决定。

特考虑将论文纳入小说，为什么还要将一九〇九年夏由不同部分组成的未完成的作品恢复原状？这样的做法显然是荒唐的，其实，这样的企图只有在《追寻失去的时间》评注本的格局下进行才是可能的。我们的任务相对来说是有限的，也是风险较小的。我们要做的工作是严格核实原文，然后将已放弃的论述文字各个片段汇集在一起，而且仅限于论文部分：其中有一部分散见于各"笔记本"[①]；另一部分，扩大辑录范围，是分别写在单独分开的纸张上的，这些材料一九六七年已由国家图书馆整理装订成册。对于这另一部分文字，我们认为不应加入写在"笔记本"[②]中《追寻失去的时间》草稿的任何段落。

因此，我们所面临的是一部长度不同、各自独立的片段混杂在一起的文稿。就像处理《让·桑特伊》那样，我们按照原手稿各段落不加并合增饰保持其完整再现其原貌。我们认为只有一点允许我们不遵守规定的最后界限，因为在一九

---

① 写有《驳圣伯夫》主要段落的"笔记本"，由国家图书馆收藏编号一至七册。在这些片段中，同时混有《追寻失去的时间》的草稿，这些草稿与上述片段没有任何关连。我们曾在其他"笔记本"（编号二十二和二十九）中发现四段文字，其中有一段肯定、另三段可能与讨论圣伯夫的论文有关。——按照我们的看法，一九〇九年的《驳圣伯夫》就是编号一至七的"笔记本"全部文字所构成，对于这一点我们还不能肯定。这七册"笔记本"通常人们是单独处理、另行进行研究的，实质上，它们和另外五十五册笔记本并非全然不同，它们的组成内容同样是驳杂的。任何思想活动，灵机一动，普鲁斯特无不随时记录在笔记本上。

② 贝·德·法洛瓦先生将与《驳圣伯夫》相关的论文各段落之间列入两段关于奈瓦尔的笔记，即一九〇七年一月十七日法兰西学院开会引起普鲁斯特注意的一段，还有关于勒·勒麦特《拉辛》一书结束语的一段。须加注意的是：两段笔记中，一段与圣伯夫问题稍稍相涉，另一段则完全无关。（参见本书页九八等处）

〇九年普鲁斯特曾设想将他的论文用作小说的结尾[①]，他还想，正如我们所看到的那样，以他母亲和他谈话的形式来写这部论文。不过我们也只能在未完成的形态下进行阅读，这样的对话除去小说以外，是别无归属的。在提出圣伯夫的名字之前，已接触到很多主题，而且每当普鲁斯特夫人与她的儿子要谈到圣伯夫的时候，谈话即告中断。问题应该怎么解决呢？是否将对话中涉及《费加罗报》上那篇文章和旅行中的梦境完全整理出版？但这仅仅是属于《追寻失去的时间》草稿片段。我们有一处，而且仅此一处，在手稿中计有二十页篇幅的部分，我们仅限于抽取其中最后两页。[②]

我们选用各个片段的编排顺序仍按照最初编者所采用的顺序[③]。我们保留原有论文部分的标题《驳圣伯夫》，这是普鲁斯特的研究者所习用的。普鲁斯特本人使用这一标题仅有两次，一次是在他写给瓦莱特的信中，一次是在我们选编的一个段落之中[④]。德·法洛瓦先生已发表的与我们在国家图书馆所见全部手稿之外，我们另行增附若干一直未曾公开发表的材料。

为对这一著作作出公正的评价，人们不应忘记这一辑录

[①] 《驳圣伯夫》中有些片段有一些人物出现，这些人物已经预示后来小说中的人物，当然有很大的差异，如盖尔芒特家族、德·韦尔巴黎齐侯爵夫人，同样还有一位福舍维尔出身的年轻的德·卡尔达耶克女侯爵，似是吉尔贝特·司旺的前身。

[②] 法洛瓦本已全部采入正文。

[③] 指贝尔纳·德·法洛瓦一九五四年本编排顺序。

[④] 七星文库版见于序言，本书见《和妈妈的谈话》一章。

应该说还是初步的工作，仍停留在各个段落互不衔接、许多原为备用的札记有时不免难以理解的状态。即使如此，在生命力和激情上仍不乏令人激赏赞叹之处。普鲁斯特关于艺术与文学的深刻思想在此有着极为充分的表述，他为艺术与文学贡献了他的一切。

皮埃尔·克拉拉克

Marcel Proust
Contre Sainte-Beuve

图书在版编目(CIP)数据

驳圣伯夫/(法)普鲁斯特著;王道乾译. —上海:
上海译文出版社,2023.8
(译文经典)
ISBN 978-7-5327-9376-1

Ⅰ.①驳… Ⅱ.①普… ②王… Ⅲ.①圣伯夫
(Sainte-Beuve, Charles Augustin 1804-1869)—文学评论
Ⅳ.①I565.064

中国国家版本馆 CIP 数据核字(2023)第 126016 号

驳圣伯夫
〔法〕马塞尔·普鲁斯特/著 王道乾/译
责任编辑/黄雅琴 装帧设计/张志全工作室

上海译文出版社有限公司出版、发行
网址:www.yiwen.com.cn
201101 上海市闵行区号景路 159 弄 B 座
山东韵杰文化科技有限公司印刷

开本 787×1092 1/32 印张 11.25 插页 5 字数 196,000
2023 年 8 月第 1 版 2023 年 8 月第 1 次印刷
印数:0,001—5,000 册

ISBN 978-7-5327-9376-1/I·5854
定价:65.00 元